# NO RASTRO DA NEVE

# DANIELLE PAIGE

# NO RASTRO DA NEVE

Tradução de
Ulisses Teixeira

Título original
STEALING SNOW

Copyright © 2016 *by* Danielle Paige and The Story Foundation.

Todos os direitos reservados.
Nenhuma parte desta obra pode ser reproduzida ou transmitida por meio eletrônico, mecânico, fotocópia, ou sob qualquer outra forma, sem a prévia autorização do editor.

Direitos para a língua portuguesa reservados
com exclusividade para o Brasil à
EDITORA ROCCO LTDA.
Rua Evaristo da Veiga, 65 – 11º andar
Passeio Corporate – Torre 1
20031-040 – Rio de Janeiro – RJ
Tel.: (21) 3525-2000 – Fax: (21) 3525-2001
rocco@rocco.com.br|www.rocco.com.br

*Printed in Brazil*/Impresso no Brasil

Preparação de originais
CATARINA NOTAROBERTO

---

CIP-Brasil. Catalogação na publicação.
Sindicato Nacional dos Editores de Livros, RJ.

P161r   Paige, Danielle
            No rastro da neve / Danielle Paige ; tradução Ulisses Teixeira. - 1. ed. - Rio de Janeiro : Rocco, 2023.

   Tradução de: Stealing snow
   ISBN 978-65-5532-314-6
   ISBN 978-65-5595-164-6 (e-book)
   1. Ficção americana. I. Teixeira, Ulisses. II. Título.

22-80485                    CDD: 813
                            CDU: 82-3(73)

---

Gabriela Faray Ferreira Lopes – Bibliotecária – CRB-7/6643

O texto deste livro obedece às normas do
Acordo Ortográfico da Língua Portuguesa.

Para a minha família: mamãe, papai, Andrea, Josh, Sienna e Fi, e toda garota que queria ser uma princesa, mas acabou se tornando rainha...

ÀS VEZES, PRIMEIROS BEIJOS ACORDAM PRINCESAS adormecidas, quebram feitiços e dão início a "felizes para sempre". O meu destruiu Bale.

Bale colocou fogo numa casa quando tinha seis anos. Como eu, era paciente do Instituto Psiquiátrico Whittaker, e também meu único amigo. No entanto, havia algo... ele era algo... mais. Pedi para Bale me encontrar onde poderíamos ficar sozinhos, no único lugar em que não era possível ver as grades de ferro que nos cercavam. Nosso beijo teria um limite de tempo: o tempo que levasse para os Jalecos Brancos notarem que não estávamos lá.

Bale me encontrou no canto mais escuro do salão, como sabia que faria. Bale me encontraria em qualquer lugar.

No início, foi desajeitado. Meus olhos estavam abertos. Ele não tinha se inclinado o suficiente. De repente, pegamos o jeito. Seus lábios eram quentes, e o calor passou por mim. Eu conseguia sentir as batidas do meu coração nos ouvidos. Me curvei e senti o corpo dele junto ao meu. Quando enfim nos separamos, saí da ponta dos pés e olhei para ele. Percebi que estava sorrindo. Eu quase nunca sorria.

— Sinto muito, Snow — disse Bale, me encarando.

Pisquei, confusa. Ele só podia estar brincando.

— Foi perfeito — respondi, assegurando a ele. Eu não era do tipo sentimental. Mas Bale não tinha permissão para brincar sobre aquilo. Nunca sobre aquilo.

Empurrei de leve o ombro dele.

— Vejo o que você é agora — disse o garoto, pegando a minha mão e apertando um pouco forte demais.

— Bale... — Senti algo se quebrando na minha palma, e a dor correu do meu pulso pelo braço. Gritei, mas ele me encarava, sua mão e seu olhar de repente frios e implacáveis.

Nem um pouco parecido com um príncipe.

Foram necessários três enfermeiros para fazê-lo largar o meu pulso, que, depois soube, tinha quebrado em dois pontos.

Conforme o afastavam de mim, notei pelas janelas duplas do salão que nevava. Era maio, tarde demais para nevar. Mas também estávamos no norte do estado de Nova York, e coisas mais estranhas já haviam acontecido por ali. A neve grudou no vidro e derreteu. Toquei na janela gelada. Se tudo tivesse acontecido de forma diferente, a neve seria o detalhe perfeito para o momento perfeito, porém só piorou as coisas.

Bale começou a tomar o coquetel depois disso. Eu também, após se recusarem a me deixar vê-lo. Era o procedimento-padrão para as crianças do Whittaker que nunca abandonaram os amigos imaginários, os caçadores de sonhos e os viajantes do tempo, aqueles que gostam de se cortar e os que não conseguem comer ou dormir. E para mim, que tentei atravessar um espelho aos cinco anos. Ainda tenho as cicatrizes dos cacos de vidro no rosto, no pescoço e nos braços, embora hoje sejam linhas brancas claras. Imagino que Becky, a vizinha que eu levara através do espelho comigo, também as tenha.

O dr. Harris falou que encontraram comprimidos debaixo do colchão de Bale. Ele não estava tomando os seus remédios. Que não estava estável quando fez aquilo comigo.

Não tinha certeza se era verdade, mas não me importava. Os ossos quebrados eram temporários. O que permaneceu comigo foi aquele primeiro beijo perfeito. E o choque do que foi dito depois.

Isso aconteceu há um ano. Bale não falou mais desde então.

# 1

À DISTÂNCIA, CONSEGUIA VER UMA árvore que parecia arranhar o céu em todas as direções, de uma estranha madeira branca, quase luminescente, e galhos retorcidos. O tronco era coberto de cima a baixo por entalhes intricados. Já tinha visto aquela árvore antes. Senti o ímpeto de ir até ela e passar os dedos pelas marcas, porém, em vez disso, me virei na direção de um som alto e constante: água, que corria rápida e profundamente. Olhei para baixo e vi que estava diante de um precipício comprido e íngreme, quando algo ou alguém chegou por trás e me empurrou com força.

Caí, caí e caí até o meu corpo mergulhar na água. Estava congelante. Nunca havia sentido algo tão gelado. Machucava como agulhas pequeninas espetando a pele. E então, quando não conseguiria suportar nem mais um segundo, abri os olhos e vi algo na escuridão das profundezas: tentáculos, guelras e dentes rangendo, que vinham na minha direção no azul gelado.

Meus braços se debatiam. Eu precisava de ar. O que era pior? A coisa na água ou se afogar? Abri a boca para dar um grito conforme a coisa me alcançava, enrolando os tentáculos frios no meu tornozelo.

Quando acordei naquela manhã, Vern, uma das enfermeiras do Whittaker, estava de pé ao meu lado.

— Calma, criança — sussurrou ela. Tinha uma seringa na mão e estava pronta para usá-la.

Prendi a respiração e arranquei as cobertas para analisar minha perna e a marca feita por aquela coisa na água. Os lençóis estavam ensopados. Mas era do meu suor. Não havia marca ou criatura aquática para culpar.

— Snow?

Os enfermeiros — ou Jalecos Brancos, como gostávamos de chamá-los — não eram nossos amigos, não de verdade, mesmo que fossem as únicas pessoas que víamos diariamente. Alguns conversavam com a gente. Alguns zombavam da gente. Alguns riam e nos passavam de quarto trancado para outro, como se fôssemos mobília. Mas Vernaliz O'Hara era diferente. Me tratava como um ser humano mesmo quando eu estava letárgica de tão drogada e quando tinha tremedeiras. Ela não sabia quem eu era no momento, o que explicava a seringa.

— Gostaria de não precisar apagar você hoje. Sua mãe está vindo — disse Vern com aquele sotaque sulista doce que nem mel. Seu longo rabo de cavalo castanho se balançava às suas costas conforme Vern se afastava da minha cama e colocava a seringa de volta ao bolso do jaleco. Olhando para ela de baixo, fiquei impressionada com a proximidade de sua cabeça em relação ao teto. Com dois metros, ela era uma mulher anormalmente alta. Meio que esperava sentir uma brisa quando os cabelos de Vern se moviam.

Dependendo do paciente a quem você perguntasse, Vern era uma giganta. Ou uma amazona. Ou Jörd, a enorme deusa nórdica que deu à luz Thor, o deus que às vezes aparece nos filmes de quadrinhos. Pesquisei sobre a condição de Vern na coleção de enciclopédias velhas do dr. Harris, na biblioteca. Ela sofria de acromegalia, uma disfunção hormonal que ocorre quando muito hormônio de crescimento é produzido pela glândula pituitária, o que resulta na Vern maior-do--que-todo-mundo. Mas "sofrer" não era bem a palavra certa. Vern dominava o seu tamanho, o que a tornava o músculo perfeito para Whittaker. Nenhum paciente conseguia driblar a muralha de mulher que ela era. Nem eu.

Estendi a mão.

— Tá bom — resmunguei.

— Ela fala — disse Vern, os olhos verdes esbugalhados se arregalando de surpresa.

Vern não estava sendo sarcástica como era de hábito. Por causa dos remédios, eu não falava muita coisa naqueles dias, a não ser palavrões. Além disso, não tinha ninguém com quem eu quisesse conversar. Exceto a minha mãe, quando ela me visitava... e Bale, claro.

Vern era a única dos Jalecos Brancos que eu conseguia suportar.

Mordi Vern certa vez — no ano passado, logo depois de o dr. Harris me dizer que eu não poderia mais ver Bale. Achei que ela ia começar a me tratar de maneira diferente, mas não; continuou com a gentileza habitual. Sempre quis perguntar para ela por quê, mas nunca o fiz.

— Teve aquele sonho de novo? — indagou com o mesmo nível de expectativa que tinha pelo próximo episódio de *The End of Almost*, uma das "histórias" a que assistíamos durante as nossas horas recreativas supervisionadas.

Neguei com a cabeça, uma mentira que meu corpo contou automaticamente. No Whittaker, nos encorajavam a falar do subconsciente. Mas eu não gostava disso. Estava determinada a manter meus sonhos só para mim, e mais ninguém. Mesmo que, com frequência, fossem tortuosos e sombrios, eram o único lugar em que ficava perto de Bale. Uma vez, cometi um deslize e contei a Vern, um fato que ela não me deixava esquecer.

No sonho da noite passada, Bale não estava. E fora um pouco mais estranho do que o normal. A árvore pairava lá de novo, enorme, dominando todo o céu. E então aconteceu aquela *coisa*... A memória me invadiu, me distraindo, me puxando de volta à água escura e fria. Com paciência, Vern esperou que eu me sentasse, pegou uma calça de moletom cinza do Whittaker para mim e deu um suspiro profundo para demonstrar a sua decepção.

Tirei o pijama fino feito papel na frente dela e vi de relance meu reflexo no espelho de acrílico na porta do armário. Desde o beijo, ainda procurava pela característica em mim que assustara Bale.

Meu rosto parecia o mesmo. Olhos castanhos. Pele pálida pela falta de sol. As cicatrizes brancas descendo pela lateral do corpo, sobretudo no braço esquerdo. Apesar das inúmeras cirurgias, o braço e o torso sempre carregariam a tatuagem semelhante a teias de aranha que me trouxe para cá.

As mechas brancas entrelaçadas nos meus cabelos louro-acinzentados só haviam se tornado mais pronunciadas esse ano. Vern culpava o novo coquetel de remédios, mas eu não via nenhum dos outros pacientes ficando grisalho, e muitos de nós da Ala D tomávamos os mesmos remédios.

— Talvez devêssemos fazer mais arte hoje. Você está ficando bem boa — disse Vern.

Dei de ombros, mas, bem lá no fundo, senti um pingo de orgulho. Tinha começado a desenhar como terapia, mas continuei por mim mesma.

Às vezes, desenhava outros pacientes. Uma porção das minhas artes representava Bale — dezenas delas, na verdade. Também desenhava os pacientes como eram e como queriam ser. Wing achava que era um anjo ou algo assim, então dei asas a ela. Chord acreditava em viagem no tempo, então o desenhava no lugar ou na época em que quisesse estar. Certa vez, ele disse a Bale que "piscava" de um lugar para o outro. Era assim que ele chamava: piscar. Chord podia ir e voltar da assinatura da Declaração da Independência numa única piscada. O tempo era infinito e diferente para ele. Eu o invejava. Daria qualquer coisa para piscar para o momento antes do beijo com Bale.

Às vezes, eu desenhava o Whittaker. O instituto tinha um monte de quartos. Mas havia uma divisória entre o que era visto pelos responsáveis e pelos pacientes. Meu quarto era bem espartano: paredes e lençóis brancos, um armário branco, um espelho de acrílico de corpo inteiro na parede do armário e uma mesinha branca. As únicas decorações eram os desenhos pendurados em todo lugar com fita adesiva. E isso era graças a Vern. O restante do Whittaker parecia uma mansão inglesa — pé-direito alto, mobília chique e arandelas de ferro forjado nas paredes. A ironia é que o Whittaker nem era tão velho. Fora construído em algum momento do século passado. E o interior de Nova York ficava muito longe da Inglaterra.

Às vezes, minhas ilustrações representavam os meus sonhos, que iam de paisagens sóbrias de um branco cegante a cenas assustadoras de execução que eu não conseguia explicar. O pior era aquele em que eu estava no pico de uma montanha e, abaixo de mim, estavam corpos azuis como gelo, cobertos de neve. Eu sorria, como se soubesse de um segredo.

E tinha aquele do carrasco de armadura com um machado nas mãos, prestes a dar o golpe final em algo — ou *alguém* — fora do papel. Fiquei orgulhosa de como capturei o sangue na armadura do homem.

O dr. Harris achava que desenhar era uma boa maneira de canalizar a raiva e a imaginação ao colocar a caneta no papel e ver como eram "ridículas" as coisas na minha cabeça. Ele pensava que aquilo ajudaria a traçar uma linha entre o real e a fantasia.

Funcionou por um tempo, mas, no final, o dr. Harris queria que os desenhos fossem uma porta de entrada para falar sobre os meus sentimentos. O que quase nunca acontecia — ou, pelo menos, não da forma que ele desejava.

— Já está quase na hora das visitas — disse Vern, me apressando. Ela se virou para o carrinho e pegou o familiar copo de papel branco com os remédios do dia.

— O que vai ser hoje, Vern? Soneca ou Dunga?

Carinhosamente batizei os muitos comprimidos em homenagem aos sete anões. Cada um correspondia à forma como afetava o meu humor. Soneca me deixava com sono; Zangado, você pode imaginar. Um a um, todos vinham à realidade — até o Atchim.

Hoje, havia uma pílula verde no copinho.

— Feliz. — Fiz uma careta. Aquele já não funcionava muito bem.

— Você está conversadeira hoje — disse Vern, inclinando a cabeça, estranhando.

Vesti a camisa básica que era o uniforme do instituto e coloquei a calça. Vern me entregou o copo de papel e esperou até eu engolir o comprimido, que era tão grande que arranhou o fundo da minha garganta mesmo com um gole d'água. A enfermeira pegou o copo de volta e aguardou até eu abrir a boca para mostrar que tinha engolido mesmo o remédio.

Naquela pausa rápida, ressentimento me invadiu por um segundo. Era aquele momento da nossa rotina diária que nos impedia de ser amigas — mais do que a tranca na porta ou a seringa no bolso. O trabalho de Vern era conferir, não confiar. E eu lembrava todo dia que, apesar de a enfermeira ser a única pessoa que conversava comigo, ela era paga para estar ali.

# 2

ACOMPANHADA PELO ARRANHA-CÉU QUE ERA Vern, atravessei o corredor da Ala D que formava a parte mais segura do Whittaker, espiando as janelinhas quadradas de vidro duplo dos outros quartos pelo caminho. À minha esquerda, pude ver Wing empoleirada na beirada da cadeira, pronta para voar. Ela não ia se machucar daquela altura, mas a Jaleco Branco dela, Sarah, uma mulher com aparência de pássaro e força impressionante, tentava convencê-la a descer mesmo assim. Não parecia, mas Wing era a paciente que os Jalecos Brancos mais temiam. Bastava uma porta aberta, uma amarra solta, e ela encontraria a superfície mais alta possível e se jogaria de lá. Wing achava que podia voar.

Me afastei no momento em que a garota "decolou". Não havia nada mais triste do que ver sua expressão quando aterrissava e percebia que o voo tinha acabado.

No quarto seguinte, Pi rabiscava no caderno. Ele achava que estava escrevendo uma equação que ou salvaria o mundo, ou acabaria com ele. Segundo Vern, que gostava de me falar sobre os outros pacientes, a fase de abdução alienígena de Pi tinha acabado, e ele passara para um novo tipo de conspiração governamental com clonagem que envolvia criptografia.

O quarto de Magpie estava vazio. Mas eu sabia que, debaixo do colchão, havia dezenas de coisinhas que ela roubara de todo o instituto. Magpie era a ladra da casa e, de vez em quando, minha nêmesis. Fiquei tão distraída com Bale nos últimos anos que não notei quando a menina começara a me odiar. No momento, porém, eu brincava de pique, estava correndo atrás e ia alcançá-la. Era algo para preencher o tempo, ao menos.

Então havia Chord, que, sentado, olhava pela janela, parado feito estátua, piscando. Por fim, hesitei na última cela, a de Bale. Ele encarava a parede. Pela brancura das juntas dos seus dedos nos braços da cadeira, sabia que o garoto estava pensando em fogo. Provavelmente, tentava incendiar a parede de gesso com a mente naquele instante.

Bale viera para o Whittaker como todos nós: contra a vontade. Mas também chegou sem um nome. Tinha apenas seis anos, como eu. Eu havia passado um ano inteiro em Whittaker sem ele. Um ano de raiva. De tristeza. Um ano de solidão que eu nunca recuperaria. E então lá estava Bale.

Falaram que ele foi abandonado, encontrado faminto e catando comida numa casa velha. Seus pais — dos quais Bale dizia não se lembrar — o deixaram lá. Estava desnutrido e sujo quando chegou — e não apenas por causa da fuligem das chamas. Segundo afirmaram, o menino tinha ficado parado, observando a casa queimar depois de atear fogo nela. Não tentou fugir. Só queria, e talvez precisasse, vê-la em chamas até virar cinzas. Alegava não ter memória dos pais, embora já tivesse idade suficiente para se lembrar. O dr. Harris falou que Bale escolhia esquecer, fosse consciente ou inconscientemente. O garoto não sabia ler ou escrever, motivo pelo qual algumas das crianças do Whittaker zombavam dele. Só porque morávamos numa estufa de insanidade, não significava que não podíamos ser cruéis.

No dia que em ele passou pelos portões do instituto, achei que Bale havia saído direto da minha imaginação, os cabelos ruivos espetados na cabeça como um demoniozinho esquelético. Ele parecia ter literalmente saído das chamas em vez de tê-las criado. Uma das crianças correu e se escondeu, mas fui direto até ele e toquei seu rosto para confirmar que era real. Não posso dizer que me apaixonei à primeira vista, mas caminho na direção de Bale desde que o conheci.

Bale era um mistério completo para todos nós. Nem ele conhecia a própria história. Eu tinha passado por tanta terapia com arte, bonecas e histórias que já confundia aquilo com brincadeira.

— Por que não inventa a sua história? — sugeri.

— Por que eu faria isso? — perguntou ele.

— Por diversão — respondi com a lógica dos meus seis anos. — Faço o tempo inteiro com os outros.

Peguei o meu caderno de desenho e comecei a escrever: *Era uma vez...*

Bale olhou para mim como se eu fosse louca, mas não se afastou. Observei o perfil dele e fiz um desenho rápido.

— Sou eu — disse ele, apontando para o próprio peito. A forma como ele se encontrou na minha coleção de linhas rudimentares me fez querer desenhá-lo ainda mais, fazê-lo contar a sua história ainda mais.

— Agora me diz quem você é — pedi, fazendo a minha melhor imitação do dr. Harris. — Era uma vez um garoto chamado... — cantarolei e esperei.

— Bale — respondeu ele rapidamente. — Era uma vez um garoto chamado Bale, que vivia numa casa de madeira. O monstro o fazia chorar como nenhuma mãe e nenhum pai deveriam fazer. Então, sua família foi embora. Mas obrigaram Bale a ficar. Aí, um dia, Bale colocou fogo em tudo.

Até hoje não sei se lembro direito ou se inventei isso, mas o nome Bale se manteve, assim como a história.

Nossos monstros eram diferentes. O meu era a raiva gélida. Quem não ficaria com raiva depois de passar a vida trancado? O de Bale era o seu amor pelo fogo. Se o fogo não existisse, acho que ele teria sido um garoto normal. Mas um mundo sem fogo era tão impossível quanto um mundo sem ar. Será que Bale me amaria, me entenderia, se as chamas não o consumissem?

Sei que Bale se apaixonou por mim no instante em que me viu tendo um ataque. Ele conhecia a raiva. E, quando eu a sentia, a sensação era tão forte que dominava todo o meu corpo, me deixando quente e fria ao mesmo tempo. Nunca soube ao certo se era melhor guardá-la ou extravasá-la. Lutar contra a raiva era como prender a respiração. Ela acabaria escapando em algum momento, e a minha cabeça sempre doía pela pressão. A maioria das pessoas foge quando explodo. Mas não Bale.

Ele ficou bem ao meu lado. Não tocou em mim. Só esperou pacientemente até acabar. Quando a onda intensa e devoradora de ira se quebrou, e tudo no cômodo enfim voltou ao normal, Bale segurou a minha mão. Foi aí que me apaixonei por ele também.

Queria que a minha mão ficasse na dele daquele dia em diante. Mesmo com ele a quebrando em dois lugares diferentes depois. Porque ninguém entendia de verdade como era viver com esse tipo de raiva e dor, como fogo e gelo, dentro de si. Só a gente. E não importa em que ala do instituto estivéssemos, sempre encontraríamos um ao outro. De novo e de novo. Ele transformou esse lugar num lar. Sem Bale, Whittaker seria, para mim, a mesma coisa que provavelmente era para todo o resto: uma prisão.

Parei no corredor da Ala D, encarando a nuca de Bale, suplicando, implorando, para ele se virar. Para olhar para mim.

Ele continuou parado.

Vern pegou o meu braço com gentileza para me fazer andar.

— Por favor... só mais uns segundos — pedi.

Ela balançou a cabeça.

— Menina, se pudéssemos resolver coisas ao encará-las por tempo suficiente, o Whittaker não precisaria existir.

De má vontade, continuei o caminho até o salão de visitas.

— Você sabe que vai ter que perdoar a sua mãe em algum momento — falou Vern.

Dei de ombros. Minha mãe dizia que me amava. E, apesar de todos os meus problemas e de ela ter me internado num hospital psiquiátrico por minha vida inteira, acredito que me amava mesmo, da maneira dela. Só que depois de Bale quebrar o meu punho, o dr. Harris recomendou que nós dois ficássemos afastados, e ela concordou. Ela tirou a única coisa que tornava o Whittaker pouco mais que suportável. Bale era meu único amigo. Eu não podia perdoar aquilo. Nem tinha tentado.

Vern ainda olhava para mim, buscando alguma resposta real sobre a minha mãe, mas dei de ombros de novo. Ao meu redor, o corredor ficava turvo, porém as cores estavam mais vívidas do que antes. Meus passos pareciam mais leves. Minha dose de Feliz estava fazendo efeito.

— Bem, vai precisar fazer isso. Talvez não hoje. Mas em breve — falou Vern.

— Por quê? — respondi ferozmente, sem remorso.

— Porque você só tem três pessoas no universo com quem conversar, Snow. E, tecnicamente, o dr. Harris e eu somos pagos para isso.

Lancei um olhar cortante para Vern. Ela riu.

— Você sabe que é a minha favorita, Hannibal Yardley.

Aquele era o meu apelido, por causa das mordidas. Ela me deu esse nome em homenagem a um personagem que tinha uma propensão ao assassinato e canibalismo de um filme violento a que não tínhamos permissão para assistir. Vindo de qualquer outra pessoa, o apelido teria suscitado uma resposta com dentes e um pouco de sangue. Mas, vindo de Vern, aceitei e continuei andando.

# 3

QUANDO ME VIREI NO CORREDOR para o salão de visitas, pude ver as tapeçarias e as poltronas estofadas de encosto alto, onde os pacientes encontram os pais uma vez por mês. Parecia uma sala de estar de uma dessas novelas de época a que Vern gostava de assistir. Só que no Whittaker, os abajures eram aparafusados no chão e, por segurança, o chá era servido morno em copos de papel.

Minha mãe olhava o celular no momento em que o guarda abriu as portas duplas com um zumbido. Ela logo o guardou, como se fosse um artigo contrabandeado. Ela não gostava de me lembrar das coisas que eu não poderia ter. Celulares não eram permitidos no Whittaker. Tínhamos um telefone sem fio antigo na área comum, supervisionado pelos enfermeiros. Ela se levantou e me envolveu em seus braços quando me aproximei. Seu cheiro era de canela e limão, provavelmente do chá que tomara de manhã.

Não correspondi ao abraço.

Atrás de mim, a tranca da porta se fechou. Vern nos dera privacidade, embora o grande espelho na parede indicasse que estávamos sendo observadas.

— Você parece feliz hoje, Snow — disse minha mãe, passando os dedos pelos meus cabelos enquanto nos sentávamos de frente uma para a outra.

Ora Yardley era perfeita e linda de todas as maneiras. Tanto que, sempre que a via, me perguntava como compartilhávamos do mesmo DNA. Ela tinha os mesmos cabelos louros que eu, que, inexplicavelmente, decidira tingir de castanho, e um nariz empinado que deixaria qualquer princesa de desenho animado com inveja. Hoje, usava um vestido rosa-claro tipo suéter sem manga que deslizava sobre as suas curvas e mostrava a pele pálida de porcelana. Ainda assim, seus olhos eram como os meus: castanhos e profundos. Seus lábios também: cheios, com uma tendência a fazer biquinho. Mas os dela estavam sempre com as pontas educadamente para cima, enquanto os meus ficavam para baixo.

Ela continuava mexendo nos meus cabelos. Como Vern, minha mãe dizia que eles estavam ficando grisalhos por causa da medicação que me davam no Whittaker. Porém, lembro que minhas primeiras mechas brancas apareceram no dia seguinte ao que caminhei através do espelho — antes de os médicos decidirem quais remédios iam me dar. Lembro-me de olhar no espelho quando acordei no novo quarto e vê-las.

— Querida, gostaria que me deixasse fazer alguma coisa sobre isso — falou a minha mãe, tentando de novo.

Afastei a mão dela.

— Eu gosto do meu cabelo assim.

— Querida — repetiu ela, mas parou quando me afastei. — Trouxe um presente para você.

Ela sorriu de leve enquanto retirava uma caixa de baixo da cadeira. Era branca e não estava embrulhada, provavelmente fora revistada antes de eu entrar naquele cômodo. A fita estava um pouquinho retorcida, o que era estranho, porque a minha mãe se importava muito com perfeição. Desfiz o laço mesmo assim. Não porque a caixa era bonita, mas porque vinha da minha mãe. Porque era algo novo. Nada era novo no Whittaker.

Dentro dela, havia um par de luvas azul-claras. Pareciam feitas à mão.

— O inverno está quase chegando — disse a minha mãe. — Queria que tivesse algo novo para as caminhadas com Vern.

Seu sorriso ficou ainda maior com a esperança aparente de que escolhera o presente certo. Algo que tornaria tudo melhor. Que diminuiria a distância entre nós. Uma parte de mim se dobrava a ela em momentos assim. Eu estava tão perto do degelo. Tão perto do perdão. Mas pensei no dia em que ela e o dr. Harris tomaram a decisão que mudou a minha vida.

"Conversei com o dr. Harris e concordamos numa coisa", dissera ela, sentada à minha frente, na mesma cadeira em que estava hoje. "Achamos que é melhor você e Bale ficarem separados." Ela tomara a decisão tão facilmente, como se estivesse insistindo para que eu usasse um capacete ao andar de bicicleta, e não tirando de mim o amor da minha vida.

Eu havia ficado com raiva vezes demais, e senti novamente a ira borbulhando até a superfície, mas o Feliz cumpriu a sua função e a diminuiu. Concentrei minha atenção nas luvas sobre o meu colo.

— Obrigada — falei.

— De nada! — Minha mãe bateu palmas.

Para ela, só o fato de eu não jogar as luvas longe significava que o presente fora um sucesso. Quando o sorriso dela se alargava o suficiente, dava para ver a leve marca branca da sua covinha. Era sua única imperfeição, e fora culpa minha, no dia em que tudo mudou. Ela estava lendo *Alice no País das Maravilhas*, e eu levara o livro ao pé da letra, tentando atravessar o espelho com a minha melhor amiga. Mas não me lembrava nem um pouco daquele dia.

Pelo meu pai, soube que Becky, a garota que puxei pelo espelho, e a família dela nos processaram, e que chegamos a um acordo. Nunca mais a vi. Mas ainda penso nela. Minhas cicatrizes diminuíram com o tempo, mas ainda existem, como um lembrete de como e por que tudo havia começado. Imaginava se Becky estava aí, pelo mundo, com as suas cicatrizes também.

Quando cheguei ao instituto, achei que era uma punição, um castigo por mau comportamento. Às vezes, penso se os meus pais simplesmente aceitaram o diagnóstico do dr. Harris naquele dia ou se já sabiam que, quando me deixaram no Whittaker, seria para sempre.

Minha mãe falou do meu pai e da casa — um lugar que eu não via há onze anos e com o qual não me importava nem um pouco, e um pai que me visitava a cada dois meses e nos feriados. Ela deve ter notado a minha distância, porque falou de repente:

— Querida, sei que acha que você e Bale são como Romeu e Julieta, mas isso vai passar.

Senti a raiva aumentar um pouco, mas meus dedos começaram a bater na calça, e engoli o sentimento. Ela gentilmente removeu do meu colo a caixa onde estavam as luvas, colocando-a na mesinha de centro, me observando enquanto voltava as costas para o assento e cruzando as pernas outra vez.

— Você pensa que é amor, mas não é. Sei como é se apaixonar e achar que pode mudar alguém.

Contra a minha vontade, aquilo me chamou a atenção. Minha mãe não estava falando mais de mim. Falava de si mesma.

— Você tentou mudar o papai? — perguntei.

Minha mãe era a minha mãe, mas o meu pai era outra história. Era um estranho. Ele mal conseguia aguentar ver a filhinha louca de dois em dois meses. Na maior parte do tempo, eu não entendia por que os dois estavam juntos, muito menos imaginava o que a minha mãe tentara mudar nele.

— Não o seu pai — respondeu ela, a voz um pouco distante, como se estivesse perdida em memórias.

Nunca havia pensado na minha mãe com outra pessoa.

— A questão é que você não pode mudar o Bale. Ele é doente, querida. Quebrou o seu pulso, e isso não é aceitável.

Fechei os olhos, e os meus dedos bateram na perna, quase que por vontade própria. Estava ficando mais nervosa e queria muito desenhar alguma coisa. Precisava me acalmar, ou seria jogada na solitária.

— Quando me ligaram para dizer que ele tinha machucado você, fiquei tão assustada. Bale não está bem. — Os olhos dela se encheram de lágrimas. Ela se esticou e colocou a mão sobre a minha, impedindo meus dedos de continuarem batendo.

— Isso se aplica a mim também? — perguntei de forma enfática.

— Como assim?

— Se o Bale não pode melhorar, isso significa que também não posso. Não é?

— Não foi isso que eu quis dizer — respondeu, a voz falhando. Seus lábios formaram uma linha fina de preocupação.

— Mas é o que você acha.

— Não é. Sei que é difícil de acreditar, mas tudo que faço é por amor, incluindo proteger você.

— Então me ame um pouco menos — respondi na mesma hora. Não sei por que falei aquilo.

— Impossível — disse ela automaticamente.

Cruzei os braços e encarei a minha mãe até ela começar a murchar.

Ela me encarou por um longo instante, os ombros curvados, antes de se voltar para o espelho na parede e chamar Vern. Nossos vinte minutos tinham acabado. Em poucos segundos, a enfermeira estava no cômodo.

— Vern, adoraria falar com o dr. Harris antes de ir. — Minha mãe mordeu o lábio e tinha aquele olhar longínquo que eu vira em *The End of Almost*, quando os personagens estavam pensando em alguma coisa que acabariam fazendo, mesmo que não devessem.

Minha mãe chorou um pouquinho quando me deu um abraço de despedida. Nem sei se percebeu que não correspondi ao abraço.

No entanto, eu tinha um segredo. Ainda a amava, mesmo que não demonstrasse. Ela jamais deixou de me visitar, jamais deixou de conversar, jamais deixou de tentar, e acho que, se tivesse, eu a odiaria.

Mas não podia deixá-la fazer parte de mim. Eu não sobreviveria se deixasse isso acontecer. Teria ficado molenga de saudade pelo que já foi meu: um quartinho lindo, perfeito para uma menina de cinco anos, e uma mãe que escovava os meus cabelos à noite. Não dava para brincar de mãe e filha aqui, não até ela estar pronta para me levar para casa e fazer isso lá fora.

— Vou acompanhar você, Ora — disse Vern. Ela mandou o enfermeiro da sala ficar de olho em mim. Então pegou um caderno de desenho e um pouco de carvão, e os colocou na mesa de centro na minha frente, ao lado das luvas novas. — Não vá arranjar problemas, hein? — Ela balançou o dedo na minha direção.

Mas, para mim, aquilo era impossível.

# 4

TINHA COMEÇADO A DESENHAR o sonho da noite passada — a árvore e a coisa na água —, quando Magpie apareceu na porta, logo depois de uma caminhada pelo terreno do Whittaker. Sua enfermeira, uma jamaicana baixinha chamada Cecilia, a deixou no salão de visitas sem me notar. Com certeza, a mulher fora fazer um intervalo para fumar e, como Magpie não era propensa a fugas ou violência, provavelmente achava que não teria problema algum deixá-la sozinha. Mas a garota hostilizava os outros. Sobretudo eu.

Magpie usava um batom rosa-coral. Não combinava muito com sua pele azeitonada, mas ladrões não podem ser muito exigentes. Era o mesmo tom que Elizabeth, a enfermeira na recepção, usava. Como Magpie conseguira pegar o batom era um mistério, ainda mais considerando que eu nunca tinha visto Elizabeth cruzando a linha entre os alojamentos públicos e privados.

O nome verdadeiro de Magpie era Ophelia. Mas o apelido veio devido a sua propensão a pegar coisas, como o pássaro. Ela não roubava apenas coisas materiais. Roubava segredos também. De vez em quando, achava que talvez ela ocupasse o lugar vazio da sua alma com todo aquele lixo.

— Não é tão durona sem o seu incendiário, hein? — disse ela, me provocando.

Enquanto falava, Magpie dava um nó nos cabelos pretos e brilhantes. Sei que não deveria deixá-la me incomodar, mas, às vezes, era impossível evitar. Tá bom, na maioria das vezes. E, em geral, Magpie merecia.

Já tinha visto o olhar dela quando observava alguém procurando por um objeto que ela roubou, sabendo o tempo inteiro que o item perdido estava no fundo do seu bolso ou escondido debaixo da cama. Um olhar alegre. Maldoso. Tinha o mesmo agora, enquanto falava sobre Bale. Apesar de não ter nada a ver com a nossa separação, a garota ainda gostava de brincar com a minha perda.

— Cala a boca, Magpie — respondi. Afundei os dedos na palma das mãos. *Vamos, Feliz. Faça a sua mágica.* Mas era como se o efeito do remédio estivesse passando conforme a raiva aumentava.

A expressão dela ficou sonsa de repente, como se soubesse de algo que eu desconhecia.

— Bem, me avise se precisar de algo. Posso conseguir qualquer coisa que qualquer um quiser. Qualquer coisa.

Não sabia aonde ela queria chegar com isso. Às vezes, Magpie falava de maneira enigmática. E, dependendo do meu humor, eu decidia se queria ou não entrar na brincadeira.

Ela tirou uma caixa de fósforos do bolso e ficou jogando de uma mão para a outra. Seu sorriso doentio voltara, e ficou claro que ela esperava que eu conectasse os pontos.

Sempre me perguntei como Bale conseguia criar incêndio após incêndio no instituto. Eu culpava os enfermeiros descuidados. Mas Magpie estava me mostrando que era capaz de doar tanto quanto de roubar — e possivelmente fora o que fizera.

A raiva contida desde a visita da minha mãe ferveu e transbordou. Senti-a como chamas geladas e quentes lambendo o meu peito e lutando para sair. Fui para cima dela com um grito, a fúria me dominando. Peguei os seus cabelos e puxei com o máximo de força que podia, mas então algo estranho aconteceu. Achava que Magpie ia gritar ou me atacar de volta. Em vez disso, ela congelou. Sua boca se abriu, mas nenhum som saiu. Ela caiu no chão, completamente parada.

— Muito engraçado. Não vou cair nessa — falei, olhando para a forma aparentemente sem vida da menina.

Ela não se moveu.

Eu me joelhei e encostei no braço dela. A pele estava fria. Os lábios, azuis. Seus cílios pareciam sujos de gelo.

— Ei, não é engraçado — falei, de novo. Já considerava fazer respiração boca a boca ou massagem cardíaca. Não que eu soubesse fazer qualquer uma das duas coisas, mas tinha visto na TV.

Os olhos de Magpie se abriram. Ela me encarou de forma suplicante e acusatória. O olhar foi de mim até a porta.

O Jaleco Branco que deveria ter ficado de olho em mim estava distraído com uma revista *People*. Eu me levantei e gritei.

— É a Magpie! Eu... — Minha voz morreu.

— O que você fez? — perguntou ele conforme corria até a gente.

Olhei para Magpie, parada no meio do chão. Seus olhos piscaram de novo antes de se fecharem de vez.

# 5

— VOCÊ NÃO DEVERIA ME levar de volta ao quarto? — Ergui as sobrancelhas enquanto Vern me guiava para a área comum.

— Só porque você deu uma de Hannibal para cima da Magpie não significa que vou perder o que aconteceu com Kayla Blue — explicou Vern, me fazendo sentar nas cadeiras de plástico em frente à TV da área comum. Ela se referia à filha de Rebecca Gershon no nosso programa favorito, *The End of Almost*.

Na tela, Kayla Blue se debulhava em lágrimas. Tinha acabado de contar a River que não era a mulher que ele pensava ser. O rosto angular de River demonstrava confusão conforme ela explicava o seu complicado passado. Entretanto, poucos minutos depois, o homem estava de joelhos, pedindo-a em casamento. A velocidade da compreensão e do perdão até que era bonita. A certeza do seu amor era algo a invejar, mesmo que fosse apenas uma história. Vi que me inclinava para a frente.

Todo mundo em Whittaker aprendia coisas através da televisão, porque era o mais próximo que tínhamos de escola, garotos, formatura e amigas. Mas a gente não sabia o que acontecia entre os comerciais ou depois que a tela ficava preta. Eu compreendia que havia uma diferença entre a vida na TV e a realidade, mas a televisão me ensinou o que eu sabia sobre beijos, encontros, corações partidos e dramas em família — às vezes, tudo misturado em episódios de trinta minutos ou uma hora.

Kayla Blue tinha acabado de responder "sim" quando Vern recebeu uma mensagem no celular. Não consegui decifrar a expressão dela. *Será que tem a ver com Magpie?*

— Ela está...? — perguntei, sem entender bem como me sentia em relação à resposta. Não queria ter machucado Magpie e com certeza não queria que ela morresse.

— Agora você se importa, Yardley?

Não tinha como me defender, não exatamente, então dei de ombros. Eu era especialista em dar de ombros.

— Parece que vai se recuperar. Ela só ficou paralisada por um tempo. Pelo visto, já recuperou o movimento total das extremidades. Dedos se mexendo. Olhos se movendo. Está voltando a ser a mesma.

Não posso dizer que fiquei aliviada. Mas uma onda de alguma coisa me invadiu mesmo assim.

— Criança, sei que ela tem um jeito para começar problemas, e não estou dizendo para simplesmente ignorar. Mas, às vezes, é preciso responder de maneira mais silenciosa. Às vezes, você tem que fingir um pouco.

— Não vai me mandar parar de brigar?

— Se disser que eu falei isso, vou negar, mas ficaria preocupada se você parasse. Mas isso não significa que você deveria sair puxando os cabelos dos outros por aí. Mesmo que a pessoa mereça.

Depois, Vern me acompanhou até o quarto. O dia de amanhã seria cheio de recriminações. Provavelmente, um novo coquetel e outra visita da minha mãe. Se achassem aquilo sério o suficiente, talvez até do meu pai, porém, como Magpie ainda respirava e recuperara o movimento dos membros, não haveria consequências reais. Vern sabia e eu também. Mas, na hora em que assistíamos a *The End of Almost*, a enfermeira acreditou que a minha raiva tinha feito uma nova vítima. E que eu havia mudado tudo.

# 6

EU ESTAVA NO MEU QUARTO no instituto. Estava escuro, e eu encarava um espelho de mão feito de metal, decorado com símbolos e escritas estranhos nas laterais. Uma árvore gigante prateada coberta de marcas dominava todo o reflexo. E, na frente dela, estava eu.

— Bale? — sussurrei. Ele costumava aparecer nos meus sonhos, mas não ultimamente. Era ainda pior não poder vê-lo nem no meu subconsciente.

— Estou aqui, Snow! — berrou Bale, a voz rouca, como se estivesse chorando. Ou gritando. — Atrás da árvore.

Meu reflexo sorriu para mim, embora meu rosto não tenha movido um músculo. O "eu" no espelho ergueu os braços, ainda que os meus tenham permanecido no lugar. Os membros vieram na minha direção, e então, de repente, um foi para trás, como se estivesse se preparando para dar um soco.

— Não! Snow, não! — gritou Bale, mas eu não conseguia vê-lo, e não podia impedir o que aconteceria a seguir, com o punho do reflexo colidindo com o espelho.

Cobri o rosto quando o vidro caiu no chão azulejado do quarto. Procurei por ferimentos, mas nenhum dos cacos tocou em mim. Então, quase contra a minha vontade, peguei os pedaços e comecei a juntá-los para formar alguma coisa, apesar de minhas mãos doerem e sangrarem a cada movimento. Coloquei o resultado final na cabeça, ignorando a dor. Tinha feito uma coroa que cintilava feito gelo. Uma gota de sangue escorria pela superfície dela.

Acordei com o som de alguém batendo à porta. Ninguém nunca batia em Whittaker.

Então ela se abriu. Era o dr. Harris.

Aquilo não era bom. O doutor não visitava os pacientes no quarto. *Será que Vern se encrencou por ter me deixado ver TV depois de eu machucar Magpie?* Me parabenizei mentalmente por ter pensado em outra pessoa primeiro. Não havia um comprimido dos sete anões para empatia; minha preocupação com Vern era genuína. O dr. Harris dizia que empatia era uma coisa boa. Mal sabia ele que eu já tinha deixado o que fizera com Magpie no passado. Foi ela quem veio atrás de mim no salão de visitas. Foi ela quem deu fósforos para Bale. Ela o ajudara com os incêndios. A garota era uma insuportável, e todo mundo sabia. Ela mereceu.

— Ouvi dizer que Magpie está bem — falei antes de qualquer coisa.

O dr. Harris usava óculos e tinha um cenho perpetuamente franzido entre os olhos verdes severos, que sempre pareciam encarar por tempo demais. Não de forma lasciva, mas meio "Quero descobrir como você funciona".

Não estava acostumada a vê-lo no meu quarto ou de pé. O doutor deveria estar no consultório atrás de uma escrivaninha, sem mover muita coisa além de uma sobrancelha.

— Estou aqui para ver como você está — informou ele rapidamente. — Me diga o que aconteceu.

— Magpie que veio atrás de mim. E eu revidei. Nem encostei nela direito. É impossível eu ter empurrado a garota com tanta força a ponto de ela ter ficado paralisada, mesmo que por um tempo. Ela deve ter fingido.

— O médico disse que ela está bem. Ophelia tem mesmo uma propensão ao drama. Mas estou mais preocupado com você. Você ficou nervosa. Já falamos sobre isso. Precisa aprender a controlar e expressar a sua raiva de uma maneira que não seja física.

Ele esperou minha resposta. Mas eu não tinha nada a acrescentar. Aquela era exatamente a conversa que eu esperava. Só não achava que aconteceria no meu quarto.

— Vou tentar algo novo com a sua terapia. Sabe que não poderíamos mantê-la nessa ala se tivesse... — Sua voz foi sumindo, o que era atípico para o dr. Harris.

*Matado Magpie*, pensei. Era isso que ele ia dizer.

— Não tem nada além da Ala D — falei, lembrando-o.

*O que mais eles podem fazer comigo?*

— Se algo ruim tivesse mesmo acontecido hoje, o estado a teria tirado de mim... de Whittaker. Acusações criminais teriam sido feitas. Você compreende?

Assenti.

— Não se preocupe, Snow. Vamos mantê-la aqui, onde é o seu lugar. — Ele quase parecia sincero. — Vou começar com novos remédios amanhã.

Rangi os dentes. Outro coquetel.

Ele se aproximou, segurando um copinho branco na minha direção. Até então, eu nem notara que ele tinha algo nas mãos.

— Enquanto isso, você precisa descansar. Boa noite.

Notei dois Jalecos Brancos do lado de fora, observando, esperando. Só para o caso de as coisas saírem do controle. Acho que o dr. Harris estava mais preocupado com o que fiz com Magpie do que pensei.

— Vamos — disse ele, mexendo o comprimido dentro do copo.

Peguei o copo e dei uma espiada lá dentro. A pílula azul e amarela que eu chamava de Soneca me encarou de volta. A raiva se esvaiu de mim só de ver aquele remédio. Eu queria tomá-lo. Estava cansada *de verdade*.

— Boa menina — disse o dr. Harris enquanto eu engolia o remédio e voltava a cabeça para o travesseiro.

Já estava começando a apagar quando a porta se fechou, porém, antes de cair no sono, não pude deixar de ouvir a voz do dr. Harris ressoando pela minha cabeça. *Vamos mantê-la aqui, onde é o seu lugar.*

Ele estava errado. Whittaker não era o meu lugar. Ninguém merecia ficar trancado para sempre. Qual seria o sentido da vida, então? Ele não queria que eu melhorasse?

Eu não sabia qual era o meu lugar, mas não era ali.

A porta do quarto se abriu durante a madrugada, me despertando de um sono profundo. A princípio, achei que era Vern fazendo a ronda. Não era. Mesmo com o olhar sonolento e embaçado, podia distinguir o garoto de pé ao lado da minha cama. Ele tinha cabelos castanho-claros que cobriam parte dos olhos e chegavam quase até os ombros, as pontas levemente encaracoladas. Seus traços eram suaves: sobrancelhas claras, nariz pequeno, lábios cheios. Mas notei a mandíbula reta conforme o rosto foi iluminado pelo luar, que mais parecia o facho de uma lanterna. Seus olhos tinham um brilho cinza-prateado na escuridão.

— Você está acordada — disse ele. Percebi que o menino usava um jaleco branco de enfermeiro que parecia grande demais para ele. Fizemos contato visual. — É mesmo você.

Embora o meu coração tenha acelerado, meu corpo ainda parecia pesado e mole. Não me mexi. Havia um milhão de coisas erradas com o fato de ter alguém que não fosse Vern no meu quarto à noite. Em primeiro lugar, ele não era um adulto; era um garoto. Parecia ter a mesma idade que eu, uns meses a mais ou a menos. Além disso, as visitas noturnas dos Jalecos Brancos eram sempre combinadas por gênero, para diminuir a chance de condutas impróprias. Alguns pacientes não tinham limites nessa questão.

Alguns Jalecos Brancos também não.

Observei o garoto se aproximar. Os pelos dos meus braços se arrepiaram, e todo o meu corpo ficou em alerta. Havia algo nele, algo a *mais* nele que exigia atenção — e ponto. Parecia ter saído de *The End of Almost*. Como era possível alguém assim estar no meu quarto? O garoto era quase aerodinâmico, como um carro esporte novo. Mesmo com o jaleco branco grande demais, dava para ver que não havia nenhuma carne ou músculo inútil. Era tão magro quanto Bale, que deixara de ser o menino esquelético para se tornar outra coisa completamente diferente. A silhueta de Bale era mais suave, porém, porque ele ficava trancado no quarto a maior parte do tempo.

Olhei para baixo e vislumbrei os sapatos dele. Eram pretos e engraxados, o tipo de sapato que você usa para uma entrevista de emprego, uma festa ou um casamento — e não para invadir o quarto de uma garota louca no meio da noite.

Finalmente consegui me sentar na cama.

— Não queria assustar você — sussurrou ele. — Quando recebi um sinal de que havia magia sendo usada por aqui, não fazia ideia de que chegaria até você, entre todas as pessoas.

*Magia? Ele falou magia?*

Os cabelos cobriram um dos olhos conforme ele se aproximava, invadindo o meu espaço pessoal.

A maioria das pessoas de Whittaker — as com um pingo de inteligência — sabia que não deveria chegar tão perto de mim depois do meu acidente Hannibal com Vern.

Mas o Soneca me deixara lenta, e, em vez de morder o menino, fechei os olhos numa piscada prolongada.

— Aí está você. Consigo vê-la debaixo de todas as drogas. Não quer sair e brincar, Snow?

*Quem é esse sujeito?* Encarei a parede para recuperar o foco, tentando afastar o efeito dos remédios.

— Tá bom, então só escute. Os remédios que o dr. Harris dá para você não estão te ajudando. Estão te escondendo do seu verdadeiro eu e do que você deveria ser. Estão te escondendo do seu destino. Pare de tomá-los. Comece a *sentir* tudo. E, quando estiver sóbria, me procure. Vou estar esperando do outro lado da Árvore. — Ele aprumou a coluna e cruzou os braços. O quarto ainda estava nebuloso ao redor.

*Esse cara que nunca vi antes quer que eu saia e vá aonde?*

Bale costumava falar em fugir, e, às vezes, eu encorajava a ideia. Mas a verdade era que, lá no fundo, sempre tive medo de dar de cara no espelho de novo. E Bale colocaria fogo em qualquer casa em que estivéssemos. Hoje me arrependo de nunca ter tentado, por ele. Pela gente. Se fosse tentar escapar, seria com Bale. Não com um desconhecido.

Meus lábios e a minha voz enfim decidiram trabalhar.

— Eu poderia gritar agora, e os Jalecos Brancos chegariam aqui em sessenta segundos — falei, pensando no botão de emergência atrás da cama. Havia um em todos os quartos de pacientes. Nunca tinha usado o botão para uma emergência real. Só usei uma vez, como uma piada, pedindo por serviço de quarto quando o dr. Harris me atribuiu outra enfermeira. Em uma semana, Vern já estava de volta.

O garoto não se abalou com o desafio. Não moveu um músculo.

— Você já podia ter pedido ajuda. Além disso, eu sou a ajuda.

— Quem é você? — perguntei.

— O importante é quem é *você*, princesa.

Já fui chamada de muita coisa em Whittaker. "Princesa" nunca foi uma delas.

Ele percebeu que tinha a minha completa atenção. Um sorriso se espalhou no seu rosto. Estava satisfeito. Então se inclinou, se aproximando ainda mais.

— Você precisa sair daqui, princesa. Isso está acabando com o seu espírito. O portão no canto norte vai se abrir para você. Siga ao norte até ver a Árvore.

— A Árvore? — indaguei. Pensei na árvore dos meus sonhos. Aquilo só podia ser outro delírio. Era coincidência demais.

— Vai saber quando encontrá-la. Prometo. Quando chegar do outro lado, estarei esperando. E eles se ajoelharão para você.

— Do que está falando? E por que fica me chamando de princesa? Não sou princesa de ninguém.

— Você não sabe mesmo, não é? — falou ele, de maneira solene. — Eles anestesiaram sua magia e inteligência.

— Que diabo é isso? — falei, surtando. Os efeitos do Soneca começavam a passar, e eu ficava cada vez mais irritada com essas charadas. Com certeza era um paciente novo que não tinha tomado os remédios.

— Lembre-se da Árvore…

Sentada na cama, fui me afastando, pronta para mostrar para o garoto que tipo de princesa eu era. Então ele se virou de repente e foi na direção do espelho de acrílico no meu armário. E fez algo que me deixou paralisada.

Ele o atravessou.

Fechei os olhos e os apertei com as mãos espalmadas. Foi um sonho. Sim, seria o mais estranho de todos, mas mesmo assim. Um sonho. Só podia ser.

Abri os olhos de novo. Dessa vez, eles se ajustaram rápido à escuridão. O quarto parecia normal. Não havia nenhum garoto desconhecido à vista. No entanto, quando encarei o espelho ao lado da minha mesa de cabeceira, juro que pude ver a silhueta de um garoto com um jaleco grande demais, ficando cada vez menor... desaparecendo no reflexo. E, no fundo, estava o contorno tênue de uma árvore enorme, a Árvore.

Quando pisquei, a Árvore e o menino tinham desaparecido.

# 7

MESMO SEM CONSEGUIR ENXERGAR direito na escuridão, peguei o caderno de desenho e comecei a rascunhar o rosto do garoto. Queria colocar tudo ali, todos os detalhes. Poderia até ter acontecido na minha cabeça, mas não queria esquecê-lo.

Conforme o maxilar definido dele surgia dos meus dedos, tremi. Ele me chamou de "princesa". Qualquer que fosse a razão, não gostei.

Já tinha sido chamada de coisa pior, e merecera cada apelido por as minhas palavras e mordidas. Voltei os olhos para o rascunho. Registrar os sonhos em papel era meu exorcismo pessoal. Depois, sempre me sentia livre do que quer que tivesse me assombrado na noite anterior. Dessa vez, porém, quando observei o desenho do garoto, quase senti os olhos dele me encarando de volta.

Devo ter caído no sono naquela posição, avaliando o meu trabalho, porque, quando percebi, estava acordando outra vez ao som da porta se abrindo. Os raios de sol atravessavam as janelas com barras. Vern carregava a bandeja de remédios. O garoto da noite passada surgiu na minha mente, e fechei o caderno com força. Dormira segurando o carvão. Não sabia se ele era um paciente ou enfermeiro, ou se o Soneca o tirou da minha imaginação e o colocou nos meus sonhos. De qualquer forma, não estava preparada para Vern, ou qualquer outra pessoa, ver a imagem dele.

— Já acordou? Isso é novidade.

— Esse quarto pareceu a Grand Central Station na noite passada — falei, pensando no enfermeiro de novo.

Ela ergueu a sobrancelha.

— O dr. Harris me fez uma visita. E um cara que me chamou de princesa.

— Princesa, hein? — falou Vern, bufando. — Yardley, você é tão parte da realeza quanto eu. — Ela falou aquilo de forma quase afetuosa, estendendo a bandeja com as pílulas do dia para mim.

Me lembrei do que o garoto dissera. Mesmo que fosse apenas fruto da minha imaginação, talvez o meu subconsciente estivesse me dizendo que era hora de parar com os coquetéis.

Sabia que cada comprimido tinha um efeito diferente. Mas, em algum momento, os efeitos passavam, e o dr. Harris começava algo novo. Minha medicação mudava mais que a dos outros. Nós, pacientes, comparávamos às vezes. Chord e Wing quase sempre tomavam Soneca. Aquilo os mantinha no lugar. No caso de Wing, o remédio a impedia de voar. E, para Chord, o impedia de piscar através do tempo. De vez em quando, o dr. Harris adicionava Feliz, porque havia um bocado de depressão envolvida em não conseguir estar exatamente onde você queria.

Eu achava que o dr. Harris se esforçava muito para conseguir encontrar a combinação certa que me deixaria equilibrada, normal. Que deteria a raiva. Que colocasse o meu monstro para dormir.

Mas e se o que o garoto dissera fosse verdade? E se os remédios estivessem mascarando tudo sem melhorar nada? A ideia de desistir de todos os remédios me enchia de medo. Não conseguia me lembrar da última vez em que estive completamente sóbria.

— Quais dos sete anões vou tomar hoje? — perguntei, achando que a resposta seria Dunga. Dado o meu comportamento do dia anterior, a visita da minha mãe e a dose de Soneca na noite passada, tinha certeza de que o médico prescreveria descanso hoje.

Só que aquele comprimido era novo. Era preto com pontinhos. Queria recuar, perguntar a Vern que remédio era aquele, me recusar a tomá-lo. Mas se fizesse isso, me obrigariam a engolir a pílula, ou pior

— me dariam uma dose direto na veia. Então escondi minha reação e fingi que tudo estava normal. Bem, normal para os meus padrões, ao menos. Em vez de engolir, coloquei o comprido debaixo da língua e o senti ameaçando derreter. A cobertura plástica amoleceu enquanto eu esperava Vern checar a minha boca. Ela mal conferiu, ou porque confiava em mim, ou porque eu nunca tinha deixado de tomar um remédio antes.

— Olha isso! Não estava previsto neve para hoje! — exclamou Vern ao olhar pela janela. Aproveitei para cuspir o comprimido na mão. Ela olhou para mim, esperando uma resposta sobre o clima.

Dei de ombros e senti uma pontada de alguma coisa — não era culpa, e sim uma mudança na nossa dinâmica. Eu tinha um segredo. Não emiti uma palavra, mas era a primeira mentira que contava a Vern em muito tempo — talvez fosse a primeira.

Escondendo o comprimido no bolso, peguei o caderno de desenho e marchamos em silêncio para a área comum. Era hora de *The End of Almost*.

Vern ligou a televisão e se sentou ao meu lado.

Ficamos assistindo ao programa dela, e, em algum momento, percebi que esse show agora também fazia parte de mim. As vidas na tela eram uma janela para outro mundo em que qualquer coisa poderia acontecer — até o impossível. Hoje, o episódio era concentrado na matriarca da família, Rebecca Gershon. Ela era como um camaleão, se transformava em quem precisasse ser para conseguir o que queria. Tivera tantos maridos quanto empregos, e atualmente trabalhava no *Amor #7*. Os personagens mudavam entre o bem e o mal, e voltavam para o bem. Era um mundo irreal, mas também cheio de perdão e segundas chances. Em comparação, eu nunca tinha arranjado o meu primeiro emprego ou saído em um encontro de verdade.

— Por que a Rebecca não conta ao tal do soldado como se sente?

Eu sabia que o nome dele era Lucas. Gostava de fingir que as histórias significavam mais para Vern do que para mim. Contudo, eu conhecia cada detalhe, cada subtrama, enredo e reviravolta, do primeiro ao décimo marido de Rebecca, e tinha certeza de que Lucas seria o amor verdadeiro dela. Ele não era tão bonito quanto os outros amantes que Rebecca tivera nos anos anteriores, mas era o primeiro a amá-la incondicionalmente. Só que não podia admitir o que era bastante óbvio para Vern e eu.

— Às vezes, falar uma coisa é mais difícil do que esconder. Você não sabe disso porque não tem filtro, mas, lá fora, as pessoas passam a maior parte da vida com medo de expressar o que têm na cabeça.

Parecia que Vern estava dizendo que eu era corajosa... ou louca. Talvez significassem a mesma coisa.

Pensei em como era a vida de Vern fora do instituto. Sabia que ela tinha um marido e um filho que sorria para mim pelo celular dela. Alto, mas não como Vern. E a maneira como ela olhava para Lucas e Rebecca na TV me fazia imaginar se não teve um amor perdido no passado — alguém que poderia ter mudado o curso da sua vida. E, no momento em que essa ideia surgiu no meu cérebro, outro pensamento sobreveio: o garoto. Não que ele fosse alterar o curso da minha vida. Era só um novo tom de insanidade que nunca notara antes.

Peguei o caderno de rascunhos para terminar o desenho do menino da noite passada.

— Quem é esse? — perguntou Vern durante o comercial.

— O novo enfermeiro — disse, pescando informações.

— Ele é bonitinho. Mas não trabalha aqui. Você não o viu de verdade, viu? — questionou ela, incisivamente.

Dei de ombros.

— Acho que foi só um sonho.

♛

*Eu estava em casa, no quarto da minha mãe, encarando o espelho de corpo inteiro ao lado da cômoda. De repente, Becky apareceu. Ela sorriu e balançou as marias-chiquinhas — mas havia algo errado. Ela estava coberta de sangue. Quando voltei a olhar o espelho, ele estava quebrado, e eu também estava encharcada de sangue. Além do vidro partido, vi uma árvore gigante cintilando na neve. Ao lado dela, o garoto da noite passada. Não usava mais o jaleco branco roubado, mas um colete de couro e uma túnica vermelha como sangue. Uma bolsa marrom cruzava seu peito. Ele acenou para mim.*

*Puxei o braço de Becky.*

— *Temos que ir* — *falei, mas ela não se moveu.*

*Puxei outra vez e virei para ela, mas a menina tinha desaparecido e, no seu lugar, estava Bale.*

— *Bale* — *falei, suspirando. Já fazia tanto tempo que não o via, que não o tocava. Olhei para a minha mão, que envolvia o pulso dele. Bale estava coberto de sangue também.* — *Você se machucou.*

*Virei-me para analisá-lo mais de perto, mas então ele pegou as minhas mãos e entrelaçou os dedos com os meus. Bale estava bem. Ele olhou para mim, de verdade, os cílios longos quase me distraindo do âmbar escuro dos seus olhos.*

— *Não posso ir com você* — *disse ele, por fim.*

*Voltei a encarar o espelho e vi que o garoto-enfermeiro continuava a acenar, e, ao redor dele, as pessoas se ajoelhavam, cabeças curvadas na minha direção. Eu queria ir, mas Bale não saía do lugar.*

— *Não posso* — *disse ele, mais firme.*

*Então o puxei na direção do espelho com o máximo de força que consegui e ele largou a minha mão. Caí para trás, esperando bater no vidro rachado, mas encontrando apenas ar. Ar frio.*

*Consegui ficar de pé e me virei para Bale, mas, quando voltei a encará-lo, ele estava em chamas.*

♛

Acordei aos gritos e sabia que precisava ver Bale. Naquela noite.

# 8

DEPOIS DO JANTAR, Vern me acompanhou até o quarto.

Quando viramos o corredor para o salão principal, passamos por Wing e Sarah.

— Sno-o-o-o-w — disse Wing, espichando o meu nome e erguendo a mão na minha direção.

Ela usava um elástico de cabelo rosa e tinha purpurina nas bochechas. Wing amava cores, mas o uniforme de Whittaker não permitia muito mais do que isso.

As pontas dos nossos dedos se tocaram.

— Oi, Wing.

— Foi na papelaria hoje, querida? — repreendeu Vern afetuosamente.

Era impossível não amar Wing, mas era também muito triste. Como ser amiga de um pássaro cujas asas tivessem sido cortadas. Toda a sua existência estava envolvida no que ela acreditava ser o único propósito da sua vida. Wing não conseguia pensar em nada além de voar.

— Não, não, não, não, não. — Wing balançou a cabeça rápido. — Não, não, não. É o meu Brilho. — Ela apontou para as bochechas. — Preciso do meu Brilho.

O "Brilho" de Wing era como o seu pó mágico. Ela dizia que precisava dele para fazer crescer suas asas de volta e poder voar. Acho que todos tínhamos os próprios sonhos no instituto. Queria que houvesse um remédio que pudesse fazê-la sonhar com outra coisa.

— Vamos, querida. — Com gentileza, Sarah levou Wing para dentro do quarto.

A garota sorriu de novo para mim, e deixei as pontas dos nossos dedos se tocarem outra vez. Ela sorriu, e eu retribuí. Mas o meu sorriso logo virou uma carranca quando ouvi outra voz.

— O que você ainda está fazendo aqui? — sibilou Magpie quando passou pela gente. Na mesma hora, Cecilia a mandou se calar e a fez andar mais rápido.

Vern olhou para mim de soslaio. Magpie tentava me tirar do sério, e a enfermeira não queria que tivéssemos outra briga. Mas ignorei as duas. Estava concentrada no meu plano.

Tanto a minha cabeça quanto o meu coração estavam acelerados. Ia acontecer. Naquela noite, eu veria Bale. Nós conversaríamos e deixaríamos toda aquela coisa de ele ter quebrado o meu pulso para trás. Eu havia deixado passar tempo demais. O sonho fora um alerta. Eu permitira que o que havia acontecido depois do beijo ficasse entre nós. Éramos mais do que um instante. Eu o faria perceber que o que acontecera só podia ter sido uma reação ruim aos remédios. Não era ele. Não era eu.

A fita adesiva com que Vern pendurava os meus desenhos foi útil. Enquanto ela pegava o meu pijama, discretamente cobri a lingueta da porta, a impedindo de trancar.

— Está tudo bem, Yardley? — perguntou ela enquanto eu me vestia.

— Sim — menti. — Por quê?

Vern balançou a cabeça e me deu a dose noturna. Era a pílula preta com pontinhos de novo. Não sei o que era, ou por que deveria tomá-la três vezes ao dia, mas continuei calada. Simplesmente a joguei na boca e bebi um grande gole d'água.

— Abra — disse Vern. Ela examinou a minha boca com um pouco mais de atenção que o normal, mas não viu o remédio escondido debaixo da parte de trás da língua. — Tudo bem, então.

Quando desejei boa-noite, Vern parou sob o batente e olhou para mim como se sentisse que algo estava errado. Prendi a respiração, torcendo para que ela não roçasse na fita adesiva e a arrancasse sem querer com o jaleco. Ou pior, visse-a ali.

— Você é uma boa menina, Snow. Difícil, mas boa — disse ela.

Quase caí no choro. Até então, a ansiedade e a necessidade de manter o segredo só tinha aumentado. Eu não estava acostumada àquilo. Que droga, minha cabeça quase nunca ficava clara o suficiente para planejar com mais de uma hora de antecedência, quanto mais um esquema elaborado. Não tomar os remédios só deixou os meus sentimentos mais intensos. Vern era sempre tão boa comigo. Mais do que isso. Era a única adulta na minha vida que não me tratava como se eu fosse ter um ataque a qualquer momento.

— Obrigada, Vern — respondi.

Ela assentiu e deixou a porta se fechar. Fiquei ouvindo os guinchos dos tênis dela desaparecerem no corredor antes de conferir se a porta tinha se trancado. Não tinha. A fita adesiva funcionara.

Então, voltei para a cama e esperei por uma hora agonizante até as luzes se apagarem. Pareceu uma eternidade, mas, por fim, todos os enfermeiros deixaram seus postos, um a um. Quando tudo estava tranquilo, saí do meu quarto e fui para o corredor.

As portas dos nossos quartos se abriam pelo lado de fora, então levei mais fita adesiva para não ficar trancada. Entrar no quarto de Bale seria fácil. O que viria a seguir é que não. Não sabia como ele reagiria depois do que o meu beijo o obrigou a fazer.

Eu o observei por um segundo antes de entrar. Mesmo com os braços e as pernas amarrados na cama — dava para ver as fivelas sob o cobertor —, Bale parecia em paz. O peito subia e descia a intervalos regulares. Ele era lindo. Ele era meu.

Seus cabelos ruivos estavam uma bagunça, e os cachos pelos quais eu adorava passar os dedos quando os Jalecos Brancos não estavam olhando haviam sido cortados bem rente às têmporas. Vern deixara aquilo de fora quando me disse como ele estava. Eu a repreendi mentalmente por essa omissão antes de me lembrar do meu próprio segredo.

— Ei, por onde andou, Snow? — perguntou Bale quando o sacudi para acordar.

Não conseguia acreditar que estávamos conversando desde que nos falamos pela última vez, há um ano, como se não tivéssemos nos beijado e ele não tivesse quebrado o meu pulso e meu coração. Engoli em seco e falei devagar. Ele tomava o próprio coquetel de remédios, e eu queria que entendesse o que eu estava prestes a dizer:

— Sei que não parece, mas foi você quem andou sumido.

— Para onde eu fui?

— Não importa. O que importa é que está de volta agora.

— É claro que importa. Eu me lembro — falou ele, a voz engasgada, como se buscasse as palavras. — Lembro do que fiz depois do beijo. Eu arruinei tudo. Arruinei nós dois.

— E se eu quebrar o seu pulso para ficarmos quites? — falei, tentando deixar o clima mais leve com uma piada.

Bale se encolheu. Ele não sabia que me machucara tanto. Eu já tinha falado muito. Pensei em apertar a mão dele, mas não sabia se estávamos prontos para isso ainda. Era tão bom conversar com Bale e ele me ver sem querer fugir de mim.

— Machuquei você. Nunca vamos superar isso. Sempre ficará entre nós — disse ele, soando decidido e muito triste. — Sei quem você é, Snow.

Ainda conseguia me lembrar da sensação do aperto de Bale ao redor do meu pulso e seu olhar quando disse aquilo pela primeira vez.

*Vejo o que você é agora...*

Mas, lá no fundo, eu sabia que o fato de Bale parar de falar no dia depois do nosso beijo tinha tudo a ver com o dr. Harris e esse lugar, e nada a ver com quem éramos.

— E eu sei quem você é, Bale. Você é uma pessoa boa. — Lágrimas encheram os meus olhos. — Eu te perdoo, tá bom?

Mas ele não estava escutando. Estava parado, relembrando o momento do nosso beijo. Dava para ver a culpa atingindo-o em ondas, e eu não conseguia encontrar uma forma de amenizar aquilo. Então, do nada, Bale começou a rir como se finalmente tivesse entendido uma piada. Sua risada era rouca e cheia de vida.

Senti saudade daquela risada.

E ele também sentira falta da minha. Eu sabia.

Percebi que as minhas bochechas se esticavam num sorriso, algo que não fazia de forma sincera havia muito tempo. Coloquei um dedo sobre os lábios para avisá-lo de que precisávamos ficar quietos.

A risada de Bale morreu.

Não havia como esquecer.

— Não tenho escolha, Snow — disse ele, os olhos vidrados.

— Do que está falando?

— Preciso colocar fogo em tudo. É a única maneira de parar.

— Parar com o quê?

— Não podemos mudar quem somos. Temos que queimar.

Bale não estava bem. Não estava nada bem.

— Você vai melhorar, Bale — falei, mais para mim do que para ele.

Estiquei a mão para tocar nele, mas hesitei novamente. Sentia falta da cavidade de seu peito. Naquela noite, um ano atrás, depois de terem colocado o meu pulso numa munhequeira horrível, fui às escondidas até o quarto de Bale e subi na cama dele, me enrolando ao seu lado e acariciando de leve seu braço esquerdo. Uma marca surgira na pele pálida do garoto. Quase parecia uma tatuagem ou um sinal de nascença no formato uma estrela com pontas afiadas dentro de um círculo. Nunca a vira antes, e pensava conhecer cada centímetro da pele de Bale que tinha permissão para ver.

Naquela noite, coloquei a cabeça sobre o peito dele e ouvi o coração. Era o meu som favorito no mundo inteiro. As batidas eram fortes e claras nas suas costelas. Elas reverberaram em mim, me prometendo sua volta. Me prometendo que ele ficaria cada vez mais próximo no futuro. Mesmo que os braços estivessem presos. Mesmo que a mente tivesse ido para algum lugar que eu não conseguia acessar. Seu coração ainda estava lá. E eu tinha certeza de que ainda batia por mim.

Fui pega minutos depois. Um facho de luz cegante cortou o quarto, vindo da porta aberta. Havia um Jaleco Branco lá, preparado para atacar e punir. Mas valeu cada segundo. Minha cabeça descansando sobre o peito de Bale parecia a coisa mais íntima que já tinha feito. Mais até do que o beijo. Porque não havia distância alguma entre nós.

♛

Agora, de volta ao quarto dele, observei seus braços, presos novamente. A marca circular deixada no antebraço esquerdo ainda estava lá. Passei os dedos de leve um pouco acima da estrela. A pele estava quente. Quente demais. Bale queimava de febre. Então, ele sorriu de forma perversa, e, pela primeira vez, senti um pouco de medo dele. Aquilo acabou comigo, mas precisei desviar o olhar.

Bale precisava de ajuda. Tinha dito aquelas coisas horríveis porque estava doente. Se não estivesse preso, poderia ter me agarrado — e parte de mim queria aquilo mais do que qualquer coisa. Desejei ter as palavras certas para trazê-lo de volta, mas ele estava além do meu alcance.

*Será que eu deveria beijá-lo de novo?* A vergonha me atingiu. Era egoísmo pensar naquilo, mas eu queria tanto. Sentir os lábios dele pressionando os meus sem os remédios correndo nas minhas veias. Se estava mesmo sentindo tudo pela primeira vez, queria sentir isso também.

Outro pensamento me ocorreu, chocante, aleatório e errado, como os que costumo ter com Dunga. *E se um beijo pudesse curá-lo, consertá-lo e trazê-lo de volta para mim?*

— Temos que queimar — repetiu ele, mais alto dessa vez, puxando as amarras com força.

Bale, o meu Bale, tinha seus problemas. O fogo dentro dele não habitava apenas seu cérebro. Seu corpo estava tão quente.

Me inclinei sobre ele, o rosto centímetros acima do dele. Bale parou por um momento, olhando para mim por aqueles cílios longos e grossos.

— Snow. — Ele suspirou, o hálito doce e morno nas minhas bochechas. Permaneci ali por um instante, presa entre o desejo e a necessidade. Queria Bale de volta. Mas a prioridade era que ele ficasse bem.

— Eu te amo — sussurrei, me inclinando. Foi aí que notei algo na pequena janela com barras logo acima da cama dele.

A vista dos campos de Whittaker desaparecera e, no lugar dela, *havia um espelho*. Sua superfície ondulava e brilhava. Era hipnotizante... mas então um par de braços brancos e rígidos saiu do objeto e foi na minha direção.

— O quê...?

Dei um pulo para trás um segundo antes de encostarem em mim. Da superfície líquida do espelho, uma lufada fria de vento soprou pelo quarto.

— Bale! — gritei. Tinha que desamarrá-lo e tirá-lo dali antes que aquela coisa entrasse no quarto.

Ele se mexia violentamente na cama agora, puxando as amarras. Quando tentei desatar o pulso esquerdo, mal consegui pegá-lo, de tanto que o garoto se mexia.

— Bale, pare, por favor. Temos que sair daqui! — Enfim consegui pegar seu pulso, mas puxei os dedos de lá, sentindo dor. Algo tinha me machucado, e feio. Encarei a minha mão e notei bolhas se formando. Quase como se tivesse sido queimada.

Os braços se estenderam ainda mais. Eram impossivelmente longos. Dois dedos encostaram na testa de Bale, arrancando um grito dele. Enquanto berrava, as amarras brilharam, indo de amarelo a um laranja-escuro.

— Bale! — gritei de novo e enfiei as unhas num dos braços que saía do espelho, tentando tirá-lo de cima dele.

Tropecei na mesa de cabeceira e apertei o botão de pânico com força.

— Socorro! — berrei o mais alto possível. Corri para a porta e a escancarei, arrancando a fita adesiva. — Socorro! É o Bale! — vociferei no corredor.

Então, ouvi o som de algo se rasgando atrás de mim e uma batida. Quando olhei para trás, as amarras ao redor dos pulsos e tornozelos de Bale estavam abertas. Seus movimentos bruscos tinham parado. Ele estava mole nos braços brancos e gélidos que o puxavam em direção ao espelho.

Dava para ouvir a comoção no corredor, os passos rápidos e o despertar, os gemidos e gritos ecoantes dos pacientes da Ala D. Corri para o lado de Bale, a porta se trancando atrás de mim. Passei meus braços ao redor do corpo dele. Ninguém ia tirá-lo de mim. Não de novo.

Mas Bale escapava do meu abraço.

— Bale, não! — gritei.

Os braços o apertaram firmemente e o puxaram até eu não conseguir segurá-lo mais. E, num instante, Bale e o espelho tinham desaparecido.

Meu coração acelerou e a minha respiração ficou carregada. Corri até a janela, gritando o nome dele. Mas estava sozinha no quarto quando os Jalecos Brancos responderam aos meus berros.

Não podia ser. Mas era.

♛

Vern me levou de volta ao meu quarto.

— Vamos encontrá-lo, meu amor. Ele deve estar no porão, que nem da última vez.

Ninguém jamais tinha escapado de Whittaker. Vern achava, erroneamente, que ninguém nunca escaparia.

— Ei, quando foi que você virou uma artista de fuga? — perguntou ela de forma quase gentil, tentando desviar a minha atenção do que as suas mãos estavam fazendo. Ela pegava uma seringa.

— Vern, por favor — implorei, os olhos na agulha.

— Criança, você precisa dormir. As bolsas sob os seus olhos estão tão grandes que eu poderia guardar meu jaleco nelas. Quando acordar, Bale vai estar na cama, que é o lugar dele.

Percebi que ela não acreditava em mim. Que nunca acreditaria. A única coisa que eu poderia fazer era impedi-la de me dopar para que pudesse encontrar o meu Bale.

— Só quero ver Bale de novo — falei, contando só metade da verdade.

Ela puxou os lençóis, e subi na cama, mordendo o interior das bochechas para me manter calma, para me impedir de gritar. Ouvi meu gemido quando a seringa entrou no braço, bem no meio de todas as cicatrizes que se espalhavam feito uma teia de aranha. Então, os soluços logo morreram, e adormeci num instante.

Mas eu não chorava pela dor causada pela agulha.

# 9

O GAROTO APARECEU DE NOVO naquela noite, de pé ao lado da minha cama. Daquela vez, eu sabia que era um sonho. Tudo parecia mais acentuado do que o normal, mais surreal.

— Você sabe onde Bale está, não sabe?

O teto tinha desaparecido. Neve branca e brilhante caía da escuridão acima e enchia o cômodo.

— Você está com ele.

— Não — respondeu o garoto com dificuldade. A neve caía de leve sobre ele, mas o menino se encolhia a cada floco. Gotas de sangue se formavam em sua pele onde a neve o acertava.

*Talvez eu o esteja machucando,* pensei.

— O que está acontecendo? — perguntei.

— Você precisa se controlar — falou ele com os dentes cerrados. — Não estou com Bale. Se vier comigo, posso lhe ajudar a encontrá-lo. Mas precisa controlar o seu temperamento.

Falar do meu temperamento só piorou as coisas, como carvão em brasas sendo atiçado.

— Por favor — disse ele com uma careta.

Acreditei nele. Ou queria acreditar, pelo menos. Estava claro que o garoto estava sofrendo, então peguei o meu caderno de desenhos e comecei a rascunhar.

— O que você está fazendo? — perguntou.

Não olhei para cima. Não para o menino no meu quarto. Não para a neve que caía.

— Estou me acalmando — falei, expirando devagar pelo nariz.

Eu desenharia até sair daquele sonho louco.

Então, o garoto disse a resposta para tudo.

— Bale está do outro lado da Árvore.

Quando acordei, algumas horas depois, com os dedos sujos e carvão por toda a cama, sabia de duas coisas: onde Bale estava e para onde eu precisava ir.

Eu sabia que o garoto tinha razão. Porque, página após página no meu caderno, havia o mesmo desenho: a Árvore com as marcas do meu sonho.

Esperei até a ronda da madrugada nos quartos acabar antes de tentar fugir de novo. Ainda estava escuro lá fora, mas a lua já baixava no horizonte. Por sorte, Vern nem se incomodou em checar a porta quando saiu, e a fita continuava no lugar. Ninguém viria conferir se eu estava no quarto por pelo menos uma hora, então escapei para o corredor silencioso e fui na direção da saída.

— De novo? — disse uma voz familiar atrás de mim. Não queria me virar, mas acabei virando. — Sonambulismo não faz parte do seu repertório, Yardley. Vamos voltar para a cama — falou ela.

— Desculpe, Vern. Tenho que ir. Tenho que fazer isso. Preciso encontrar Bale.

Dei um passo hesitante para trás, apenas centímetros na direção da saída, mas Vern conhecia meus truques e, um instante depois, estava ao meu lado.

— Deixa o nosso pessoal encontrar ele — disse a enfermeira solenemente. — Vão trazê-lo para casa.

— Só eu posso fazer isso — falei, tentando explicar. — Ele está num lugar para onde só eu posso ir. Por favor, Vern.

Seu rosto se fechou. Ela não estava desapontada, e sim preocupada por eu estar regredindo no tratamento.

— Não sei o que aconteceu com ele, mas não vou deixar nada acontecer com você.

Não tinha certeza se conseguiria lutar com Vern. Sabia que não queria. Sabia que ela era maior do que eu — bem maior. Mas, antes que ela pudesse me arrastar para dentro do meu quarto, houve um barulho mais adiante no corredor, seguido por passos rápidos e vozes.

— Ela está tendo um ataque...

— Vern! — gritou outra enfermeira. — Precisamos de você!

Dei outro passo para longe enquanto Vern virou-se para a confusão.

— Vern! — berrou uma terceira voz no instante em que os alarmes foram soados na Ala D.

Ela agarrou meus ombros.

— Você vem comigo.

Então, a enfermeira correu pelo corredor, me puxando a tiracolo.

A emergência era no quarto de Magpie. Assim que chegamos, havia uma algazarra caótica. Enfermeiras enchiam o espaço pequeno, gritando umas para as outras, tentando liberar espaço no chão ao redor do centro do quarto, onde estava o corpo deitado de Magpie. Na comoção, alguém deu a Vern a cadeira da escrivaninha para que fosse retirada do cômodo, e ela me largou, olhando para mim de um jeito firme que dizia "Fique aí, senão...".

Fui hipnotizada pela cena. Magpie estava completamente pálida, com aquele tom de branco quase transparente dos mortos.

As enfermeiras trocavam ordens aos berros enquanto davam choques em Magpie com o desfibrilador. Após algumas tentativas, a garota ressuscitou. Ela mexeu os braços e lutou até conseguirem prendê-la. Foi nesse momento que vi o sangue. Os braços e os lençóis estavam cobertos de sangue. Magpie se cortara feio.

— Eu quero Vern! — gritou ela, o que era estranho, porque Cecilia era a Jaleco Branco dela.

Não conseguia conceber Magpie tentando tirar a própria vida. Então, notei uma trilha de objetos pelo chão. Os tesouros dela estavam fora do esconderijo. Um elástico de cabelo como os de Wing. Um dos meus desenhos da Árvore. Clipes de papel do escritório do dr.

Harris. Um batom. Alguns parafusos. Eram suas recompensas. Estava tudo arrumado num semicírculo ao redor da cama.

Vern conseguiu enrolar uma gaze ao redor do pulso de Magpie e a colocou de volta na maca.

Dei um passo para trás.

Os olhos de Magpie se abriram e caíram sobre mim. Nós trocamos olhares — e o dela era de despedida. Então, Magpie deu uma piscada.

Talvez fosse apenas uma resposta involuntária ao trauma pelo qual o seu corpo estava passando. Talvez ela realmente estivesse tentando me dizer alguma coisa.

Não dava tempo de processar a minha surpresa. Tinha poucos segundos enquanto Vern se distraía com Magpie. Em silêncio, escapei do quarto e disparei pelo corredor.

Apertei o botão que abria a porta de saída e senti o ar frio da noite nas bochechas. O alarme da porta foi engolido pelo alarme que soava lá dentro. Estava livre.

Não havia nada a fazer além de correr.

*Será que Magpie se cortou de propósito? Para criar uma distração para mim?* Eu não sabia. Não tinha como saber. Só precisava continuar correndo.

O portão para os jardins do Whittaker estava aberto, graças a uma ambulância que vi entrando às pressas do meu esconderijo nos arbustos. Atravessei-o antes de se fechar. Tinha uma sensação estranha de que a distração de Magpie não fora a única coisa que ocorrera a meu favor naquela noite. Algo na mágica de tudo ter dado certo me animou conforme eu me afastava correndo do portão, na direção da noite escura. Sentia que poderia mesmo atravessar o espelho, chegar até a Árvore e resgatar Bale.

Estava mais frio do que eu esperava, mas a adrenalina me manteve aquecida por um tempo. Porém o ar congelante começou a penetrar o pijama fino do Whittaker. Ao menos, eu tinha me lembrado de colocar os sapatos.

# 10

PRÉDIOS, LOJAS E TERRENOS BALDIOS passaram voando enquanto eu corria para longe do portão norte do Whittaker, do dr. Harris e de Vern. Meus olhos recaíram sobre o Lyric Diner, para onde fizemos excursões nos meus melhores dias, quando estávamos na Ala A. Na última vez que estivemos ali, tivemos que sair porque Wing tinha mergulhado de barriga do balcão e Chord assustara o gerente, dizendo a ele que "no futuro, todos os seus filhos vão morrer na guerra". Naquele dia, Bale e eu compartilhamos uma mesa reservada e um milk-shake com dois canudos. Tivemos que nos sentar bem próximos para dividir o milk-shake, e nossos ombros se tocaram.

Afastei aquelas lembranças e segui em frente.

Tentei não pensar em como as minhas pernas pareciam chumbo. Nos últimos anos, não tinha corrido ou me exercitado nem um pouco, e os músculos pareciam felizes em me lembrar daquilo a cada passo.

Nenhuma das vitrines parecia familiar, o que não era surpresa, já que fazia um bom tempo que eu não me afastava tanto de Whittaker. Eu me aproximava de trilhos de trem e, além deles, uma estrada de terra que levava a uma floresta. Segui por ela, em parte pelo que o garoto-enfermeiro tinha dito, e em parte porque seria mais fácil me esconder no meio das árvores do que a céu aberto.

No entanto, não demorou muito para eu me perder. Não sabia de que lado tinha vindo ou qual direção seguir. Tudo que via eram as árvores e a neve, e todas as árvores pareciam iguais. Afundei no chão. Conseguia sentir a neve através das roupas. No que eu estava pensando? Talvez eu fosse louca mesmo. Seguira o conselho de um garoto que não conhecia sobre procurar uma Árvore na floresta a fim de salvar a vida do meu namorado que desaparecera por um espelho. E, ah, sim, em teoria, eu era uma princesa. Quando parei para pensar, soou totalmente insano. E agora eu ia congelar até a morte. Gargalhei, minha voz cacarejando pela floresta. O som foi levado pelo vento e ecoou de volta, me lembrando do quão longe eu estava de tudo que conhecia e do quanto estava ferrada.

As lágrimas começaram a cair uma depois da outra. Eu não era de chorar, não importava qual dos anões eu tomasse. A sensação era nova. Como se toda a tristeza dentro de mim tentasse escapar, porém, em vez de socos e arranhões... saía num fluxo constante. A respiração estava entrecortada, o nariz escorria. As gotas deslizavam quentes na minha pele impossivelmente fria. Eu era uma idiota. Senti o surgimento de uma onda de raiva — de mim mesma, da minha mãe e daquele garoto-enfermeiro dos sonhos por me levar até ali.

Queria voltar, mas não sabia mais o caminho. Havia corrido em círculos muitas vezes, e quase não tinha luz na floresta. Além disso, não havia muito pelo que voltar. Minhas opções eram ruins ou péssimas. Então chorei até as lágrimas secarem. E depois fiz a única coisa que podia. Levantei e comecei a andar.

A cada passo, me dava uma bronca em silêncio.

Devia ter trazido comida.

Devia ter trazido um casaco.

Devia ter pegado uma lanterna da mesa do segurança.

As coisas que eu devia ter feito começaram a acumular, e a ideia de desistir ressurgia a cada passo.

E então a vi: a Árvore. Impossível não reconhecê-la. Mesmo na escuridão, ela se sobressaía.

A Árvore ocupava mais espaço do que eu esperava. Quase parecia dominar o céu. Acima dela, a escuridão se abria numa fúria de luzes que refletiam na sua superfície. Verde, depois vermelho, azul, amarelo, tudo envolvido na mais escura das nuvens. As luzes pararam de se mexer e se contorceram até formar um rosto, que de repente desceu e pareceu olhar para mim. Dei um pulo para trás e engoli o riso. Do que eu sentia medo? Eram só luzes. Pareciam a aurora boreal que eu vira nos livros. Mas aquilo seria difícil de acontecer no interior de Nova York. Se bem que a Árvore também seria.

Dei um passo na direção dela para observar melhor. A Árvore estava coberta com algum tipo de escrita estranha e imagens. Mas as palavras não estavam em nenhuma língua que eu conseguisse distinguir, e as imagens pareciam rostos que eu nunca tinha visto. Nem mesmo nos meus sonhos. Que lugar era aquele? Quem fizera aquelas marcas? O que elas significavam?

De repente, senti uma pontada no braço. Puxei a manga e vi uma luz branca pulsando pela teia de cicatrizes que cobria a pele. Baixei a manga novamente, mesmo com o braço iluminado feito uma árvore de Natal.

— Estou sonhando? — falei, pensando em voz alta. Não seria a primeira vez que os meus sonhos pareciam tão reais.

Dei outro passo em direção à Árvore e examinei a sua superfície, lisa como vidro. Ela parecia totalmente coberta de gelo. Mas não parecia haver madeira de verdade abaixo. Ou as gravuras tinham surgido eras atrás e ficaram lisas com o tempo, ou as marcas cresceram com a árvore. Estiquei a mão para tocá-las, mas, assim que os meus dedos encostaram no caule, ouvi o som de algo se quebrando e meus olhos foram levados a uma fissura no meio do tronco.

Ele se despedaçou com um ruído repentino, provando que meu primeiro instinto estava certo. Não havia madeira abaixo da superfície.

Mas não fora uma boa ideia ficar tão perto. Não tinha como escapar. Milhares de cacos de gelo caíram dos galhos e foram na minha direção de uma só vez. Aterrorizada, escondi o rosto no cotovelo, protegendo a pele.

No entanto, em vez de me machucarem, os pedaços de gelo pararam a um milímetro de distância e caíram no chão. Erguendo a cabeça outra vez, vi a floresta diante de mim, clara como o dia. O que era impossível, porque era noite. Ou tinha sido noite. Mas também não parecia a floresta em que eu estava havia um segundo. E as árvores ao meu redor não pareciam normais... Eram altas, e, mesmo virando bem o pescoço, não conseguia enxergar o topo delas. E eram azuis. O tom mais pálido de lilás. Apesar da mudança de cores, pareciam de madeira. Aquela foi a primeira dica de que não estava mais em Nova York.

— Ei, Princesa... — falou uma voz forte e familiar atrás de mim. — Desculpe, me atrasei um pouquinho.

Dei a volta e encarei o garoto dos meus sonhos. O jaleco branco tinha desaparecido. Em vez disso, usava um sobretudo preto e sorria.

Ele levantou a mão, e uma árvore caiu sobre o gelo como uma ponte.

— Cuidado. É linda, mas corta fundo.

Do jeito que ele me encarou quando disse aquilo, quase pensei que estivesse falando de mim.

— Vamos. Temos que ir.

Subi na árvore que servia como ponte, me equilibrando, um pouco constrangida conforme ele me observava, determinada a não escorregar sob o olhar dele. Atrás de mim, ouvi um estranho som de algo se rasgando, quase como um pedaço de tecido sendo dilacerado. Espiei e vi que a Árvore estava de volta, mas, dessa vez, era azul como as outras.

— O portão se fecha novamente — disse o garoto, e foi tudo. Quando o alcancei, ele ofereceu a mão para me ajudar a sair. Peguei-a e senti um choque, porque ele era *real*. — Bem-vinda a Algid — falou, sorrindo.

— Algid? — repeti, deixando a palavra se desenrolar na minha língua. Havia algo familiar naquilo. — É o nome desse lugar?

Ele assentiu.

— E Bale está por aqui?

Ele assentiu de novo.

Eu não acreditava em coincidências. Não tinha como aquele garoto não estar envolvido no desaparecimento de Bale.

Então fechei a mão e soquei a sua barriga. Ele deu um salto, desviando a ponto de evitar o pior do golpe, mas, mesmo assim, consegui acertá-lo.

— Imagino que mereça isso por salvar você de um hospício e trazê-la de volta para casa — disse ele, sem demonstrar que o meu soco o afetara, se permitindo apenas uma expressão de surpresa.

Um sorriso se espalhou pelo rosto do enfermeiro-que-na-verdade-não-era-enfermeiro. Ele não parecia ter medo. Resisti à vontade de balançar a mão, que doera de atingir o músculo abaixo do casaco do garoto. Não queria dar aquela satisfação para ele.

— Você me afastou de tudo e todos que conheço. Caramba, muito obrigada.

O sarcasmo era sempre a minha primeira linha de defesa. E eu estava perdida no meio da floresta, com esse garoto desconhecido que agia como se soubesse tudo sobre mim.

— Você veio no seu próprio ritmo — reconheceu ele, como se a diferença fosse importante. — Posso ver que está chateada, princesa. Só me pergunto se toda a raiva é para mim...

— Cadê ele? Cadê o Bale? O que você fez com ele? — gritei.

Seu rosto mal escondeu o sorrisinho.

— Se eu pude trazer Bale até aqui, por que eu simplesmente não poderia trazer você?

Aquilo fazia algum sentido, mas não estava pronta para confiar nele.

Cedendo um pouco, o menino se inclinou na minha direção e falou:

— Sei onde Bale está e até vou te ajudar a encontrá-lo. Mas antes vai ter que fazer algo pela gente.

— Quem é "a gente"?

— Aqui não. Temos que ir para casa antes. — Ele tirou um frasco cheio de um líquido amarelo da bolsa. — Se beber isso...

Arranquei o vidro da mão dele e o esmaguei na árvore, o conteúdo pingando por todos os lados.

— Zads! — Ele pareceu irritado de verdade. — Esse era o meu último para voltar para casa.

— Essa não é a minha casa! Agora é melhor você explicar como vai me ajudar ou vou embora.

O menino suspirou com um pouco de exagero.

— Tá bom, olha. Já disse que não é seguro falar disso aqui. Vamos ajudar você com o seu amigo e contar sobre as profecias, mas precisamos sair daqui antes. Agora que você destruiu a forma mais rápida para voltar para casa, precisamos conversar. Então me ajude.

— Profecias? No plural?

— Ambas envolvem o rei. E ambas envolvem você.

Digeri aquela informação, e ele entendeu o meu silêncio como aprovação e voltou a andar.

— Acha mesmo que vou seguir você?

Era enlouquecedor como aquele garoto era confiante, atraente e irritante ao mesmo tempo.

— Acho — respondeu ele. Infelizmente, daquela vez, ele estava certo. Eu não tinha escolha. Então, deixando os pedaços da Árvore para trás, nos colocamos em movimento.

— Meu nome é Jagger, por sinal — disse ele, com um floreio e uma reverência.

— Não perguntei — respondi. O nome soava tão traiçoeiro quanto o menino.

Ele riu.

— É, eu notei.

Um vilarejo se ergueu à nossa frente. Senti uma parte de mim relaxando ao ver as casas. Não estava mais sozinha com aquele cara. E outra parte esperava que Bale estivesse numa daquelas casas.

♛

Cada casa na cidade tinha uma cor diferente, mas também era translúcida. A luz parecia dançar por elas, embora eu não conseguisse ver bem os formatos lá dentro. Passei pelas casas, buscando sinais de vida e deslizando os dedos nas superfícies — todas congelantes e lisas. Gelo.

— Cadê todo mundo?

— Foi um inverno rigoroso. Durou bem mais do que previmos — disse ele, baixinho.

— Quanto tempo?

— Desde o dia que você e a sua mãe deixaram Algid.

Ele continuou andando enquanto falava. Eu seguia as informações que me dava como uma trilha de farelos.

— Você vive assim? — perguntei, olhando para aqueles iglus sofisticados. Não eram nada como Hamilton, a cidade mais próxima do Whittaker.

— Você não viu nada. Espere até ver a minha casa — disse ele orgulhosamente, como se tivesse esquecido por que eu concordara em vir.

— É onde está mantendo Bale? — questionei. — É para lá que está me levando?

Ele não respondeu e continuou andando em silêncio. Se eu não estivesse com tanta fome e frio, poderia ter me afastado com raiva. Em vez disso, engoli a frustração crescente e o segui.

Depois de mais ou menos dez minutos de caminhada em silêncio, vimos um homem sentado num banco. Ele usava um casaco feito de um material liso e preto que me lembrou de pinguins. Jagger seguiu o meu olhar, mas a reação dele foi diferente da minha.

— Não toque nele. Não toque em nada nem ninguém — avisou, a voz sem um pingo do seu charme anterior.

Eu estava concentrada no homem. Parecia parado demais. Mas algo me atraía para ele. Talvez estivesse machucado. Precisava saber. Corri até ele.

— Com licença — falei, aliviada de ver outra alma viva além de Jagger.

— Não — resmungou o garoto.

Talvez eu precisasse seguir Jagger até Bale, mas de jeito nenhum ia obedecer a todas as suas regras.

— Snow — disse ele.

Eu o ignorei e toquei o ombro do homem. Horrorizada, percebi que estava congelado. Ele tombou e, quando o corpo encostou no chão, a cabeça se desprendeu do restante do corpo e rolou para longe. Engoli um grito.

— Eu mandei você não encostar nele — disse Jagger, me alcançando.

Olhei para os dois lados da rua e notei, pela primeira vez, dezenas de pessoas congeladas. Uma mãe e uma filha estavam paradas em frente a uma vitrine, admirando algo que nunca comprariam.

— Estão todos... — falei, sem conseguir completar a frase. *Mortos*.

Jagger respondeu com um aceno de cabeça.

Suas expressões também estavam congeladas. Eles sorriam. Como o homem no banco, não viram o ataque chegando.

— O que aconteceu com essas pessoas? Uma explosão congelante? Isso não faz o menor sentido.

— Não importa. O importante agora é a gente sair daqui antes que o mesmo aconteça com a gente.

Finalmente entendi a pressa de Jagger para sair daquele lugar. Não havia ninguém vivo no vilarejo. Precisávamos seguir caminho.

Mas eu não conseguia me mexer. Nunca tinha visto um cadáver antes, muito menos um congelado e sem cabeça.

— Olha, desculpe por ter tido que ver isso. Mas vai ver coisa bem pior se quiser salvar Bale. Agora, precisamos continuar andando se quisermos chegar em casa ao anoitecer.

Bale. Bastava a menção do seu nome para expulsar qualquer sentimento que me dilacerava; me mandando voltar, me mandando não confiar naquele garoto.

Em vez disso, continuei andando ao seu lado. Observei o seu perfil perfeito. Ele tinha tentado me poupar do horror. Ainda assim, me trouxera — não, me atraíra — para um lugar em que, o que quer que tenha acontecido com o homem sem cabeça, podia acontecer comigo.

Depois do vilarejo, a paisagem voltou a mudar. Havia novas árvores — árvores que eu nunca vira antes. Seus troncos eram grossos, mas não tanto quanto o da Árvore que abrira Algid para mim. Seus galhos eram retorcidos, com grandes flores brancas que também estavam congeladas.

Dava para ver a respiração de Jagger formando nuvenzinhas de vapor. Ele continuou em frente, determinado, o rosto tão bonito e insensível ao que tinha visto. No que quer que estivesse pensando, parecia já ter se esquecido do vilarejo, mas, para mim, aquelas expressões mortas e congeladas voltavam em flashes.

As perguntas, o silêncio e a relativa calma estavam começando a pesar demais.

— Você precisa me explicar tudo. Tipo como aquelas pessoas congelaram e como vamos encontrar Bale — falei, entrando na frente dele para interromper a sua marcha incessante.

— A chave para encontrar Bale é encontrar o Executor. Vou explicar tudo para você — falou. — Prometo. Mas, infelizmente, não posso fazer isso agora. Precisa confiar em mim.

— E por que diabos eu faria isso?

— Porque, nesse exato momento, precisamos correr.

De repente, ouvi um rosnado, baixo e gutural, atrás de nós. O som vinha das profundezas dos montes de gelo ao redor. O chão começou a tomar forma, se erguendo sozinho. Atrás de mim, surgiu um lobo completamente feito de neve. As pernas e os músculos das costas eram pedaços de gelo duro. Os dentes à mostra eram estalactites de gelo, pontudas e afiadas.

Outro Lobo de Neve apareceu ao seu lado, e então novos atrás. Seus olhos de vidro me seguiram quando dei alguns passos para trás.

— O que você está esperando? Corra, Snow! — Jagger me puxou até eu correr também.

Pela segunda vez depois de sair de Whittaker, eu corria, costurando entre as árvores e seguindo a silhueta graciosa de Jagger. Eu era qualquer coisa, menos graciosa. Meus braços estavam agitados, e, de vez em quando, eu tropeçava num galho caído, mas continuei em frente. Olhei para trás, o que foi um erro. A alcateia de Lobos de Neve chegava mais perto — e o tempo que levei para me virar permitiu que eles se aproximassem.

Adiante, as árvores começaram a rarear, e disparei para a clareira, derrapando ao parar abruptamente na beira de um penhasco. Não havia mais terra. Olhei lá embaixo e vi um rio. Era uma queda longa. Olhando para trás, observei o líder dos Lobos de Neve ainda mais perto.

O que eu deveria fazer? Correr e arriscar me afogar na água congelante — claro, presumindo que eu não morresse no impacto? Ou ser devorada por Lobos de Neve? E onde estava Jagger?

*Eles não são reais. Não são reais*, repeti para mim mesma. Mas meus pés tinham outras ideias, então pulei. A queda pareceu durar para sempre.

Minha mente voltou para Bale. Era por ele que eu estava fazendo aquilo.

Inspirei o máximo que pude. Fechei os olhos quando o meu corpo atingiu a água. Então lembrei que não sabia nadar.

Pensei ter ouvido Jagger mergulhar na água por perto, mas não perto o suficiente.

A água estava congelante, e o meu corpo ficou dormente de imediato. Tentei mexer os braços como as pessoas que via na televisão, mas os membros não colaboraram. Eu afundava em meio à água corrente. A força do rio me levava para baixo, e eu podia sentir a pressão do ar que eu prendia no meu nariz e atrás dos meus olhos. Precisava voltar para a superfície. Precisava de ar. Senti o meu corpo se soltando.

Conforme eu afundava ainda mais, imaginei o rosto de Bale. Nunca mais o veria. Nunca mais. Eu tinha ido tão longe só para morrer?

Soltei o ar e inalei água. Um novo tipo de pressão preencheu o meu nariz e os meus pulmões. Estava me sufocando. Seria o meu fim.

No momento em que desisti de qualquer esperança, uma luz surgiu sobre a minha cabeça, seguida por uma sombra. Eu supus ser Jagger, mas parecia uma mulher. Seus cabelos se espalhavam e rodopiavam na água. Braços longos com pontas de tentáculos se ergueram na minha direção.

O rosto dela era largo, com olhos grandes, verdes e brilhantes. Era marcado por fendas que pareciam guelras em ambas as bochechas. Elas se abriam e fechavam na água azul-esverdeada.

Tentei afastá-la, mas meu corpo não tinha mais forças para se mover. Incansável, a mulher enrolou os tentáculos ao redor da minha cintura e me ergueu para a superfície. Estava me salvando.

Aquele era o meu sonho, meu pesadelo tinha ganhado vida. Só que nessa versão, eu era resgatada, e não morta.

Poucos segundos depois, eu tremia sem parar às margens do Rio, e a mulher da água se ajoelhava ao meu lado.

— Temos que levar você para dentro.

A aparência dela era como se uma substância líquida agisse como algo sólido. Era feita de água, da mesma forma que os lobos eram feitos de flocos de neve. Sua pele soltava água. Riachos formavam mechas individuais nos cabelos.

— Snow. — Sua voz era doce e equilibrada.

Como ela sabia o meu nome? Todas as coisas impossíveis que aconteceram comigo desde que saí do Whittaker se amontoaram. Mas ouvir o meu nome me ancorou naquele lugar.

— Quem é você? O que você é? — perguntei.

— Sou a Bruxa do Rio — respondeu ela. — Nepenthe.

— O quê?

Apesar do que tinha visto no vilarejo e na floresta, não estava pronta para acreditar em bruxas. E sentia o meu corpo enfraquecer. Tudo doía: a cabeça, os membros, o peito. Não tinha parado de correr desde a minha fuga do Whittaker, e, naquele momento, deitada na margem, perdi as forças.

— A Bruxa do Rio — repetiu ela em voz alta, no momento em que tudo ficou preto.

As horas seguintes foram um borrão, enquanto eu ganhava e perdia consciência. Cobertores foram colocados em cima de mim. Acenderam uma fogueira por perto, e a bruxa forçou um mingau nojento de algas pela minha garganta.

Em certo momento, consegui perguntar:

— Jagger? Você encontrou Jagger?

Seu cenho franzido de confusão desviou o fluxo de água da testa.

— Tinha um garoto comigo. Você o encontrou? — expliquei.

— O menino que corria na outra direção quando eu a tirei do Rio e salvei a sua vida? — perguntou ela com um tom de crítica.

— Eu... acho que sim?

— Bem, ele sumiu. Te deixou para trás.

— Tem certeza? — Aquilo não fazia sentido. Jagger estava determinado a me trazer para esse mundo. Por que me abandonaria assim?

— Eu conheço o Rio, e o Rio disse que ele se foi — respondeu ela com gentileza.

Aquela era uma frase estranha. Como alguém conhece um rio? Pensei naquilo por um tempo enquanto voltava a perder a consciência. Mas ouvi outra voz, doce e musical.

— Ela está tão fria... Temos que aquecê-la.

Quando voltei a despertar, meu corpo nu estava coberto com o que parecia folhas grossas, embora a sensação era de que fossem sanguessugas. Onde estavam as minhas roupas? Que tipo de maluquice estava acontecendo?

Tentei me sentar e tirar uma das folhas, mas meu corpo não obedeceu. Era como se o peso da água ainda estivesse sobre mim, me mantendo no chão.

Então notei uma menina baixinha de pé ao meu lado.

— Fique parada. — A voz dela era como uma canção. Era mais melódica do que a minha. Do que a de qualquer pessoa que eu já tivesse conhecido, na verdade. Estava cheia de preocupação.

Tentei dizer "Que diabo é isso?", só que, quando abri a boca, ela estava cheia d'água.

*É um sonho*, pensei. Um sonho muito, muito vívido, de deixar os olhos arregalados.

— São escamas — explicou a garota, tocando as coisas parecidas com folhas que estavam presas no meu corpo. — Elas tiram tudo que há de ruim.

Ótimo. Fui salva só para ser torturada por um grupo de aspirantes a bruxas.

*Não tem como tirar tudo que há de ruim*, pensei.

A garota pegou uma das escamas e a acendeu numa vela próxima.

Tentei falar de novo, gritar, qualquer coisa. Só que agora havia ainda mais água na minha boca.

Então ela encostou a chama nas escamas. Eu teria dado um pulo, mas não conseguia me mexer. Uma coisa que parecia alga prendia os meus braços e as minhas pernas.

Me preparei para a dor, mas ela não veio. As chamas se espalharam pelas escamas sobre a minha pele, mas senti apenas cócegas. Uma a uma, as pequenas escamas deixaram o meu corpo e flutuaram até o teto.

Conforme o fogo baixava, a alga recuou dos meus pulsos e tornozelos. Passei as mãos sobre a minha pele sem queimaduras, que agora estava quente.

A menina me cobriu com um lençol grosseiro de aniagem e se afastou enquanto eu tentava gritar obscenidades a ela. Mas eu não tinha energia para isso. Voltei a dormir.

Quando acordei, um garoto, com uma coluna reta feito um esfregão, estava parado na porta. Por um segundo, torci para ser alguém que eu reconhecesse. No entanto, quando ele se moveu, percebi que era magro e alto, não tão gracioso quanto Jagger, nem tão forte quanto o meu Bale. Ele me lembrou do soldadinho de brinquedo que Magpie mantinha debaixo da cama, mas não consegui me concentrar em sua figura por tempo suficiente para descobrir quem era.

— A febre não está baixando. Tem algo errado. — Ouvi a garota falar, minutos, ou horas depois.

A mão dela pairou sobre o meu peito.

— Tem algo errado — disse ela. — É como se alguma coisa impedisse a magia de funcionar.

— Ela é parte bruxa e parte neve. É isso que está errado — respondeu o menino, falando pela primeira vez.

Talvez fosse a febre, mas a voz soava distante e firme, como se pensasse que a garota estivesse exagerando. Ou talvez não se importasse se a minha febre baixasse ou subisse.

— Bruxa do Rio... Nepenthe... venha rápido — chamou a menina.

— Quente demais ou frio demais. Decida-se, querida — falou a Bruxa do Rio com preocupação, mais uma vez ao meu lado.

Ela me observou, um dos seus dedos com escamas puxando a pele abaixo do meu olho.

— Ela está cheia — disse. — Precisamos tirar a água.

Senti o pânico me prendendo com mais força do que a alga. Se o fogo foi usado para me aquecer, como seria exatamente o método de tirar água?

— Isso vai doer — avisou a Bruxa do Rio.

Ela colocou a mão em cima do meu coração. Senti o peito subir na direção dela como um ímã. A água saiu de cada pedaço meu, de cada poro. Até das órbitas oculares. E, da minha boca, escapou um gêiser que atingiu o teto.

Quando a água parou de escorrer, a garota se aproximou de mim. Tocou na minha testa e assentiu para a bruxa. Minha febre tinha baixado.

— Você vai ficar bem. Precisa se curar, e ninguém sabe quanto tempo isso vai levar. Uma pessoa normal não teria sobrevivido — sussurrou a menininha.

Eu teria protestado. Ser normal fora o meu objetivo inalcançável em Whittaker por tanto tempo. Como era possível que *não* ser normal tivesse salvado a minha vida?

♛

Da próxima vez que abri os olhos, o menino com a coluna impossivelmente reta me encarava. Ele era lindo. Não lindo como Bale ou como Jagger-o-enfermeiro-que-me-levou-para-a-Árvore. Tinha uma aparência mais inocente, apesar do cenho bastante franzido. A garota com a voz musical estava ao seu lado. Estavam me observando com tanta atenção quanto Vern e eu ao assistir a *The End of Almost*.

— Eu sou Gerde, e este é Kai — explicou ela.

Não conseguia dizer mais nada sobre eles. Eram irmão e irmã? Namorado e namorada? Marido e esposa? Pareciam ter a mesma idade que eu. Ela, obviamente, era uma bruxa, mas seria ele um bruxo também? Até agora, tudo o que tinha feito era ficar parado, olhando, enquanto a Bruxa do Rio e a menina usavam a estranha medicina em mim.

— Você estava morta. Pode demorar um pouco para voltar a ficar completamente viva — explicou Gerde.

O que dizer para a garota que te cobriu de folhas e colocou fogo no seu corpo, e o menino que provavelmente viu você pelada?

— Oi — falei, após algum esforço.

Se ali fosse Whittaker, eu teria feito ou dito algo para marcar o meu território, falar para eles não se meterem comigo. Mas não estávamos lá, e os dois tinham acabado de salvar a minha vida.

A garota se animou, feliz por me ver viva.

— Quem é Bale? Você repetiu esse nome um milhão de vezes. E Jagger também. Quantos pretendentes você tem, princesa? — perguntou Gerde, a voz alegre cheia de curiosidade.

Não conseguia explicar quem Bale era para mim. Nunca tínhamos definido um nome para designar o que éramos, nem passamos do primeiro beijo. Mas ele era mais do que um "pretendente", mais do que um amigo, e mais do que qualquer outra pessoa no meu ou naquele estranho mundo. E Jagger, o menino que eu conhecia havia menos de um segundo, era o garoto dos sonhos. Só que os meus sonhos eram pesadelos. Eu precisava de um para encontrar o outro, mas agora ambos tinham desaparecido.

— Gerde... — falou Kai.

Não entendi por que ele a interrompeu. Que mal fariam algumas perguntas? Ele não sabia o suficiente sobre mim para querer respeitar a minha privacidade.

— Certo, você precisa descansar — disse ela com a voz musical outra vez e começou a cantarolar. Não sei se era coincidência ou não, mas a música me deu vontade de dormir, me colocou de volta sob a maré, na escuridão.

— Talvez devêssemos ter deixado ela na água — disse uma voz no meu encalço.

Parecia a voz do menino.

# 11

— BEM-VINDA DE VOLTA AO mundo dos vivos, Snow — disse a Bruxa do Rio.

Ela estava diante de uma grande janela oval quando acordei. Escamas cobriam suas costas que pareciam ser parte de um manto metálico e brilhante. Eu me perguntei o que havia ali embaixo, além dos tentáculos.

Seus pés longos e magros estavam descalços sobre as tábuas de madeira pintadas de branco. Todas as paredes do cômodo eram feitas da mesma madeira branca, e milhares de goteiras pingavam de todas as frestas da estrutura. O resultado era uma cacofonia. O som da água batendo na madeira atingia os meus tímpanos sem parar. O tipo constante de som que poderia enlouquecer alguém. Além da cama em que eu estava deitada, não havia outro móvel no quarto. Olhando nervosa ao redor, não consegui encontrar nenhuma saída. Escutei um ruído num dos cantos, de algo rastejando. Estava escuro demais para discernir o que era, mas, o que quer que fosse, se mexia.

A cama balançou. Parecia que estávamos num barco, e de repente temi estar ainda mais encurralada. Procurei Kai e Gerde, mas eles não estavam em lugar algum.

Me lembrei do garoto falando que eu deveria ter sido deixada no Rio. Mas não sabia ao certo se ele tinha dito aquilo ou se fora um sonho.

A Bruxa do Rio se virou e olhou para mim.

— Qual é o seu problema? Como pôde colocar uma garota que se afogou num barco? — perguntei.

Ela riu.

— Era a única forma, minha querida. A não ser que preferisse nadar de novo.

— O que você é?

— Ah, minha querida, há coisas entre o céu e a terra que ninguém jamais imaginou ou sequer sabe. Para muita gente, sou uma dessas coisas.

Me levantei rápido demais. Minha cabeça gritou. Voltei a descansar no travesseiro duro.

— Você tem mais garra do que ela. Isso vai lhe servir bem — falou a Bruxa do Rio, rindo de novo. — Logo estará de volta ao seu caminho. Tudo em seu tempo. Mas não antes de eu lhe contar uma história.

— Não preciso de história nenhuma. Preciso encontrar o meu amigo e voltar para casa — falei, me sentindo desesperadamente próxima de chorar.

— Essa é a questão. Você já está em casa. Tenho que dizer, você se parece demais com Ora. É impressionante.

— Você conhece a minha mãe?

— Se conheço? Somos irmãs.

Cerrei os olhos para a Bruxa do Rio.

Irmãs? Nunca tinha conhecido nenhum outro parente além da minha mãe e do meu pai. E a entidade à minha frente parecia ter mais em comum com uma poça do que com a minha muito perfeita, e muito humana, mãe.

— Você acha... acha que é a minha tia.

A Bruxa do Rio riu.

— Não, Snow. Ora e eu somos do mesmo coven.

Coven? A palavra reverberou na minha cabeça. Recentemente, tinha descoberto muita coisa sobre a minha mãe. Primeiro, ela era uma mentirosa. Agora, era alguém de outra terra. Mas a ideia de ela ser mágica, de ser como essa sereia-bruxa do Rio, era inconcebível.

— Está dizendo que a minha mãe era... é uma bruxa. Como você?

— Existem muitos tipos de bruxas, querida.

— E que tipo de bruxa ela é? — perguntei por reflexo.

— De um tipo diferente — respondeu a Bruxa do Rio de forma enigmática. — Mas há tanto que você não sabe. Culpa de Ora.

Não gostava do fato de a mulher estar insultando a minha mãe, ainda que eu mesma estivesse furiosa com ela. No entanto, não tinha energia para defendê-la. Mal conseguia me manter sentada.

As guelras na bochecha da bruxa abriram e fecharam com um suspiro de irritação.

— Ora não lhe protegeu e a manteve na ignorância. Se ela realmente acredita que essa é a melhor forma de mantê-la a salvo, não aprendeu nada no tempo em que passou em Algid. Você perdeu anos de preparo, de treino...

— Preparo e treino para quê? — indaguei, ainda mais confusa por um instante.

A Bruxa do Rio suspirou, e algumas gotas d'água respingaram no chão.

— Ah, querida. A primeira coisa que você deve saber é que a pessoa que você pensa ser o seu pai não é seu pai de verdade.

— Você está mentindo... — falei.

Mas uma parte de mim me interrompeu. Uma parte que queria ouvir aquilo. Eu mal conhecia o meu pai. Suas visitas eram esporádicas, sempre a pedidos insistentes da minha mãe. Eu teria ficado triste se não estivesse sempre dopada.

— Não acredita em mim, mas com o tempo vai acreditar. Vamos começar do início, então... com o seu *verdadeiro* pai, o rei Lazar.

Tentei resistir à fala dela, mas acabei ouvindo como uma criança de cinco anos escutando uma história de ninar.

— Algid nem sempre foi coberta de neve — disse a Bruxa do Rio. — Costumava ter estações. Então, o príncipe Lazar nasceu, e aquilo mudaria o destino do nosso mundo. Lazar foi o primeiro membro da família real a ser um poderoso feiticeiro. Geralmente, a magia é reservada apenas às bruxas, de forma que aquilo criou um alvoroço. Alguns dizem que a mãe dele teve um caso com um deus. Outros, que ela mesma se envolveu com magia sombria. Ninguém conhece a verdade, e nunca saberemos, porque, quando Lazar nasceu, ele veio ao mundo e congelou a mãe até a morte. Um início nada auspicioso.

"O pai de Lazar temia pela própria vida, e pediu ajuda ao coven. Minhas irmãs lançaram um feitiço de proteção no garoto, impedindo sua magia, e outro para apagar a memória de todos que sabiam o que ele tinha feito. E, por algum tempo, não houve problemas.

"Mas, quando o jovem príncipe atingiu a maioridade, ele encontrou um objeto que amplificava seus poderes de forma que o permitiu quebrar o feitiço."

— Um objeto? — perguntei.

— Um espelho. Até nosso coven pensava ser uma lenda. Mas Lazar o encontrou. De enorme importância, mais poderoso do que qualquer coisa em Algid. Do que qualquer coisa em qualquer lugar. E, num instante, o poder de Lazar estava de volta, e ele queria vingança.

Um espelho mágico parecia tão ridículo. Mas a lembrança de Bale entrando no espelho que tinha surgido no quarto invadiu a minha mente.

— O rei voltou a pedir a ajuda do coven, mas, em vez de restringir os poderes do filho, o rei só tinha olhos para a ganância. Exigiu que o coven ensinasse Lazar a controlar seus grandes poderes para que o rei pudesse usá-los em benefício próprio.

Bufei ao ouvir aquilo. Bruxas treinando príncipes que criavam neve mágica? Aquilo não constava em nenhum conto de fadas que eu já tivesse lido. A Bruxa do Rio me ignorou e continuou:

— Então, aconteceu algo que nem o rei esperava. Lazar se apaixonou loucamente por uma das sobrinhas das bruxas, e ela correspondeu.

— Minha mãe?

A bruxa piscou os olhos de forma lenta, interrompendo o fluxo de água que caía de seu rosto, parecendo se lembrar de algo. Como se a ideia de Lazar e a minha mãe ficarem juntos não fosse natural para ela.

— Sim. E seu pai insistiu em casar-se com ela, apesar da lei que proibia a realeza de se casar com plebeus. Quando o pai dele se recusou a aceitar o casamento, Lazar perdeu o controle, e o rei encontrou um fim gelado. O príncipe Lazar se tornou rei. Ao perceber o tamanho dos seus poderes, congelou as terras de Algid, para que todos se dobrassem à sua vontade. Ele tomou o trono e uma esposa no mesmo dia, e você nasceu menos de um ano depois.

— O que aconteceu? Por que a minha mãe fugiu do "E viveram congelados para sempre" dela? — Sorri, orgulhosa da piada.

A Bruxa do Rio não sorriu em resposta.

— Ela ainda era uma bruxa. Nós acreditamos nos Elementos. Na natureza. Não deve ter sido fácil ver o mundo inteiro congelado por culpa de seu amor. Mas ela ainda o amava profundamente. E, assim, eles foram felizes, por um tempo. Muito felizes.

*Nada diz "Eu te amo" tão bem quanto congelar o mundo*, pensei. Dessa vez, porém, fiquei calada.

— E o que aconteceu depois?

— O oráculo.

— Oráculo? — perguntei, me lembrando de um livro de mitos gregos que li na biblioteca do Whittaker. — Por favor, me diz que essa história não tem um adivinho.

A Bruxa do Rio ignorou o comentário.

— Uma profecia foi dita no dia do seu nascimento para as três bruxas mais poderosas do reino. Lembre-se: você tem magia em ambos os lados da sua linhagem. Há magia dentro de você. Uma magia poderosa, provavelmente a mais forte que Algid já viu. Você pode controlar a neve. É daí que vem o seu nome. A profecia dizia:

*Quando as Luzes se apagarem na virada do século,*
*A herdeira do rei chegará ao poder.*
*Ela vai tomar o trono para si... ou dar ao rei mais poder do que ele jamais*
*teve.*
*Apenas ela pode escolher o caminho que Algid vai seguir.*
*Mas nem todo caminho é claro, e há aqueles com poder para mudar o destino:*
*o príncipe,*
*o ladrão,*
*o pensador,*
*o secreto.*

*Se eles forem destruídos, o rei cairá. E, se o sacrifício acontecer no momento em que as Luzes se apagarem, quem quer que esteja usando a coroa governará Algid para sempre.*

— O que significa? — perguntei.

— Ninguém conhece o significado total de uma profecia até ela estar completa, mas, provavelmente, envolve o Eclipse das Luzes do Norte e você.

— Você está falando da aurora boreal? Como elas podem eclipsar?

A Bruxa do Rio fechou os olhos por um instante, como se a minha pergunta a cansasse.

— Só acontece uma vez por século, e o próximo deve acontecer em apenas um mês.

Então, basicamente, eu deveria cumprir um tipo de destino grandioso em trinta dias. E nem fazia ideia de que aquele lugar existia até pouquíssimo tempo atrás.

A Bruxa do Rio continuou:

— Mas as três bruxas... a Bruxa da Floresta, a Bruxa do Fogo e eu... nós queremos as estações de volta. Nosso poder foi contido, confinado pelo gelo. Então, decidimos ajudar o destino ao destruir a posse mais valiosa do rei Lazar.

— A família dele? — perguntei.

— O espelho — respondeu ela, um olhar de surpresa surgindo no rosto, como se subestimasse os lugares sombrios para onde a minha mente ia. — Lembre-se de que todo o poder dele foi amplificado pelo espelho. O rei precisava ser impedido. Então, as Três roubaram o espelho e o quebraram, cada irmã escondendo um pedaço num lugar que ninguém mais conhecia. Acreditávamos estar salvando Algid. Mas nos enganamos.

Agora a bruxa deslizava pelo cômodo. A voz estava cheia de pesar.

— De alguma forma, o rei Lazar ouviu falar da profecia. Ele tinha uma escolha: a coroa ou a descendente.

— Não me parece um grande dilema — falei.

— Você não sabe o quanto o poder pode corromper, criança. Imagine se o mundo inteiro tremesse ao toque do seu dedo. Agora, imagine perder esse poder. Saber que a sua filha vai, um dia, tomar sua coroa; ponderar a vida da sua família contra o poder que você acredita torná-lo quem é... Bem, não é trivial.

A Bruxa do Rio apresentou ambos os lados como se fossem iguais — como se fosse normal pensar em matar uma criança, sua filha.

— O rei Lazar escolheu a coroa.

Queria que ela parasse de falar. Queria fechar os olhos e abri-los para estar de volta do outro lado da Árvore. Porque aquela bruxa dizia que o meu pai me queria morta.

Senti o chão tremer aos meus pés e, por um momento, pensei que estava perdendo a cabeça. Mas me lembrei de que estávamos num barco.

— Quando a sua mãe ouviu falar da decisão do seu pai, sabia que precisava salvá-la. Assim, enquanto o rei dormia, Ora a pegou, levou até o penhasco acima do Rio e pulou.

Conforme a história se desenrolava, meu sonho antigo voltou. Ela me contava algo que eu já tinha visto.

No meu sonho, eu estava diante de um penhasco, prestes a me jogar, sabendo que o Rio era melhor do que qualquer coisa que eu tinha deixado para trás. Mas e se essa visão não fosse minha? E se fosse da minha mãe? Fazia sentido, mas não era possível.

*Como a Bruxa do Rio conhece o meu sonho?* Afastei o pensamento e me concentrei no restante da história dela.

— Sua mãe sabia que eu estaria esperando por ela na água. Quando saltou, sabia que eu salvaria vocês. Ainda assim, fiquei surpresa com a coragem.

Minha mãe tinha me salvado? De acordo com a Bruxa do Rio, ela ainda estava me salvando.

— Com a ajuda do coven, sua mãe abriu um portal para outra terra. A terra de onde você veio. E a manteve em segredo no lugar em que ficou durante todo esse tempo. Todo mundo em Algid acredita que você está morta. Nem nós sabíamos para onde sua mãe a tinha levado. Ela deveria voltar quando você estivesse forte o suficiente, ou quando fosse seguro. Aparentemente, nenhuma das opções é o caso ainda. Mas posso ajudá-la com isso.

— E o rei Lazar? O que aconteceu com ele? — perguntei. Me recusava a chamá-lo de pai.

— Ele continua a governar Algid como um tirano. É inverno há quinze anos. E, agora que você voltou, pode ajudar a colocar um fim nisso.

— Certo, então está dizendo que sou literalmente uma princesa do gelo?

Se a Bruxa do Rio estava falando a verdade, eu vinha de uma longa linhagem de monstros mentirosos.

— Sim, Snow. Você tem um grande dom. Consegue controlar o inverno e domina o frio, o gelo, a neve. É a herdeira do trono e destinada a retirar o poder do seu pai... ou elevá-lo a alturas ainda maiores. Só você pode escolher o seu caminho.

Meu coração bateu mais forte. Eu tinha uma escolha. Isso nunca tinha acontecido antes. Todo dia na minha vida no Whittaker fora sobre outros tomando decisões por mim: o que vestir, comer, fazer, quando dormir. Até com quem eu poderia conversar. Que inferno, a única razão de eu estar ali era porque alguém puxou Bale por um espelho, e eu *não tinha escolha* a não ser vir para cá e encontrá-lo.

— Como você destruiu o espelho? Onde estão os pedaços? — perguntei.

— O que aconteceu com o espelho é uma história para outro momento.

— Onde está o seu pedaço...?

— Não posso contar — falou a Bruxa do Rio.

— Mas...

— Não vou contar! — A voz dela se ergueu tão de repente que as paredes do barco tremeram.

Ela tinha acabado de revelar cada detalhe sombrio e sujo da minha suposta história, mas não podia me contar sobre os fragmentos do espelho? Eu não entendia.

— E, o que quer que faça, NÃO deixe o rei saber que está viva e de volta a Algid. Ou tudo que a sua mãe fez por você, o que todas nós fizemos, terá sido em vão.

Fiquei em silêncio — mensagem recebida, com certeza. Depois de alguns segundos, a Bruxa do Rio olhou em volta, para a sua embarcação encharcada, com olhar crítico.

— De certas maneiras, você é parecida com a sua mãe. Espero que não em tudo. Ser uma bruxa às vezes significa colocar a mão na massa e se sujar, com as coisas que temos que coletar e os sacrifícios que temos que fazer. Ora gostava de conforto. Ser rainha era mais interessante do que ser uma de nós. Mas ela percebeu o nosso valor quase tarde demais... e o poder que temos.

Nepenthe olhou para mim por um longo instante que me dizia que ela tinha terminado a sua história e esperava alguma resposta. Eu me perguntei se ela queria uma demonstração de gratidão por ter me contado a sua versão da verdade. Ela aguardava aquele momento havia anos. Me reencontrar. Aquela que ela pensava que salvaria o seu mundo.

Não tinha gratidão para dar a ela. Não sabia o que fazer com o que ela tinha me contado. A Bruxa do Rio apresentara a minha mãe como heroína, mas do tipo cujo ato heroico fora manter a filha confinada por toda a vida e fazê-la acreditar que era louca. Nepenthe retirara o pai que me desapontara e o substituíra por um espectro de pai, que talvez fosse o mal encarnado. E me pedia para acreditar que a raiva gelada que sempre senti poderia se manifestar como algo físico, como uma arma.

— Não acho que eu consiga controlar a neve, mas... — falei, soando um pouco demais como o dr. Harris para o meu gosto. Ele sempre abordava os pacientes mais loucos com aquele tom de voz. "Acredito que você acredita que pode voar, Wing. É isso que importa", diria ele. O tom era gentil, mas o significado era inconfundível. Ele não acreditava.

Fiquei sentada, encarando a Bruxa do Rio, uma prova líquida de que a magia era real. Mas aquilo não significava que era parte de mim — só porque ela dissera que sim.

O rosto da Bruxa do Rio relaxou.

— O tempo e as Luzes provarão que estou correta.

A princípio, continuei calada. Não conseguia convencê-la, não mais do que o dr. Harris conseguia convencer Wing.

— Talvez, mas quero te agradecer por me salvar — falei honestamente quando ela se virou para ir embora.

A Bruxa do Rio piscou forte enquanto me observava, os olhos se estreitando de confusão, e saiu sem dizer uma palavra.

Será que estava fazendo outra comparação entre minha mãe e mim? Agradecimentos também eram o domínio de Ora ou ninguém tinha agradecido a Bruxa do Rio antes? Estava cansada de as pessoas saberem das coisas antes de mim. Ou saberem de coisas sobre mim. O destino não era emocionante, romântico ou épico. Era irritante.

Eu não poderia ficar naquele lugar estranho e aprender o que quer que ela quisesse que eu aprendesse. Precisava encontrar Bale. Esperaria ela ir dormir, voltar para a água ou o que quer que as bruxas faziam, e tentaria escapar. Ela queria que eu fizesse uma escolha? Dane-se a profecia. Essa era a minha escolha.

♛

No dia seguinte, a luz do sol atravessou a janela oval do quarto. Não vi sinal da Bruxa do Rio. E nenhum sinal de Kai ou Gerde. Meu uniforme do Whittaker estava seco e dobrado sobre a mesa no meio do cômodo. Ao seu lado, o manto da bruxa. Talvez aquilo pudesse me oferecer alguma proteção do inverno eterno que a Bruxa do Rio descrevera.

Vesti o manto. A sensação que dava era bem condizente com a aparência: escamoso e escorregadio, mas havia outra sensação também. Calor. Fiquei um pouco culpada por pegar uma coisa da bruxa que tinha me ajudado, mas algo me dizia que ela podia fazer outro. Olhei ao redor uma última vez e, no momento em que fui para a porta, ouvi aquele som de algo rastejando de novo. O ruído vinha de todos os cantos do cômodo, tanto acima quanto embaixo. Tentáculos pegajosos e enormes, cheios de escamas, surgiram das paredes, chão e teto. O sibilo que eles faziam soava como "Parada".

Girando a maçaneta, ignorei o som e saí. Minha mente estava confusa. Meu estômago se revirava, inquieto. Não fazia ideia se aquela era a decisão certa ou não, e não fazia ideia para onde ir, a não ser para longe daquele barco e de todas as esquisitices dentro dele.

A embarcação estava atracada, cercada por dois enormes pedaços de gelo no fim do Rio. Não tinha um porto. O barco ficava no lugar por causa dos dois icebergs que, inexplicavelmente, estavam ancorados ao casco do barco. Pulei no gelo e caí, desajeitada, de bunda. Preocupada, olhei para o barco, mas não vi sinal da bruxa. Meus pés escorregaram no gelo enquanto tentava voltar para a costa de neve sólida.

*Sozinha de novo*, pensei.

Escorreguei e dei de cara no chão. Me sentindo mais fraca, meu peito se apertou e arfei por ar. Se estivesse no Whittaker, o dr. Harris me doparia de novo. Eu estava um caco.

Um par de botas surgiu no meu campo de visão. Olhei para cima e vi Kai, o garoto do barco.

Ele me pegou nos braços. Fiquei tão surpresa que não mexi um músculo. Percebi que fitei os olhos dele por um momento longo demais. Eram grandes, azuis e, de alguma forma, distantes. Não pisquei até ele olhar para mim.

Não era como na TV. Não me sentia leve como uma pena nos braços dele. Era quase como um abraço. Conseguia sentir o meu peso sobre o peito dele, e o balanço decorrente de o menino me segurar e me puxar para perto.

— Seu instinto de fugir foi correto — sussurrou ao me colocar nos seus braços e voltar para o gelo.

— O quê... o que está fazendo?

— Levando você de volta.

— Por quê? — perguntei, sentindo o corpo de Kai enrijecer repentinamente.

Por alguma razão, ele pertencia à Bruxa do Rio. É claro que estava me levando de volta. Lutei contra ele.

— Me coloca no chão! — mandei. — Olha, agradeço a ajuda. Mas preciso ir. Dê as minhas lembranças para a Bruxa do Rio.

*Eu estava sendo salva ou sequestrada?*

— Pode dar as suas lembranças para Nepenthe você mesma — respondeu ele, sem me largar.

Pensei em dar um chute ou uma mordida nele. Mas, como o garoto tinha me salvado do Rio, queria resolver com palavras, não com os dentes.

— Pare de se mexer — sussurrou ele.

Virei o pescoço a tempo de ver uma fissura gigante no gelo se formando na direção do barco. Kai respirou fundo e então pulou para a costa comigo nos braços.

Ele conseguiu me colocar em terra firme, mas escorregou para dentro da água, desaparecendo sob a superfície.

Gritei, rolei e estiquei o braço no momento em que a mão dele surgiu, procurando terra firme. A cabeça veio logo depois, os olhos piscando e procurando uma forma de sair dali. Peguei a sua mão. Não o deixaria ir. Não como Bale. Não de novo.

— Segura firme.

Ele conseguiu colocar a outra mão em terra firme, e o puxei de volta com toda a força, levantando-o.

Ele ficou deitado ao meu lado por um segundo, respirando fundo. Observei o peito dele ir para cima e para baixo, côncavo e mais côncavo. Enquanto me certificava de que ele ainda respirava, Kai abriu os olhos de repente e me viu olhando para ele. Pelo mais curto instante, seu cenho não estava franzido para mim. Estava relaxado, na verdade. Quase sorrindo, aliviado por estar vivo. Então, a expressão se fechou de novo, mas dessa vez não era para mim — ele observava o céu às minhas costas.

— Temos que ir para um lugar seguro. Agora! — disse ele, ficando de pé com uma energia inesperada para quem tinha escapado por pouco do Rio. Ele me puxou para que eu ficasse de pé também.

Olhei para o Rio, e o barco não tinha mais um acesso através do gelo.

— Mas como vamos...

Ele me puxou em outra direção, até as árvores.

— O que aconteceu? — perguntei enquanto me deixava ser levada.

— Tem uma tempestade a caminho. E não é uma tempestade qualquer. Só há uma pessoa que conheço que pode criar algo tão poderoso: o rei.

Eu não via nada. Não havia uma nuvem ou luzes no céu. Estava perfeitamente claro, com um tom rosado bonito.

Ouvi o grasnado de uma ave vindo de algum lugar, mas não consegui encontrá-la.

— Escute — explicou o garoto, ainda sem fazer sentido para mim.

— Os grasnados? — Eram penetrantes e estranhos, mas ele achava mesmo que os pássaros diziam que havia uma tempestade a caminho?

Ele assentiu e foi na direção das árvores azuis ao lado do Rio.

— Ei, volte, Kai...

O garoto não parou. Não tive escolha senão ir atrás. Qual era o problema dos meninos desse mundo? Porém, diferente de como me sentia em relação a Jagger, confiava em Kai. Talvez porque ele claramente não me queria ali, ou talvez porque tinha acabado de salvar a minha vida. De qualquer forma, decidi segui-lo.

♛

Na próxima clareira, havia um cubo de vidro, com grandes velas brancas no topo, aninhado alto nas árvores. Luzes coloridas — que supus serem as Luzes do Norte — brilhavam no céu e refletiam sobre todas as superfícies conforme a casa desaparecia no céu.

— Que incrível... — falei, perdendo o fôlego. — O que é?

— Abrigo.

Mas era mais do que isso.

— Para que servem as velas?

— Elas capturam a energia do vento e do sol para ser usada na casa — disse Kai.

— O quanto estamos ao norte? — Com a cabeça, indiquei o show de luzes no céu. — De onde venho, luzes assim só são vistas perto dos polos...

Ele deu de ombros.

— Na nossa terra, podem ser vistas de qualquer lugar. Só chamamos de Luzes. A Bruxa do Rio diz que tem uma mulher lá em cima conduzindo uma orquestra luminosa no céu. Mas acho que são só luzes.

Desde que cheguei a Algid, nada tinha sido *só* uma coisa. Havia uma história por trás de tudo, um toque de mágica. E o destino daquelas luzes era se apagarem. O tempo estava se esgotando para o que quer que fosse acontecer.

— Venha — falou Kai, sem paciência, já na metade da escada que levava à porta da frente.

Eu estava tendo um momento Cachinhos Dourados. Ainda não tinha colocado os pés lá dentro, mas sabia que a casa seria perfeita. Não era grande nem pequena demais, estava no alto e era transparente. Um lugar em que você nunca se sentiria cercado. Dava para ver muito do horizonte de Algid lá dentro. Se eu pudesse desenhar a minha casa ideal, seria exatamente a que estava diante de mim naquele instante.

O interior era compacto e genial, embora maior do que parecia do lado de fora. Janelas iam do chão ao teto através de um labirinto de cômodos. E as entranhas da casa ficavam expostas em cada parede. Suportes de metal soldados aos galhos da árvore. A casa, por mais moderna que fosse, não só ficava na árvore. Fazia parte dela.

Kai não disse nada ao me entregar um cobertor. Talvez não me quisesse ali, mas estava sendo educado.

Devolvi o cobertor a ele. Sentia frio, mas era ele quem estava ensopado pelo Rio. Seus lábios ficaram até um pouco azulados.

— Você precisa se esquentar.

Ele piscou e assentiu, mas, quando tentou desabotoar a camisa, os dedos tremiam tanto que não conseguiu.

— Aqui, deixa eu te ajudar. — Estiquei as mãos para a camisa, mas ele deu um tapinha nelas.

— Deixa que eu faço — falou ele.

Então, o garoto me deu as costas e puxou a camisa pelo pescoço, jogando-a no chão. Encarei os músculos de suas costas por um segundo antes de ele se enrolar no cobertor e virar para mim de novo.

Evitei seu olhar quando ele foi até uma cadeira e se sentou.

Lá fora, os grasnados estranhos ficaram mais altos, e um assobio baixo nos cercou.

Ele tinha razão. Havia algo a caminho. As árvores se dobravam feito palitos de fósforos.

— Kai?

Olhei através da parede de gelo da estrutura em forma de cubo, buscando a origem do som. Uma gigantesca onda de neve vinha em direção à casa. Comecei a bater a ponta dos dedos, o que costuma me trazer conforto, mas não ajudou. Precisava desenhar, só que não havia papel algum à vista. Eu me agachei e me protegi, mas Kai, se esquentando aos poucos, se movia pela casa como se não houvesse nada de errado.

— A casa vai aguentar — disse ele. Percebendo minha preocupação, ele se sentou no chão ao meu lado. — A casa vai aguentar — repetiu, parecendo ter certeza do que dizia.

A onda branca veio na nossa direção até eu não conseguir ver a crista. O som que fazia era o de um trem.

Segurei a mão de Kai e a apertei, talvez um pouco forte demais, quando a parede de vidro na nossa frente ficou branca. A casa e a árvore foram para trás com as chicotadas de vento, mas não desmoronaram. Apenas voltaram para o mesmo lugar.

Larguei a mão de Kai e disse:

— Desculpa. — Eu nunca pedia desculpas. — Não tenha nenhuma ideia. Eu só estava...

— Com medo — completou ele.

Ter medo era pior do que pedir desculpas.

— Eu não estava com medo — protestei, com afinco demais.

Felizmente, ele deu de ombros e olhou pela janela.

— Aquilo foi um tsunami de neve?

— Nós chamamos de Onda de Neve.

— Bem, o que quer que tenha sido, deveríamos mandar um agradecimento para o arquiteto dessa casa.

— De nada.

— Você construiu esse lugar? — perguntei, surpresa. — Achei que era aprendiz da bruxa.

— Gerde é a aprendiz. Eu estou mais para um faz-tudo. E frequento a escola da cidade.

Ele se levantou e foi até a lareira de vidro, ainda enrolado no cobertor. Meus olhos seguiram sua silhueta seminua. Ele não tremia mais. Aparentemente, os efeitos do Rio tinham passado.

— Essa casa é mágica? — perguntei, enquanto ele tocava algo perto da pequena lareira de vidro para fazer surgir uma fogueira.

Kai me olhou de modo engraçado. Eu entendia tão pouco daquele lugar.

— Não é mágica. É engenharia. Eu não faço mágica.

Sua voz tinha um tom de orgulho, e, ao ver alívio na minha expressão, sua linguagem corporal mudou um pouco. Senti a tensão que se formara no segundo em que entramos no cubo diluindo entre nós. Mas outra coisa também fez sentido.

— Como assim, você não faz mágica? Você estava com Gerde e a Bruxa do Rio quando elas... — Eu me lembrei de novo de que ele não tivera participação na minha sobrevivência; estava só observando. E, aparentemente, de má vontade.

— Não. O preço é alto demais.

— Você quer dizer que é caro ou é mais o tipo de coisa de vender a alma?

Kai piscou. Talvez a noção de vender a alma não fizesse parte do vernáculo de Algid.

— Ambos. Parece um atalho. Se quero alguma coisa, prefiro meter a mão na massa.

— Não é todo mundo que pode fazer o que você faz, Kai. Nem todo mundo pode construir isso.

O rosto dele ficou vermelho, e o garoto desviou os olhos. Acho que não estava acostumado a receber elogios.

— Mas a mágica... como funciona?

Ele suspirou.

— Existe mágica pequena e mágica grande. As pessoas podem comprar mágica pequena para cura, melhorias cosméticas, ou até para cuidar da casa. O rei tem mágica grande. Assim como Nepenthe. E a Bruxa da Floresta. E a Bruxa do Fogo. O Executor, no entanto, não tem esse poder. Só tem força bruta.

— Quem é o Executor?

— A Mão do Rei. Alguns dizem que também é os Olhos do Rei.

— O que isso significa?

— Que o rei pode ver por ele e obrigá-lo a fazer o que quiser. É só um rumor. O rei governa Algid através de rumores e medo...

*Legal, então o meu suposto pai gelado também tem poderes bizarros de controle de mente.*

— E Gerde? Que tipo de magia ela tem?

— Gerde não é bruxa. Ou não nasceu bruxa. Não sei o que ela é. Sempre foi assim.

— E o que você é? Por que mora aqui?

— Não podia deixar Gerde fazer isso sozinha.

— Mas você não gosta? E não gosta de mim, porque acha que eu tenho magia.

Virando o rosto, ele respondeu baixinho:

— Eu sei que você tem magia.

— Mesmo se for verdade, não tem nada que eu possa fazer quanto a isso. Não foi algo pelo qual eu pedi. Não pode me odiar só pelo que sou.

Ele deu de ombros.

— Já vi o que uma bruxa pode fazer. E, em teoria, você é um milhão de vezes mais poderosa.

— Olha, o que quer que ache que eu possa fazer... não posso. Não sou como a Bruxa do Rio nem nunca vou ser.

— Vai, sim, depois que ela ensinar a você. Como ensina a Gerde. Há um preço pelo que ela faz. Você só não percebeu ainda.

— Ela salvou a minha vida. Ela e Gerde. Como pode ser ruim?

— Quando ela ajuda alguém, a pessoa fica devendo a ela. Só me pergunto se talvez todos nós tenhamos que pagar por isso.

Eu tinha achado que o desconforto que recaíra sobre nós tinha algo a ver com estarmos sozinhos e ele estar seminu, mas era bem mais do que isso. Ele não gostava de mim. Estava acostumada às pessoas se aborrecerem comigo. Mas não até eu ter feito algo para merecer isso. Kai se opunha à ideia da minha pessoa.

*Talvez devêssemos ter deixado ela na água.* Não fora a minha imaginação. Ele falara mesmo aquilo. Agora eu sabia com quase toda a certeza.

— Então por que não me deixou fugir?

— Havia uma tempestade se aproximando.

— Antes. Você tentou me impedir.

— Não pode fugir enquanto for responsabilidade de Gerde ficar de olho em você. Não quero que ela seja punida.

Até o momento, a preocupação dele com Gerde era a única coisa que não o tornava um idiota completo. Bem, aquilo e a casa, porém, me concentrei na punição. Imaginei o que aquilo significaria nas mãos, ou tentáculos, da Bruxa do Rio.

— Olha, acho melhor eu vestir alguma coisa. Tem um quarto do outro lado dessa parede, subindo a escada. Outra onda pode estar a caminho. É melhor ficarmos aqui essa noite.

— Você quer que eu passe a noite aqui com você? — Minha voz estava incrédula. Eu preferia ficar com a Bruxa do Rio.

— É a última coisa que eu quero. Mas não criei a tempestade lá fora — disse ele, me fitando fundo nos olhos.

— Você acha que eu criei aquilo? Acha que quero isso?

— Eu que pergunto! Você não precisa querer. Estava nervosa. É assim que funciona. A neve responde a você. O Rei da Neve pode franzir o cenho e criar uma fenda para separar Algid. A Bruxa do Rio falou que você pode controlar a neve, mesmo sem saber desse poder.

— Isso é loucura. Eu não provoquei aquilo.

— Gostaria de estar enganado. Mas tudo que vi até agora me diz o contrário. Vivo com uma bruxa que cria tsunamis quando Gerde erra a mão no jantar, e a própria Gerde, que... — A voz dele foi sumindo, impedindo-o de falar mais.

— Que o quê?

Ele fechou os olhos e se acalmou, como se discutir comigo o afetasse fisicamente. Kai se afastou e disse:

— Vejo você amanhã de manhã.

A Snow de Whittaker, que teria dado uma mordida em Kai, observou a parte carnuda do braço dele. Só que uma olhada nas janelas completamente brancas me impediu de prosseguir com essa ideia. Virei as costas enquanto ele se afastava.

Antes de subir a escada do cubo, notei outra porta. Abri, curiosa, e vi um tear com lã verde num canto e uma jaula com pedaços de ossos e pelo no chão. Voltei a fechá-la, sem saber o que pensar.

Enquanto subia a escada até o quarto de hóspedes, me perguntei se queria saber mais sobre a casa e seus habitantes. E onde estava Bale? Do instante em que caí no Rio, fui desviada do caminho.

Agora chega, prometi a mim mesma. Prometi a ele. Cada pessoa que encontrasse seria um passo na direção de Bale. E se eu pudesse mesmo controlar a neve, do que eu duvidava profundamente, usaria cada partícula desse poder para criar uma ponte até ele.

As janelas davam para a floresta. A vista não fora obscurecida pela Onda de Neve. Lá fora, era possível ver o arco-íris das Luzes do Norte. Talvez fosse uma ilusão de ótica, ou eu estivesse cansada, mas elas pareciam um pouco mais fracas desde que eu chegara a Algid. Ou talvez a profecia fosse verdadeira. As Luzes estavam se apagando. O som de uma ave de tempestade soou de novo, seguido por outro assobio. Outra onda estava a caminho. Porém, depois da minha conversa com Kai, sentia como se já tivesse sido derrubada por uma.

Olhei pela janela e imaginei como era possível o menino estranho e reservado lá embaixo ter feito tudo aquilo sozinho. Eu nunca subira numa árvore antes, e, daquele lugar, parecia que estava nos galhos mais altos.

Fui até o quarto que me foi emprestado. De repente, os últimos dias caíram como chumbo sobre mim.

O que Kai e a Bruxa do Rio disseram ecoava na minha mente, quer eu quisesse ou não. Não acho que fui responsável por causar as Ondas de Neve. Mas era mesmo a filha de dois seres encantados? Era mesmo mágica?

Só havia uma maneira de descobrir.

Decidi ver se tinha poderes. Fiz tudo que as bruxas na TV faziam. Mexi o nariz. Balancei os braços. Acendi, concentrada, uma vela na minha mente. Tentei mover uma estatueta de um veado na mesa de cabeceira sem tocar nela. Tentei congelar alguma coisa. Mas, no fim das contas, o resultado foi só eu fazendo careta para a parede.

Frustrada e me sentindo boba, peguei a estatueta, pronta para atirá-la na parede, mas lembrei, no último segundo, que não era minha.

O dr. Harris ficaria orgulhoso. Coloquei-a de volta no lugar e ouvi o som do vento batendo na casa. Certa vez, Vern disse que eu era como um touro numa loja de porcelana, que ficaria bem a céu aberto, algum dia. Fiquei repentinamente consciente de quão longe de casa estava. Conhecia os horários do Whittaker: o barulho das portas abrindo e fechando, os sapatos de sola de borracha dos enfermeiros atravessando o corredor. Ali, eu não sabia de nada.

Estava tão cansada. Mas não conseguia dormir na cama de hóspedes de Kai e Gerde. Era linda. Macia. Mas não era minha.

Por fim, me contentei em deitar embaixo dela. Peguei o cobertor e o travesseiro e me enrolei no chão.

# 12

QUANDO ACORDEI NO DIA SEGUINTE, abri os olhos e vi uma parede cinzenta de metal. Abafei um grito antes de lembrar que eu estava debaixo da cama. A casa na árvore... Gerde e Kai... tudo voltou de uma vez só. Eu observava um dos suportes que conectavam a casa à árvore.

Saí de baixo da cama. Meu corpo doía por causa do chão duro e frio. Pensamentos aleatórios corriam pelo meu cérebro. Será que Kai me viu dormindo ali? Diria algo se tivesse visto?

Por que eu me importava? Kai era um idiota. Um idiota com talento, mas um idiota ainda assim. Ouvi o ruído de novo em algum lugar atrás da casa. *Outra Onda de Neve?* Mas o som era gutural. Vivo. Vesti as roupas e fui investigar.

Seguindo o barulho, acabei indo parar na estufa, cujo esplendor rivalizava com o da casa. As flores não pareciam com nada que eu já tinha visto. As lindas tulipas que salpicavam os jardins do Whittaker nem se comparavam àquelas plantas. Os botões eram enormes. E a cor era lavanda iridescente. Nunca vira uma flor cintilar antes.

Um monte de comida era cultivada na estufa também. Fileiras arrumadas de folhas, cenouras e estranhas frutas de pervinca prontas para serem colhidas.

Pulei sobre um portão feito de gelo.

Continuando até uma clareira da floresta, ouvi o som outra vez. Havia outro domo que parecia igual à estufa.

Consegui ouvir os animais antes de vê-los. Havia dois de cada. Era um zoológico debaixo da terra.

A primeira criatura que vi foi um pinguim com asas rosa-claras balançando por aí no seu smoking pastel até encontrar outro, da cor de linho. E surgiu um de asas azuis para formarem um trio.

Havia animais que eu conhecia e outros que nunca tinha visto antes. Havia ovelhas, vacas e bodes ao lado de pinguins e ursos-polares separados por divisórias de gelo. E, no final do zoológico, um leão cinza-claro, a origem do som que me atraiu até ali. O teto era uma camada fina de gelo que deixava a luz do sol passar.

Talvez a gaiola dentro da casa fosse para um daqueles animais.

Me perguntei se os bichos eram diferentes em Algid. Ou se os animais estavam naquele zoológico porque eram diferentes.

O pinguim cor de linho abriu a boca, revelando um conjunto de dentes afiados que não deveriam estar ali.

Ri ao ver a adaptação estranha da criatura adorável. Mas o som que fiz chamou a atenção dos outros animais nas jaulas de gelo. Eles começaram a se mover — arranhando, mordendo, tentando chegar até mim. Os pinguins avançaram, e dei um passo para trás, confiante de que as jaulas de gelo aguentariam, que eu poderia fechar a porta na cara daquela ave que caminhava na minha direção feito o monstro de Frankenstein, batendo as asas bege.

No entanto, atrás dos pinguins, vi algo ainda mais desconcertante. Acima de cada parede de neve, estava um bando de urubus. Parecia aquele filme velho do Hitchcock que Vern me obrigou a assistir, no qual centenas de pássaros atacam uma cidade. Só que eles estavam prestes a me atacar.

Recuei, mas era tarde demais. As aves começaram a voar olhando para mim. Uma nuvem preta de penas e bicos pontudos preencheu a minha visão.

O teto de gelo tremeu.

Protegi o rosto com os braços, me virando para sair em disparada.

A voz melodiosa de Gerde surgiu.

— Comportem-se — ordenou ela, e a nuvem preta se desfez.

As aves voltaram ao lugar em que estavam empoleiradas. Conforme as asas retornavam às posições iniciais, os grasnados foram morrendo em pios leves.

Gerde passava pelas bestas, que agora estavam tão dóceis quanto animais de estimação.

— Eles nem sempre gostam de gente nova — falou ela em tom de desculpas.

Eu me permiti soltar a respiração. Senti minha preocupação se acalmando alguns segundos depois do susto que levei dos pássaros. Poderia abraçar Gerde. Estava feliz demais em vê-la.

Conforme caminhávamos, um urubu inclinou a cabeça e grasnou para mim, como que perguntando o que eu estava olhando. Gerde assobiou de volta, e a ave pousou no ombro dela.

— Boa garota, Zion — disse Gerde, tímida.

Zion deu um cacarejo agudo, e Gerde respondeu com um aceno de cabeça, olhando para mim como se tivesse acabado de se lembrar de que eu estava ali.

— Sei que falar com pássaros faz com que eu pareça um pouco...

— Maluca? — Queria dizer a ela que, de onde eu vinha, as pessoas faziam coisas bem mais insanas. — Só consigo pensar em como você acabou de salvar a minha vida.

Intrigada, Gerde desviou o olhar da ave, empoleirada no ombro, de volta para mim. Não sabia dizer se ela estava ciente da minha fuga da Bruxa do Rio, mas, mesmo que estivesse, não me perguntou nada sobre o assunto.

— Kai construiu esse lugar para mim — explicou ela enquanto caminhávamos pelo zoológico. — Chamamos de Refúgio. Sempre tive um jeito com plantas e animais.

— Eu nunca tive jeito com nada nem ninguém. Com exceção, talvez, de um lápis — respondi.

E Bale.

— Você desenha. Aposto que Kai emprestaria alguns dos seus instrumentos. Ele vai ficar encantado. Eu mal consigo fazer um boneco de pauzinhos.

Meus dedos coçaram com o pensamento de um lápis. Mas não tinha certeza se queria voltar a desenhar. Tudo que coloquei no papel acabou virando realidade. O que eu desenharia agora?

As coisas já estavam tão doidas. Não queria ver mais nada das minhas folhas ganhando vida.

— Tudo bem — disse eu. — Talvez depois.

Ela assentiu e continuamos andando entre os animais. Todos fizeram sons de felicidade na presença de Gerde.

— Por favor, não conte a ninguém sobre o Refúgio.

Não sabia bem se ela e Kai entendiam de fato o que constituía um segredo. Ter um zoológico escondido não parecia um grande problema.

— Não vou dar um pio — falei a ela. — Para quem eu contaria?

Gerde bateu palmas, satisfeita, mas um instante de preocupação surgiu no seu rosto com a ideia de eu conversando com outras pessoas. Eu era uma estranha que ela tinha abrigado. E, assim como os animais, ela meio que queria que eu não me lembrasse de onde vinha para que pudesse ficar comigo.

— Por que é segredo? As pessoas não iam querer preservar isso?

— Os recursos são limitados. Mas consigo sustentar por causa do que posso fazer. Algumas pessoas discordariam de mantê-los aqui. Achariam isso uma complacência numa época em que poucas são permitidas.

Estudei-a com atenção. Dava para ver que Gerde amava mais aqueles animais do que os seres humanos — com a exceção de Kai, talvez.

Imaginei de novo qual era a relação entre os dois.

— Você e Kai. São o que um para o outro?

— Somos como irmão e irmã — respondeu, acariciando um porco cheio de pontinhos.

Meu cérebro se concentrou no "como". A forma como ela falou a palavra me incomodou.

— Então não têm os mesmos pais? — perguntei, para esclarecer.

Ela deu de ombros.

— Fomos criados na mesma casa. Só que, quando o inverno chegou, as coisas ficaram caóticas. Mães foram separadas dos filhos. Outras mães os adotaram. Mesmo agora, isso ainda acontece. Há um monte de órfãos em Algid.

— Então não sabe com certeza se são irmão e irmã?

— Só sei que ele é minha família. Agora, quer me ajudar a dar comida para os animais? — perguntou Gerde, dando fim à questão.

Assenti e seguimos em frente.

— Sei que vai soar estranho: assim que cheguei a Algid, pelo Rio, fui atacada por lobos gigantes. Só que não eram feitos de carne e osso...

— Ah, os Lobos de Neve. — Gerde ergueu uma das sobrancelhas, seu interesse despertando ainda mais. — A maior parte das pessoas que encontra as Feras de Neve não sobrevive para contar a história.

— Como assim? E você? Eu vi o que acabou de fazer com os pássaros... mas isso significa... Consegue controlar as Feras de Neve também? E, espera aí, FERAS DE NEVE? Tem mais além dos lobos?

Gerde fez que sim.

— Tem Leões, Tigres e Ursos de Neve... até insetos. Abelhas de Neve podem levar alguém à morte em minutos com as picadas...

Tremi ao ouvir aquilo, e Gerde continuou, claramente maravilhada com o poder das Feras de Neve.

— Basicamente, qualquer coisa em que o rei Lazar consegue pensar. As Feras não estão vivas... não do mesmo jeito que os meus animais. Não sei como ele faz, mas elas se movem, respiram e o obedecem.

— Você conseguiria sobreviver a elas? Consegue controlá-las com o seu dom? — perguntei.

— Consigo acessar algo nos animais que responde de volta para mim. Mas as Feras de Neve não. Talvez você possa lutar com elas com o seu dom.

Ela ainda acreditava na minha magia e na profecia. Eu não tinha o menor interesse em voltar a falar sobre aquele assunto.

— Não sei. E pessoas? Você consegue fazer o mesmo com pessoas?

— Para falar a verdade, nem sempre me conecto com pessoas.

— Somos duas. — Abaixei a mão para fazer carinho num cordeiro.

A lã suave me encheu de conforto. Bale fora o meu melhor amigo antes de se tornar algo mais. Me lembrei de uma vez em que me flagrou fazendo um desenho dele. Tínhamos doze anos. No início, não o deixei ver, porque o desenho não fazia justiça. Eu conseguira capturar seus contornos, mas não o espírito.

"É assim que me vê?", perguntou ele.

"Está horrível. Não capta a sua essência. Não tem o seu humor. Seu coração... Seu..."

Ele se inclinou para mim, como se esperasse mais elogios.

"Seu..." Escolhi os meus palavrões favoritos e pulei em cima dele, batendo nele com as mãos em punho.

Ele levantou as mãos.

"Desisto."

Um segundo depois, ele me virou e me prendeu no chão. De repente, ficamos sem fôlego e conscientes de quão próximos estávamos. Os olhos dele desviaram dos meus, encararam os meus lábios e voltaram. Mas ele não se mexeu. Era como se esperasse permissão. E não me mexi, porque não queria que ele pedisse permissão. Queria ser beijada como Kayla Blue em *The End of Almost*. Nunca pediam permissão para ela.

"Vocês estão ficando velhos demais para brincar de lutinha...", falou Vern, a voz quebrando o encanto do momento.

Bale saiu de cima de mim.

"Vern, você conseguiria congelar relógios com a sua noção de tempo", disse ele, ficando de pé.

A memória ainda machucava um pouco.

♛

— Agora temos uma à outra! — cantarolou Gerde, me puxando de volta para o presente.

Sorri, mas não concordei nem discordei. Em vez disso, apontei para algo rosado atrás das paredes de gelo e perguntei:

— O que é aquilo?

— Ah, é a melhor parte — falou ela, animada. A segui de perto conforme passávamos pelos animais e saíamos do zoológico.

Perdi o fôlego quando vi fileiras e mais fileiras de trigo rosa crescendo na neve.

— É magia?

Ela deu de ombros.

— É botânica. Levou meses, mas enfim vingaram.

Quando contornamos a plantação de trigo rosa e voltamos para a casa, percebi que Gerde queria que eu mantivesse segredo sobre aquilo também.

Se o rei descobrisse a magia dela com as plantas, sua mão de ferro sobre a terra estéril e congelada de Algid se enfraqueceria.

Quando saímos, Gerde tocou num dos botões de flor, que respondeu como se a garota fosse o sol. E talvez fosse mesmo.

♛

— Você mostrou o Refúgio para ela? Inacreditável. — Kai ficou a par dos acontecimentos logo depois, nem um pouco animado ao me ver. Acho que esperava que eu fugisse durante a noite.

— Foi ela quem encontrou. E, de qualquer maneira, para quem vai contar? — respondeu Gerde, usando as minhas palavras contra Kai.

Dei de ombros e sorri para o garoto, sabendo que aquilo o irritaria. Fingi que não me incomodava quando ele se comportava exatamente como eu esperava. De forma rude. Talvez um pouco cruel também. Aquele momento na casa, em que ele tinha segurado a minha mão, fora uma exceção.

Ele fez uma cara feia. Era assim que Kai escolhia agir. Eu podia fazer o mesmo.

— Ela só está aqui porque a impedi de fugir — disse o garoto.

Gerde pareceu magoada. Ela não sabia, então. Ou, se sabia, não queria confirmação.

— Ele tem razão. Só vou ficar por um tempo. Preciso encontrar o meu amigo — falei, me preparando para o que quer que houvesse lá na neve entre mim e Bale.

— Bem, fico feliz que tenha decidido ficar por enquanto. E, se alguém pode ajudar você a entender tudo, é a Bruxa do Rio — falou Gerde, cruzando o braço com o meu. — Kai, não vamos discutir. Ela gosta do cubo. Ela acha genial — comentou, aparentemente tentando diminuir a distância entre nós, mesmo que o garoto não estivesse interessado.

Os olhos azuis de Kai brilharam por um instante ao som do elogio, mas logo voltaram a escurecer. Ele se orgulhava de sua criação. E aquilo me fez pensar nos últimos dezesseis anos que eu desperdiçara. Ele tinha um talento verdadeiro, e eu mal recebera qualquer instrução. Na melhor das hipóteses, meu conhecimento era uma mistura de coisas que vira na televisão e do conjunto de enciclopédias de A a Z que li na biblioteca do Whittaker.

— Genial é esse mapa de Algid no seu braço — disse Kai, indicando o meu antebraço esquerdo.

— Quê? — Cobri o membro com a manga, envergonhada. Ele apontava para as cicatrizes.

— Você tem um mapa de Algid no corpo? Como não notei antes? — Gerde bateu palmas, animada.

— Não tenho, não — falei. — São cicatrizes.

Kai balançou a cabeça.

— É Algid. Se não acredita, dê uma olhada. — Ele saiu do cômodo e voltou alguns segundos depois com um mapa.

Após desenrolar o papel, linhas familiares me encararam de volta. Mas em vez de gravadas na minha pele, estavam bem ali, num mapa que dizia "Algid". Levantei a manga e os coloquei lado a lado. Como era possível? A não ser... a não ser que a história de ter caminhado para dentro do espelho fosse outra mentira. Mas eu me lembrava dela... lembrava de todo o sangue. Era uma das poucas memórias que permanecera da minha infância. Aquele espelho era a linha divisória da minha vida pré-Whittaker e Whittaker. Sã e insana. Mas Kai e a sua aula de geografia tinham acabado de colocar aquilo em dúvida.

— Incrível! — Gerde se inclinou sobre o mapa e o meu braço, os olhos arregalados de admiração.

Percebi uma cadeia de montanhas na parte direita superior do mapa. Debaixo dela, estava uma espécie de castelo com as palavras "Palácio de Neve". No meu braço, não havia palácio, só a cadeia de montanhas.

— Onde estamos nesse mapa? — perguntei.

Gerde começou a apontar para uma área na parte esquerda inferior quando Kai fechou o mapa.

— Por que fez isso? — falei, irritada.

Era a segunda vez que ele fazia algo assim, impedir Gerde de responder algo que eu queria saber. Talvez estivesse protegendo a menina, mas estava me irritando.

Kai não respondeu. Seu rosto voltara a ser uma máscara, fechada para mim e Gerde. Ele voltou para o outro cômodo.

A menina revirou os olhos.

— Ignora ele. Kai é sempre tão mal-humorado.

Assenti, mesmo achando que havia algo por trás daquela atitude. E que, provavelmente, tinha a ver comigo.

— Você acredita no que a Bruxa do Rio disse sobre mim? — perguntei enquanto traçava, com a ponta do dedo, a cadeia de montanhas nas cicatrizes.

— A bruxa pode ser difícil, mas é justa. E já me ensinou muito. Ela mudou a minha vida. Mas, se deixar que ela ensine a você, vai mudar Algid totalmente.

— Então você acredita na profecia. Ou profecias. Ouvi falar que eram duas.

— Só conheço uma — falou a menina, mordendo o lábio. — Mas acho que, quando o Eclipse das Luzes acontecer, o mundo inteiro vai mudar. Ou pelo menos, é o que espero.

Olhei em volta. Baixei a voz até um sussurro.

— Não quero mudar Algid. Só quero levar meu amigo para casa.

Gerde piscou, sem entender.

— O garoto do Rio? Você ficava repetindo o nome dele e de outro quando a Bruxa do Rio levou você para o barco — disse ela, rememorando.

Assenti.

— O garoto de onde eu venho. O nome dele é Bale.

Talvez fosse porque Gerde me mostrara a plantação secreta que crescia na neve, ou porque eu conseguia ver quanta esperança ela tinha em mim e no futuro da sua terra, mas não podia deixá-la continuar a me responsabilizar por aquilo, não quando eu não estava ali para ajudar a menina ou Algid. Tinha que ser honesta com ela. E precisava recitar a história de Bale e Snow mais uma vez, para mantê-la real para mim. Para me obrigar a seguir em frente. Deixei de fora a parte de Bale ter sido arrastado para Algid por um espelho. E também a parte de Jagger.

— Preciso encontrar Bale.

Gerde estava quieta, mas seu olhar era pensativo. Imaginei que ficaria desapontada por eu não ter ido até lá para salvar o mundo. Mas havia compreensão nos seus olhos cinzentos.

— Você o ama. Vai encontrá-lo. Se deixar a Bruxa do Rio treinar você, vai conseguir.

Não tinha pensado daquela maneira, mas fazia sentido. Precisava sobreviver naquele mundo, e se tinha mesmo os poderes que todos diziam, saber usá-los poderia ajudar. Gerde dissera que havia um possível exército de feras na floresta. Não conseguiria fugir. Mas talvez pudesse me defender. E, para falar a verdade, sem Jagger, não fazia a mínima ideia de onde encontrar Bale. Talvez precisasse da Bruxa do Rio, afinal.

— Se eu pedir ajuda para a Bruxa do Rio, será nos meus termos — falei, hesitante. — E de jeito nenhum vou voltar para o barco.

Gerde deu risadas sinceras.

— Acho que isso pode ser arranjado. Kai pode trazer você para cá. Enquanto isso, não gostaria de roupas que sejam um pouco mais... um pouco menos...

— Menos a minha cara? — falei brincando e tirei o pijama do Whittaker.

Kai resmungou, desaprovando. Ele tinha voltado. O garoto não gostava de mim. Mas eu queria dissecar aquela antipatia, em vez de dar um soco nele, como fiz com Jagger. Alguma coisa na atitude de Kai era interessante para mim. Talvez fosse porque ele deixasse as suas opiniões claras, como eu, sem fazer um mínimo de esforço para escondê-las. Como naquele momento, em que não pude deixar de notar o brilho dos seus olhos azuis, mesmo com os lábios curvados para baixo.

— Não ligue para ele — falou Gerde, dando as costas para mim e voltando com um vestido verde. — Eu que fiz. Prometo que vai fazer você se sentir mais como si mesma — disse ela, com um sorrisinho.

— Para falar a verdade, nem sei mais como *eu* me sinto — respondi, pegando o vestido.

— Não sei o que deu em Kai — disse Gerde com honestidade. — Quando ele coloca alguma coisa na cabeça, é difícil de mudar. Mas, com o tempo, ele vai ficar mais simpático.

— E por que faria isso? — desabafei, indo para cima para me trocar.

Meu histórico de conhecer gente nova era limitado, mas os sentimentos de Kai em relação a mim pareciam bastante fortes. Foi aversão à primeira vista.

O vestido que Gerde fez era verde-claro e simples. Ela usara a lã que eu tinha visto no tear do estranho quarto na noite passada. Coloquei a roupa. O material era macio. Colava ao meu tronco antes de se abrir delicadamente numa saia. Botões delicados na forma de pequenos pardais, feitos de algo que quase parecia osso, pontilhavam o meio do vestido. Dei um giro, admirando a maneira como o tecido rodopiou ao meu redor.

Quando desci, Gerde cantarolava e havia pássaros na cozinha, vindos do lado de fora e empoleirados acima dos armários, cantando com ela. Meu nariz se encheu do aroma da manteiga fritando no fogão.

Senti a inveja crescer em mim. Nunca tivera nada parecido com aquilo e nunca seria nem um pouco parecida com Gerde. Ela não cantava para se acalmar, cantava porque era o que sentia — porque os barulhos alegres precisavam se soltar.

— O vestido ficou perfeito em você — disse ela, elogiando a mim e a si mesma de uma vez só.

— Obrigada. Eu realmente... é lindo — falei, um nó inexplicável se formando na minha garganta quando as palavras saíram. Pelo visto, aquele gesto significava mais do que eu pensava.

Ela se voltou para o fogão e disse:

— De nada. Aliás, comemos muitos verdes e comida de café da manhã por aqui. De vez em quando, até no jantar. Espero que não seja um problema.

Além da frigideira cheia de panquecas de um verde-vivo no fogão, na mesa tinha um mingau rosa ao lado de uma salada de folhas.

— Na terça, comemos omeletes de clara de ovo. Na quarta, cereal — falei, surpreendendo a mim mesma. Eu recitava o cardápio do Whittaker. Lá tínhamos uma rotina. Por mais que fosse sem graça, às vezes, a única maneira de saber o dia da semana era através da comida que Vern me entregava na bandeja de plástico.

A menina olhou para mim, sem saber do que eu estava falando, e então disse:

— Parece delicioso, mas espero que não se importe em tentar algo um pouco diferente.

— Tudo é diferente aqui — comentei, mudando de assunto, quando ela serviu uma panqueca para mim e dei a primeira mordida.

As coisas que Gerde me mostrou na estufa eram surpreendentes, mas eu não sabia que comida podia me trazer tantas sensações. Enquanto a panqueca verde derretia na minha boca, vi cores, senti o gosto delas. Cores vivas. Era doce, amarga e apimentada de uma só vez. Os sabores seguiam um atrás do outro. Era aperitivo, prato principal e sobremesa numa só mordida. Talvez as surpresas de Algid não fossem só Lobos de Neve surgindo do chão. Talvez houvesse uma coisa boa para cada coisa ruim.

— Como você fez isso?

Gerde deu de ombros e colocou uma das mãozinhas sobre o meu coração.

— Posso? Não sei como explicar. Mas consigo sentir que há algo... errado aí dentro — Ela afastou a mão. — Melhor não. Desculpe. Ainda estou aprendendo. Talvez seja melhor eu continuar com os animais do zoológico.

Coloquei a mão no peito. Gerde ainda era aprendiz, mas talvez tivesse sentido algo que eu já tinha certeza. Meu coração ainda estava partido.

♕

Acordei no dia seguinte com o braço dependurado para fora da cama, mergulhado em água. Eu ainda tentava alcançar Bale. A água molhou a ponta dos meus dedos, e abri os olhos. Não era um sonho. A cama boiava e o teto estava se aproximando, a água erguendo o móvel cada vez mais na direção dele.

Ainda conseguia me sentar. Mas, se não saísse dali logo, acabaria me afogando. O pânico tomou conta de mim, e fiquei paralisada. Enquanto isso, a água subia mais e mais rápido.

Não havia muito tempo. Tentei remar em direção à porta. Se não fizesse algo logo, iria me afogar pela segunda vez naquela semana.

— Alguém me ajuda, por favor! — gritei.

— O que foi agora? — disse uma voz desdenhosa.

Era Kai. Parte de mim desejou não precisar da ajuda dele naquele momento para que eu pudesse dizer onde ele deveria enfiar aquele "o que foi agora". Mas a minha vida dependia de a porta ser aberta.

— O quarto está inundando. Abre a porta, por favor!

Pude ouvi-lo tentando jogar o peso do corpo contra a porta.

— Está emperrada...

— Não diga, Sherlock — falei, percebendo que ele não entenderia a referência do meu mundo. — Kai, tem muita água aqui... — Ouvi a minha voz mudando do tom normal para o agudo de medo.

— Use a sua neve! Salve-se! É a única forma — gritou ele.

Aquilo não era um conto de fadas. Ninguém viria me salvar. Era o que ele estava dizendo. E finalmente entendi.

Apesar disso, Kai não desistira. Podia ouvi-lo batendo na porta sem parar.

— Vou chamar a Bruxa do Rio ou Gerde.

— Não me deixe sozinha! — implorei.

— Tá bom — falou ele, gritando o nome delas em seguida, em vez de se afastar da porta.

A cama em que eu poderia morrer balançou. Senti a raiva surgir dentro de mim em ondas. Não queria que acabasse assim. No entanto, o medo e pânico que senti no Rio também voltaram.

— Pense — disse a mim mesma conforme a cama se aproximava cada vez mais do teto.

Comecei a cantarolar do jeito que fazia em Whittaker.

— Não pense. Congele a água. Use seu poder para congelá-la! — berrou Kai para mim, a voz enérgica e imperativa.

— Não sei como.

— Sabe, sim. Só não fez isso ainda. A Bruxa do Rio sempre diz para pegar o que você está sentindo e colocar na mágica. Você está com raiva e assustada. Pegue esses sentimentos e coloque na sua neve.

Ele tentava me salvar, mas tudo em que eu conseguia pensar era em como era fácil falar aquilo do outro lado da porta.

Fechei os olhos e tentei me concentrar. Dessa vez, algo aconteceu. Senti uma onda de frio percorrer meu corpo, feito um arrepio. Mais frio do que o próprio gelo. Como se eu tivesse chegado ao meu ponto de saturação. Outro arrepio, e o frio começou a emanar de mim através das pontas dos dedos. Um cristal começou a se formar na superfície da água. Não era como os flocos de neve em papel que eu costumava fazer quando criança, quando ainda me deixavam usar uma tesoura. Era algo como a Árvore marcada que me levou para Algid, uma linguagem estranha que eu não entendia se agrupando em camadas num padrão gelado na superfície. gelado na superfície. Então, um cristal se dividiu em dois. E de novo, multiplicando-se sem parar.

De repente, minhas unhas se alongaram e foram cobertas por um gelo tão duro quanto metal. As pontas afiadas tinham alguns centímetros de comprimento. Pareciam pingentes. Garras. Minhas garras de gelo estavam à mostra.

Em poucos segundos, o quarto inteiro embaixo de mim estava congelado. A cama não se mexia mais. Minha cabeça estava a centímetros do teto. Comecei a rir, vendo o rinque de patinação que criei no quarto de hóspedes de Kai e Gerde. Olhei para as minhas mãos, que eram armas agora.

Aquilo que fora escondido de mim em outro mundo por toda a minha vida, o que sempre estivera lá, debaixo da minha pele, esperando para ser libertado esse tempo todo, era prova de que eu não era louca e de que todos estavam completamente enganados em relação a mim. Com exceção de Bale e, talvez, de Vern. Minhas garras cortavam dos dois lados.

Era uma sensação dolorida, mas também boa.

Eu salvara a mim mesma, como Kai mandara. E, de tudo que a Bruxa do Rio falou, a parte de ter poderes sobre a neve era verdade. Para uma garota que passara a maior parte da vida presa num hospital por crimes contra a sanidade, aquilo era incrível.

Senti todo o meu ser acordar. Era dona de um poder que só sentira antes nos sonhos, que me permitia ser sã, livre e mais forte que tudo e todos, exceto, talvez, Lazar, o fabuloso Rei da Neve.

Ouvi o som da porta escancarando, e a neve abaixo de mim começou a derreter quase na mesma velocidade que tinha congelado. A lama gelada saiu pela abertura enquanto eu e a ilha gélida que era a minha cama voltamos ao chão. A Bruxa do Rio estava parada sob o batente, Kai e Gerde às suas costas.

Kai deu um passo à frente.

— Vamos tirar você daí — falou, cansado.

Ele esticou a mão para mim.

*Ele não viu o que fiz? Do que sou capaz?*

Reagi por reflexo, mostrando uma garra para ele e o forçando a recuar.

Ele não se intimidou e deu um passo adiante de novo.

— Snow. Tudo bem. Está tudo bem agora.

Kai não voltou a se mexer. Em vez disso, os olhos estavam concentrados em mim, como se o seu olhar pudesse me fazer voltar ao normal.

Por um segundo, pensei que poderia. Mas não podia arriscar.

Encarei as minhas garras de gelo, que tremiam. Por quê? Eu ia congelar o mundo ou estava apenas me recuperando do que tinha feito?

— Para trás! — gritei.

A Bruxa do Rio entrou no quarto e passou por Kai.

— Para trás — falei, o medo maior do que a minha raiva. — Não quero machucar você. Por favor, não me deixem machucar nenhum de vocês.

— Não pode me machucar, criança. Talvez consiga me congelar por um tempo, mas posso lidar com isso.

A Bruxa do Rio se aproximou sem hesitar e pegou as minhas garras nas suas mãos de água.

Tentei puxá-las, mas ela apertou firme. Observei, com horror crescente, as mãos dela começando a congelar e, em vez de veias, escamas cor de carne começaram a surgir sob a pele. A bruxa franziu o cenho. Não sabia dizer se a expressão era causada por concentração ou dor. De repente, senti o calor que irradiava de suas mãos. Ela combatia o gelo com a água, que derreteu a neve mais rápido do que conseguia se formar.

Quando terminou, quando minhas garras não existiam mais, ela me puxou para si, e me permiti ser abraçada e comecei a chorar.

— Eu sei. Criança, eu sei. Está tudo bem agora. Deve ter ficado assustada. Foi só um teste. Esse é o sentimento de que precisa se lembrar para encontrar Bale e encarar o rei. Esse dia chegará. É o seu destino. E, ouça minhas palavras, não importa o resultado, será necessário cada grama de força que tiver.

— Me ajude — falei, agarrada a ela.

— Você vai ajudar a si mesma — respondeu a bruxa, me apertando mais forte.

## 13

DEPOIS DE EU ME RECUPERAR do primeiro teste da Bruxa do Rio, encontrei Kai do lado de fora do quarto de Gerde, onde fui me limpar. Usava outro vestido da menina, um azul-claro. Cruzei os braços de forma defensiva. O ar entre nós parecia diferente. Estava eletrificado com a intimidade da ajuda dele ao salvar a minha vida.

Eu me lembrava da certeza da sua voz do outro lado da porta. Não havia porta entre nós agora.

— Nepenthe quer falar com você lá fora — disse Kai, seco, indo embora assim que as palavras deixaram sua boca, sem se incomodar em olhar para trás.

Eu o segui. Ele tinha acabado de salvar a minha vida, mas agora estava mais frio do que minhas garras de gelo. Talvez tivesse ficado com medo depois do que vira.

— Ei — falei, um pouco mais forçado do que pretendia.

Ele se virou.

— O que você fez mais cedo... me ajudando... — Levantei as mãos, que estavam normais agora.

Ele deu de ombros, sem falar mais nada.

Talvez o ar entre nós não estivesse tão diferente assim, afinal.

— Era só um teste. Fiz a minha parte. Teria feito aquilo por qualquer pessoa.

— Você sabia? — perguntei. Por alguma razão, para mim era importante saber se todo minuto do meu falso resgate tinha sido fingimento por parte dele também.

— Não, claro que não... Só quis dizer...

— Olha, sei que começamos com o pé esquerdo... Mas só queria dizer que aprecio...

— Pare, Snow. Eu não fiz nada. Foi você sozinha. Você tem os poderes agora.

Certo. Eu não era especial, exceto pelos meus poderes de neve, que, para ele, eram inúteis. E nós não tínhamos nos conectado nem um pouco nas últimas horas. Ele só estendeu a mim a mesma cortesia que teria dado a um dos animais de Gerde.

— Vida longa à princesa Snow. Preciso ir. — Ele se foi, me deixando sem palavras.

Talvez Kai tivesse construído uma vida com a irmã e não houvesse lugar para mais ninguém nela.

Passei toda a minha vida trancada no Whittaker, mas nunca senti medo no meu cotidiano. Claro, tinha medo de Bale não melhorar, e as pessoas tinham medo de mim. Mas Kai sentia medo todos os dias. Ele olhava para mim como se eu fosse um chamariz de problemas — o que seria verdade se o rei descobrisse que eu estava viva. Mas não me via como uma pessoa de verdade, alguém com quem ele pudesse se conectar.

Pensei que Gerde talvez fosse a única pessoa próxima a ele, e aquilo me fez querer derrubar ainda mais os muros que o cercavam. *Se ao menos ele não estivesse tão determinado a se livrar de mim*, pensei, mas, então, me lembrei de que já deveria ter saído dali.

♛

Desci a escada e fui até a água. Lá, a Bruxa do Rio lutava com uma criatura semelhante a um tubarão. Um dos tentáculos enrolava o corpo cinza-arroxeado do animal e outro descia pela sua garganta.

Levantei as mãos. Para fazer o quê, não sei. Ajudar? Não conseguiria fazer as garras surgirem de novo, mesmo se quisesse... e o objetivo de ter ido até ali era para que ela me ensinasse a controlá-las e NÃO para fazê-las surgir de novo.

— Bruxa do Rio! — gritei.

Ela devolveu o tubarão à água. O tentáculo que descia pela garganta triunfara. O animal morto boiou na superfície, o sangue rodopiando ao seu redor. Tentei desviar os olhos, mas algo refletiu a luz. A bruxa segurava um pedaço de espelho, mais ou menos do tamanho de uma mão. Não era só refletivo, era luminescente. Me lembrou do espelho no quarto de Bale, por onde ele desapareceu.

— As pessoas jogam pedaços de espelho no Rio. São oferendas para mim. Acham que, assim, vou atender às suas preces.

— Espelho? Você está falando *do Espelho*?

A Bruxa do Rio riu.

— Se alguém tivesse um pedaço do espelho do rei, não jogaria fora por uma prece. É poderoso demais. Estes são espelhos comuns. Mas representam o espelho do rei e o poder que ele carrega. Ao menos para os que fazem as súplicas.

— E você dá ouvidos às preces? Atende aos desejos?

Na minha cabeça, me perguntava se ela atenderia ao meu: encontrar Bale e voltar para casa.

— Se forem divertidos. Se forem dignos.

Era como jogar moedas num poço de desejos, só que era uma bruxa com guelras que atendia aos pedidos.

— O que constitui um desejo digno?

— Uma coisa que você não consegue sozinho. Uma coisa difícil.

— Como fazer alguém corresponder a um amor?

— O amor é fácil. Ele corre como o Rio. Tente o poder. Ele é bem mais difícil de encontrar. E há pouco poder em Algid, com exceção de alguns escolhidos.

Não queria mais ouvir sobre o meu pai, mesmo que ele estivesse no centro de tudo.

— O que você faz com esses espelhos que recebe? — perguntei, mudando de assunto.

— Espelhos refletem o que queremos ver ou, às vezes, revelaram o que você verdadeiramente é ou deseja. É preciso ter cuidado com espelhos.

Ela jogou o pedaço de espelho no ar, e ele afundou na água sob seus pés. Logo abaixo da superfície, havia dezenas de pedacinhos de espelhos ancorados numa espécie de coral branco. Um dos espelhos refletiu a luz, me cegando por um instante.

Um tentáculo me afastou da margem.

— Olhe no espelho apenas se souber exatamente o que quer.

— Tá bom... — Eu não sabia como responder à bruxa quando ela falava em enigmas. Ela me lembrava de Wing. — Você disse que poderia me ajudar.

— Sim. Mas antes de conseguir dominar o seu poder, precisa entendê-lo.

A bruxa ficou mais líquida ao dizer isso, e seus riachos, mais cheios e rápidos. O efeito me fez querer recuar e, ao mesmo tempo, estender a mão para tocar nela.

— Só quero encontrar o meu amigo — decidi abrir o jogo. — Ele foi levado do Outro Mundo, e acredito que esteja em algum lugar de Algid.

Deixei de fora a parte sobre o estranho espelho que apareceu no quarto de Bale no instituto. Não sabia se podia confiar na Bruxa do Rio ainda.

Ela me analisou por um momento.

— Se quer encontrar o seu amigo, vai precisar sobreviver nesse mundo. E, para isso, precisa aprender.

— Acha que consigo?

Ela assentiu.

— Porque fui capaz de congelar o quarto?

— E por causa das Ondas de Neve que criou.

Ela sabia sobre as Ondas de Neve. Provavelmente, também sabia sobre eu ter passado a noite na casa de Kai. O que significava que também sabia da minha tentativa de fuga. Mas, pela expressão inalterada da bruxa, supus que não se importasse. Afinal, eu estava ali agora.

— Quem disse que eu as criei?

— Só o rei faz Ondas como aquelas, e ele não estava por perto. Eu teria sentido sua presença. Snow, você já pode dominar uma tempestade. Com tempo e prática, poderá se tornar uma. E, nesse ínterim, conseguirá fazer isso...

Ela murmurou algumas palavras que não consegui entender.

Do Rio turvo, emergiu uma mulher feita de água. Ela caminhou na minha direção e encostou no meu rosto. Então, de repente, voltou a se transformar numa poça.

— O que era aquilo?

— Minha Campeã. Ela pode lutar por mim, mas apenas por onde houver água e calor. Lá — falou, indicando o horizonte gelado com um gesto —, não faria muita coisa além de congelar. Mas a sua poderia fazer o que quisesse.

— Você quer que eu crie uma dessas. Uma pessoa de gelo. Mas não quero machucar ninguém.

— Não pode se livrar do seu poder, Snow. Apenas aprender a controlá-lo.

Não era o que eu queria ouvir. Mas a bruxa não pareceu perceber ou mesmo se importar que eu estivesse chateada.

— Então por que me treinar? Por que me ajudar? — perguntei, a confusão aumentando.

— Pela mesma razão que ajudo a garota lá em cima — falou, sem mudar a voz.

*Está falando de Gerde. Mas Gerde mistura, e talvez ajuste, genomas de animais. Não cria tempestades*, pensei.

— Você a subestima. Não consegue ver além das flores. Ela não é tão diferente de mim. Sei como é ter poderes e não saber o que fazer com eles. Quero que alcance todo o seu potencial. Você merece, assim como Algid — falou Nepenthe.

— Só quero Bale de volta... — comentei, exausta.

A curva do seu sorriso se desfez no mais breve dos instantes.

— Então, vamos pegá-lo de volta. Não é uma proposta tudo ou nada. Mas, do meu ponto de vista, você precisa se fortalecer antes de qualquer coisa. Deixe-me ajudá-la.

Era como Gerde dissera, mas havia algo no tom de voz da bruxa que me trazia desconfiança. Acho que vi alguma coisa mudar no seu rosto quando mencionei Bale. No entanto, precisava acreditar que ela me ajudaria. Pelo bem de Bale.

— Com prática, você pode ficar mais forte que seus pais — falou ela.

Sempre senti que não havia ninguém como eu, mas nunca tinha visto isso como algo positivo. A bruxa enxergava meu potencial. Naquele mundo, eu era algo que as pessoas queriam ser. Aquilo era novidade para mim. Pela maior parte da vida, só fui importante para uma pequena lista de pessoas. E só tinha certeza de uma delas: Bale. Precisava encontrá-lo, não importava como.

— Tá bom — concordei, fazendo um trato com a bruxa. — Vou trabalhar ao seu lado se me ajudar a encontrá-lo.

E assim foi decidido.

# 14

A BRUXA DO RIO NÃO perdeu tempo. Meu "treinamento" começou bem cedo, no frio, no topo de uma montanha bem longe da casa em forma de cubo de Kai e Gerde. Se não soubesse, poderia jurar que era o monte Kilimanjaro ou o Everest, ou qualquer um desses lugares absurdos que desafiam a morte. Lugares que vi enquanto zapeava pelos canais de TV na sala comum, ou folheando as enciclopédias na biblioteca.

Não sei como cheguei lá, e parte de mim queria que fosse outro sonho. Mas o gelo que beijava minhas bochechas e o vento que rodopiava meu corpo pareciam reais demais.

Quando meus passos escorregadios tocaram o último degrau da escada do cubo, em vez de encontrarem chão firme, cheguei ao cume de uma montanha.

Eu sabia que logo ia entrar em pânico, então me permiti assimilar a beleza que conseguia observar. Passei a maior parte da vida num quarto trancado, nunca tinha visto nada como aquilo. Algid se estendia por todas as direções. Árvores cor-de-rosa, azuis e amarelas pontilhavam a terra. Casinhas brilhavam à distância. Se eu não soubesse como aquele lugar era bizarro, quase poderia acreditar que era o paraíso. Em algum lugar lá embaixo estava o rei, e, correndo entre as árvores, havia Leões, Tigres e Ursos de Neve... meu deus.

Uma estranha névoa passou por mim. Pude sentir o calor antes de ela se estabelecer acima da montanha mais próxima. Levei um susto quando ela começou a tomar forma. Quase parecia uma mulher. Um rosto e um corpo começaram a se formar. A névoa ficou sólida. Então, se tornou a Bruxa do Rio. Nem mesmo uma gota d'água escorregava da sua pele, e ela usava uma capa que me lembrava de uma versão esquisita e com escamas da Chapeuzinho Vermelho.

Mesmo estando no topo da montanha seguinte, sua voz atingia meus ouvidos como se estivesse ao meu lado. Seu rosto era bonito. Seco e bonito. Mas não chegava nem perto da beleza da versão aquática. Eu entendia por quê.

— Você é... humana.

— Não vamos exagerar — disse ela, soando desdenhosa. — Mas se está tão curiosa, venha me ver melhor — falou, indicando o espaço entre nós com um gesto de cabeça. Era um desafio. Era, supus, minha próxima lição.

Ergui a mão e tentei materializar uma ponte de neve entre a minha montanha e a dela. Mas nada aconteceu. Era como um daqueles desejos que a Bruxa do Rio descrevia como dignos, só que eu não sabia como atendê-lo, não importa o quanto tentasse.

— A neve é sua — proclamou a bruxa.

— Não parece — respondi, um pouco alto demais.

Não sabia se a minha voz chegava aos ouvidos dela da forma que a dela chegava aos meus. Minhas palavras ecoaram de volta, retornando com mais segurança do que quando saíram. A distância entre nós parecia insuperável, e a queda de onde eu estava era rochosa, brutal e de morte certeira.

— Você passou a vida inteira trancafiada. A vida inteira sem conhecer o seu verdadeiro poder. Por causa da sua mãe. Do seu pai. Eles reprimiram você. Agora pode fazer o que quiser, ser quem quiser. Clame seu dom.

— Venha a mim, neve — sussurrei, sentindo dessa vez que falhara antes mesmo de começar. Quanto mais pensava no meu confinamento, mais distante me sentia de controlar os meus poderes.

— Você não está nem tentando! — ralhou a bruxa.

Aquilo era uma brincadeira? Eu estava no cume de uma montanha, tentando não cair. É claro que estava tentando!

Meus olhos observaram a Bruxa do Rio. Por reflexo, minhas mãos se fecharam uma na outra. Eu sabia o que ela estava fazendo. Estava tentando me enfurecer, na esperança de que a raiva despertaria a neve. Conhecia a tática através de Magpie, embora os motivos dela não fossem nem um pouco nobres.

A Bruxa do Rio deu dois muxoxos.

— Algid esperou quinze anos por você. E olhe você agora. Que decepção. Você é inútil — disse ela. E, com um movimento rápido dos braços, uma força invisível me jogou no abismo.

Gritei com o ar gelado que passava por mim, queimando as minhas orelhas, os meus lábios e os meus dentes.

*Use a neve!* A voz da bruxa surgiu de todos os lugares e de nenhum. *Você pode controlar o seu destino. Use a neve!*

Conforme caía, soltei um monte de palavrões para a bruxa. Ela realmente tinha me jogado de um penhasco como parte de uma aula. Eu podia ver as pedras no chão cada vez mais perto enquanto era arremessada na direção delas.

Eu não morreria assim. Senti uma raiva se acendendo no meu peito. Eu não era inútil. Não era! Não era uma decepção.

As palavras de Kai durante a inundação voltaram a mim. *Só não fez isso ainda.*

Tentei sussurrar para a neve, mas o ar se movia rápido demais, então, em vez disso, fechei os olhos e me concentrei.

*Venha a mim, neve.* Senti uma mudança mínima na atmosfera quando comecei a ficar cada vez mais sintonizada com o ar e o espaço frio. *Venha a mim, neve*, ordenei novamente, e notei que, ao meu redor, a neve caía. De repente, não estava mais com medo. Como a bruxa dissera, a neve era minha. Pertencia a mim, e poderia fazer o que quisesse com ela.

— Bruxa do Rio — sussurrei com uma confiança recém-encontrada.

No mais breve dos instantes, não senti frio. Me senti aquecida e completa. Como se o vazio deixado por Bale tivesse sido preenchido pela primeira vez.

Percebi que estava me afastando do chão, sem peso, por uma onda de neve. E, após um momento completamente vazio, eu estava de pé na montanha, ao lado da Bruxa do Rio.

Ela me esperava. Seus lábios formaram um sorriso.

— Achei que só seria capaz de impedir a queda — falou ela, impressionada. — Mas pode ser sorte de principiante, então não fique convencida.

Sorri. Sabia que tinha corrido risco de morte, mas sobrevivi. Consegui. Controlei a neve. Talvez fosse o suficiente para recuperar Bale.

No entanto, quando perguntei para a Bruxa do Rio, ela respondeu:

— Você não está nem perto de pronta. Amanhã começaremos de novo.

Depois de a Bruxa do Rio me deixar na frente da casa em forma de cubo, fui até o Rio e olhei para os espelhos na água. Observei o meu reflexo, mas, em vez disso, vi Kai. Ele apareceu na lateral do barco.

Apesar do frio, o garoto não usava casaco. Estava limpando o casco do navio.

— Acabei de fazer um tornado de neve. Não vai me dar os parabéns?

Deixei de fora a parte em que a Bruxa do Rio me jogou da montanha. Achei que ele não aprovaria.

— Bravo — falou o menino, jogando tripas de peixe do barco.

— Qual é o seu problema? O método da bruxa dá resultados.

— Você acha que o *como* não importa. Só que importa, sim. Nem sempre conseguimos o que queremos na vida. Mas podemos controlar como chegamos lá. Ela quase afogou você para que acessasse seus poderes. E imagino que você não tenha aprendido a voar fechando os olhos e se concentrando em pensamentos felizes.

— Mas funcionou.

Ele me deu as costas. Quando voltou, tinha mais tripas de peixe. Os restos da última refeição da Bruxa do Rio, provavelmente.

Vi meu reflexo nos espelhos no fundo do Rio outra vez. *Tantos desejos partidos. Será que conseguiram o que queriam?*, eu me perguntei antes de voltar para a casa.

# 15

ACHEI QUE ME JOGAR DA MONTANHA era a tática mais extrema que a Bruxa do Rio usaria. Porém, no dia seguinte, ela me mandou lutar contra Gerde. Os avisos de Kai voltaram enquanto eu estava às margens do Rio, cara a cara com a menina que acabara de me servir a melhor omelete que eu já tinha comido.

— Ela quer que a gente lute — explicou Gerde. A intenção dela era sussurrar, mas o som ecoou.

Olhei para a pequenina Gerde. Mesmo sem magia, poderia arrebentar a cara dela. Gerde podia ser a bruxa com mais experiência, mas era só flores e cura; eu tinha garras de gelo e conjurava tempestades.

— Não vou lutar com você — falei. — Não quero te machucar.

— Não tenha tanta certeza de que é você quem vai causar dano — falou Gerde.

Aquela não era a Gerde docinho de coco que eu conhecia. Havia uma ferocidade nela na qual eu nunca tinha reparado antes. Não sei se passei a gostar mais ou menos da menina naquele momento, mas sabia que ela tinha se tornado bem mais interessante. Me perguntei de que coisa sombria ela retirava a sua magia.

— Você nem sabe quem é ou o que pode fazer — provocou ela. — É mais fácil nevar no inferno do que você reencontrar seu precioso Bale.

— Não faça isso... — avisei.

Gerde estava usando o que conhecia sobre mim para me deixar nervosa. Nervosa o suficiente para revidar. Assim como sempre sabia quando Magpie usava aquela tática... e quando a Bruxa do Rio fizera o mesmo. Ainda assim, senti que caía na armadilha. Senti que cedia à raiva por reflexo. Cedendo ao monstro. E não havia nenhum remédio para combatê-la agora.

Mas era Gerde quem estava à minha frente. Não a Bruxa do Rio, que poderia aguentar uns golpes. Nem Magpie, que merecia levar uns golpes. Gerde era tão inocente quanto a neve era branca.

— Ou o quê? Vai me transformar num boneco de neve? — desafiou ela.

De repente, da superfície do Rio, surgiu um monte de algas verdes lamacentas. Elas se enrolaram a si mesmas a alguns passos da gente.

Levei alguns segundos para perceber o que estava acontecendo. A alga formava uma Campeã para lutar comigo. Tinha finalmente entendido. Era a Campeã de Gerde, e eu deveria criar algo para lutar com ela, porém, quando me concentrei, nada aconteceu.

A Campeã de algas avançou na minha direção. Seus braços viscosos se esticaram de forma ameaçadora.

Uma nova onda de frustração me invadiu quando tentei evocar as garras de neve para cortar as algas que se desenrolavam na direção dos meus tornozelos.

Conforme me alcançavam, pedaços pontudos de gelo se formaram por baixo das minhas unhas. Mas não formaram garras como antes. Em vez disso, as estalactites escaparam das pontas dos dedos como flechas, formando um ângulo ao partirem para cima de Gerde.

Acertaram todo o belo vestido dela, prendendo-a numa árvore congelada. Uma gota de sangue escorreu pelo seu rosto, onde uma das estalactites passou raspando pela bochecha.

A criação de algas de Gerde se desfez e voltou para a água. A menina se esforçou para se livrar do gelo. E, então, a coisa mais inesperada aconteceu. As orelhas de Gerde repentinamente se contorceram e ficaram pontudas, seus traços agudos e minúsculos suavizaram, formando uma cartilagem rugosa, que se reconfigurava debaixo da pele.

*Você a subestima*, dissera a Bruxa do Rio.

Pisquei conforme observava. Pelos surgiram por toda a pele — do rosto às orelhas, e do pescoço para baixo. A pelugem surgiu até nas suas, antes delicadas, mãos. Os ombros aumentaram de tamanho, e músculos grossos cresceram sob a camisa de seda enquanto panturrilhas enormes irromperam debaixo da bainha da saia. Além disso, um focinho de gato substituiu o nariz arrebitado de princesa de desenho animado. No entanto, uma coisa permaneceu igual: os olhos, que pareciam implorar para que eu me afastasse. Ou para que eu não olhasse para ela.

— Gerde... — falei, mas ela não pareceu ouvir.

Será que eu causara aquela transformação? Olhei para as minhas mãos, que tinham retornado para o estado sem garras de gelo. O sentimento incontrolável passara. Mas Gerde ainda mudava, tornando-se outra coisa. Ou ela sempre fora outra coisa?

A menina revelou dentes afiados, e percebi que não importava o que eu fora aos olhos dela segundos atrás. Ela ia atacar a mim e à bruxa.

A Bruxa do Rio nos observou com atenção. Ela queria que eu impedisse Gerde. Permitiria que eu a machucasse ou que saísse machucada?

— Bruxa do Rio? — supliquei, conforme o novo monstro que era Gerde se livrava das minhas estalactites.

— Encontre a sua neve — comandou Nepenthe, sem misericórdia.

Gerde atacou.

Ergui as mãos na direção dela. Eu não a machucaria. Mas a deixaria me machucar até morrer?

Pelo rabo do olho, vi Kai correndo até nós. Sua expressão, em geral estoica, fora substituída por um olhar aterrorizado. Seus belos olhos azuis me imploravam.

— Kai! É a Gerde! — gritei.

Ele conseguiria impedi-la. Poderia trazê-la de volta.

— Gerde! — berrou Kai.

Ela não parou, mas olhou para o irmão por uma fração de segundo.

Era tudo que eu precisava. Levantei os braços, me defendendo, e a empurrei para trás, fazendo-a perder o equilíbrio. Agora, teria que correr.

Mas logo Gerde estava de pé. Eu não conseguiria chegar muito longe.

Kai gritou para ela:

— Essa não é você, Gerde. Volte para mim, volte...

No meio do Rio, a neve começou a rodopiar pela água. Eu criava uma tempestade.

— Concentre-se — exigiu a Bruxa do Rio.

Quando Gerde voltou a correr para cima de mim, bati a mão no chão e um muro de gelo se ergueu entre nós.

A versão monstruosa de Gerde deu de cara nele e desabou em posição fetal. Ela se acalmou na mesma hora, deixando escapar um choro humano.

— Aí está você... Você sempre volta... — disse Kai.

Ele se agachou ao lado dela, e, nos braços de Kai, Gerde voltou ao corpo pequenino. As roupas estavam em frangalhos, e o rosto, cheio de lágrimas. Kai as limpou. Fiquei lá, tremendo, ainda processando o que acabara de acontecer. O garoto tinha razão. O *como* importava. De forma egoísta, queria que os olhos dele encontrassem os meus. Queria que ele soubesse que entendia agora. Queria que ele soubesse que eu sentia muito por ter feito parte do que acabara de testemunhar. Mas, em vez disso, o olhar carrancudo de Kai estava fixo. Virei o rosto para olhar o que ele via.

Do lado oposto, a Bruxa do Rio começou a bater palmas. Então, desapareceu numa bruma.

👑

Poucas horas depois, após Kai ter levado Gerde para o quarto, fui vê-la.

Ela tinha voltado à forma humana e alimentava seu pinguim no canto do quarto.

— Você podia ter me avisado — falei.

— E estragar a surpresa? — respondeu ela com uma risadinha.

Ela olhou para mim, buscando sinais de julgamento ou pena no meu rosto. Sem encontrar nenhum dos dois, sorriu. Queria dizer a ela que eu também era um monstro, só que do tipo que não tinha pelos.

Então, ela balançou a cabeça, e os olhos pareceram ainda mais distantes.

— Sabe do que mais me lembro da época de antes da bruxa? — perguntou ela, a voz com um toque da antiga qualidade musical.

— Do quê?

— Não da jaula em que Kai precisava me prender toda noite. Não de acordar em lugares estranhos coberta de sangue. Nem de saber o que tinha feito ou com quem.

— O quê, então? — questionei, com um pavor cada vez maior.

— Da fome. Era constante. Eu queria devorar o mundo inteiro. Sei que não aprova o que a Bruxa do Rio fez — disse Gerde. — E sei que Kai não a aprova em geral. Ele nem a chama de Bruxa do Rio. É sempre Nepenthe. Fala que usar o título lhe dá mais poder do que merece... mas seus fins justificam os meios. Sou um desses fins. Por causa da bruxa, tenho as minhas plantas e os meus animais. Tenho paz.

Depois de um momento, Gerde continuou solenemente:

— Sinto alguma coisa, mas não é frio. Ou talvez seja tão frio que é quase quente. Não sei colocar em palavras. É tão frio que quase deixa de ser frio...

— Parece bom.

Comparada à fome que ela descreveu, minha neve soava quase fácil demais. Quase como uma bênção.

♛

Kai estava na oficina, usando uma máscara de metal e regata, deixando os bíceps à mostra. Fiquei surpresa ao perceber que ele tinha bíceps. Ele soldava um pedaço de metal.

— Nunca chegue de fininho quando alguém estiver trabalhando com fogo — repreendeu ele, apoiando o equipamento na mesa de trabalho.

— E quando a pessoa estiver trabalhando com um... — falei, mas a minha voz foi morrendo. "Monstro" não era a palavra certa. — O que ela é, Kai? E por que não me contou?

— O segredo não era meu para contar.

— Ela podia ter me matado.
— Você é a Princesa da Neve. Ouvi dizer que é difícil te matar.
— Eu podia ter matado ela.
Ele se virou.
— Então, ela não é sua irmã. Ela é...
— Ela é Gerde — respondeu ele. — Ela me salvou e eu a salvei, e a Bruxa do Rio nos salvou. Não preciso gostar da bruxa, mas devo a ela. E, se deixar a bruxa ajudar você, também terá uma dívida com ela.

Não sabia o que fazer com aquela informação.
— Isso significa que você e Gerde não são irmãos biológicos.
— Ela é minha família! — berrou ele.
— Antes da bruxa... você cuidava dela, não é? É para isso que servia a jaula?
— Por que você se importa? — perguntou Kai.
— Só prefiro entender a odiar você — sussurrei.

Ele não respondeu e deixou as palavras no ar por um momento interminável antes de falar de novo.
— Não há muitos da espécie de Gerde por aí. Pode ser que seja a única. E se tivesse sido capturada... Digamos que seria um troféu na parede de alguém.

Eles trocaram a liberdade pela segurança. Para que Gerde não se transformasse num animal de novo.

Eu entendia, mesmo sem ter certeza de que teria feito o mesmo.

Entretanto, algo me prendeu quando olhei para Kai.
— Por que me tratou feito merda por fazer um acordo igual ao que você e Gerde fizeram um milhão de vezes?

Kai não respondeu.
— Hipócrita — falei.
— Queria que descobrisse de outra maneira. Gerde se lembra de uma época em que era caçada. Ela se lembra do medo, canaliza o sentimento e o revive sem parar. Não queria isso para você.

*Não é de espantar que Gerde sempre pareça tão distante*, pensei.
— Queria que fosse diferente para você.
— Mas não é. Não gostei do que aconteceu hoje. Só que preciso da ajuda da bruxa. Gerde compreende isso. Ela mesma me contou.

— Gerde falou que se afastaria assim que a bruxa a ensinasse a domar a fera. E ainda estamos aqui. Ela se envolveu em outras coisas que a bruxa poderia ensinar. Não sei se vai querer ir embora um dia. Isso pode acontecer com você. Confie em mim, a Bruxa do Rio quer mais do que agradecimentos.

— Pode até ser, mas estou aqui para praticar, depois vou embora. Temos um trato. — Olhei ao redor, pensando na jaula na casa de Kai. Antes da bruxa, era ele quem a colocava lá. — Sinto muito pelo que você e Gerde passaram — falei, olhando para o garoto sob uma nova perspectiva.

Ele notou a mudança em mim e quase se encolheu.

— Não tenha pena de nós. Não vou suportar. Não vinda de você.

A coluna de Kai ficou mais reta. Se eu realmente conseguia contar uma história ao dar de ombros, como Vern disse que eu conseguia, ele contava com as suas vértebras. E, naquele momento, Kai tentava reerguer o muro entre nós. Eu não deixaria. Não até descobrir o que ele queria dizer.

— Como assim, não de mim? Você me odeia. Por que se incomoda com o que penso?

— Quem disse que eu odeio você? — Ele me encarava com atenção.

Kai parecia querer dizer mais alguma coisa, porém, em vez de falar, veio na minha direção e, com um único movimento forte, me beijou. Não foi hesitante ou doce como o beijo de Bale. Não surgiu a partir de uma história de amor e saudade. Foi uma semana de atrito, mal-entendidos e frustração que nos trouxe até o momento. Seus lábios eram ávidos, famintos e exigentes, e senti que estava correspondendo.

Então pensei nos lábios de Bale nos meus, nossos corpos juntos. Fui para trás, empurrando Kai. Ele pareceu confuso, mas não me impediu.

*O que eu fiz?*
*Por que ele me beijou?*
*Por que o beijei de volta?*

Demorei anos para juntar coragem e beijar o garoto que eu amava. O garoto que eu nem sabia se gostava mesmo conseguira me beijar em menos de uma semana.

Eu traíra a mim mesma e a Bale. Meu coração se apertou. Mas meus lábios ardiam. Aquele beijo tinha uma inércia própria, como se exigisse uma força oposta de mesma intensidade para ser detido. Porém, antes mesmo de pensar em Bale, a maldição do meu beijo surgiu na minha mente.

— Snow... — Kai abriu a boca para dizer mais alguma coisa, parecendo incerto quem sabe pela primeira vez desde que nos conhecemos.

No entanto, seu olhar estava desfocado. Ele se encostou na mesa de trabalho.

Eu o ajudei a se sentar. Quando me abaixei e toquei seus lábios, eles estavam gelados.

— Estou bem. Só um pouco tonto... Snow, não tive a intenção de...

Não o deixei falar mais nada.

*Também não tive a intenção...*, disse a mim mesma mentalmente enquanto corria pela porta e voltava para o meu quarto.

# 16

EU ANDAVA DE LÁ PARA CÁ NO CÔMODO, pensando no beijo, quando ouvi uma batida na porta.

O que eu diria se fosse Kai? O que faria? *Desculpa por ter te congelado um pouco. Ainda bem que impedi antes de congelar você até a morte...* Ou quem sabe eu simplesmente tivesse imaginado a coisa toda.

Porém, quando abri a porta, era Gerde, e não Kai, que estava à minha frente.

Ela entrou no quarto, usando um vestido decotado que eu nunca tinha visto. Sorria. Estava se sentindo melhor. Ou interpretando muito bem o papel de alguém que se sentia melhor.

Eu, por outro lado, me sentia mais confusa a cada minuto. E culpada. A única explicação para beijar Kai era que fiquei um tempo longo sem ninguém sendo legal comigo, e não sabia como lidar com aquilo. Mesmo antes de chegar a Algid, já fazia um ano que não falava com Bale, tendo apenas a minha mãe, Vern e o dr. Harris como companhia — quando Magpie não estava me enchendo. O beijo em Kai tinha tudo a ver com sentir saudade de Bale, e nada a ver com o próprio Kai. Eu tinha certeza. Ou quase.

Foi culpa minha. Meu beijo fizera alguma coisa com ele. Não como Bale. Mas alguma coisa. Talvez. Eu não sabia ao certo. Tonto não era o mesmo que congelado. Lábios não ficavam frios para sempre.

No entanto, como os lábios dele tinham ficado gelados enquanto os meus pareciam pegar fogo?

Tentei focar Gerde.

— Vamos sair — falou ela, de repente.

— Mas e a Bruxa do Rio?

— Ainda não voltou. Às vezes, fica fora, no Rio, por dias.

— E Kai? — perguntei.

O nome parecia diferente ao passar pelos meus lábios agora que o garoto os beijara.

— Está na oficina. Às vezes, passa dias lá também. Tem um vilarejo não muito longe. Acho que seria bom uma mudança de cenário.

Talvez a revelação do segredo tivesse tirado um peso das costas de Gerde. Ela parecia diferente. Ou pode ser que fosse como eu a via agora. Talvez fosse mais do que isso. Ela não falava sobre ser uma fera, porém, parecia mais livre agora.

Queria contar tudo a ela. Já tinha falado sobre Bale. Mas mordi a língua. Kai e Gerde eram tão próximos. Eu tinha criado um distúrbio no ecossistema frágil dos dois. E Kai causara um distúrbio no meu.

Não tinha saído, a não ser para praticar, desde que chegara dias atrás.

Então, me levantei e corri para me vestir.

♛

O vilarejo era só uma rua de vitrines e casebres, todos feitos da mesma neve compacta e colorida que eu vira logo após a árvore com Jagger. Mas, dessa vez, ninguém estava congelado. Havia pessoas em todo lugar. E, através das casas translúcidas, podia ver famílias cozinhando e fazendo as suas refeições, além de crianças brincando.

Tinha uma grande fogueira no meio da rua, e pessoas se reuniam em volta dela para se aquecer. Um músico dedilhava um instrumento de corda triangular que parecia uma harpa pequena, mas o som era mais profundo e agudo.

Na mesma hora, Gerde começou a cantarolar. Ela deu um rodopio, o vestido criando o próprio vento. Ao vê-la assim, fiquei mais animada.

Queria, um dia, ser tão despreocupada quanto ela. Mas isso não aconteceria até Bale e eu nos reencontrarmos.

Paramos a uma mesa para comer bolos de carne que pareciam saborosos. Não eram, nem de perto, tão gostosos quanto os de Gerde, mas estávamos com muita fome. E bebemos orchata quente em canecas de metal.

— Kai só pensa em dinheiro — falou Gerde. — Ele vem aqui só para vender coisas. Mas gosto de dar uma olhada.

Gerde mencionara Kai quase duas mil vezes a mais que o normal. Ou era isso que eu sentia.

— Vamos fazer uma brincadeira. Pensa numa história — sugeri, tentando mudar de assunto. Era algo que eu costumava fazer com Bale. Era legal ter uma amizade de novo. — Escolha alguém e invente a vida da pessoa.

Gerde escolheu um casal alto e elegante, cujas mãos estavam dadas. O homem andava pouco mais à frente da mulher e esperava que ela o alcançasse. Gerde apertou os lábios finos antes de falar:

— Acho que é o terceiro encontro deles. Nenhum dos dois demonstrou o seu verdadeiro eu ainda...

Não esperava algo tão romântico de Gerde. Me perguntei se ela pensava em amor. Tínhamos falado sobre Bale, mas não sobre a vida amorosa dela. Fiquei em dúvida se sua condição tornava impossível para ela ficar com alguém.

— Que lindo. Acho que ela é uma espiã tentando encontrar alguma informação e está se aproximando dele para matá-lo.

Gerde riu.

— Sua vez. Você escolhe agora.

— Ela — falei, apontando para uma mulher sentada a uma mesa.

Seu rosto era redondo e bonito. As roupas eram feitas de uma lã grossa e escura. Sua expressão era acolhedora. À frente, havia o baralho mais detalhado que eu já tinha visto. Era pintado à mão. Um dos lados mostrava mulheres de mãos dadas em círculos, com um símbolo rodopiante no centro. As imagens dançavam.

— Ela é uma Bruxa da Terra, a forma mais baixa de bruxas. Tem algum poder, mas não o suficiente para ser considerada uma ameaça.

Há muitas como ela em Algid. Algumas levam vidas normais. Outras vendem seus dons — explicou Gerde.

— Espera aí, achei que fosse a minha vez — falei, pensando que ainda estávamos na brincadeira.

— Não, ela é uma bruxa mesmo. É uma adivinha. Desculpe — disse Gerde.

Ela se esquecera por completo da brincadeira. E aquela mulher era mesmo uma bruxa, não importa a posição baixa na hierarquia delas.

Observei as cartas na mesa. Queria saber como funcionavam. O que diriam sobre mim.

— Então, ela é vidente? Como um oráculo?

— Você quer dizer *o* oráculo? — disse Gerde, me corrigindo, mordendo o lábio enquanto pensava. — Dificilmente. Não deve conseguir revelar o que vai acontecer muito além de uma quinzena, mas pode oferecer bons conselhos sobre colheitas e decisões menores. Há muitas bruxas diferentes. Existem as Três, e outras além.

— As Três? — Me lembrei do coven da história da Bruxa do Rio.

— São as mais poderosas. A Bruxa do Rio, a Bruxa do Fogo e a Bruxa da Floresta.

— E onde minha mãe entra nisso?

— Ela abandonou o coven para se casar com um príncipe. Ninguém sabe o quão poderosa teria se tornado — falou Gerde. Seu tom de voz era marcado por descrença, como se não conseguisse entender bem por que alguém abriria mão de poderes mágicos por amor.

Para mim, porém, fazia muito mais sentido a minha mãe querer ser uma princesa linda do que fazer parte de um coven de bruxas duronas.

— Podemos ver o que ela diz? — perguntei, me virando para Gerde.

Ela voltou a observar a bruxa.

— Quer saber? Meu irmão tem sido tão grosseiro com você que o mínimo que pode fazer é comprar para gente um vislumbre do futuro.

Alguns segundos depois, Gerde colocou moedas que retirara da bolsa de Kai na frente da Bruxa da Terra.

— Mão ou cartas? — perguntou a bruxa.

Gerde esticou a mão, e a bruxa a examinou por um longo instante.

— Você tem um segredo que foi revelado recentemente. Agora que não está mais escondendo, sente-se mais feliz.

Gerde puxou a mão de volta.

— Até um relógio quebrado está certo duas vezes por dia — sussurrou ela para mim.

Nunca pensei que Gerde poderia ser esnobe, mas acho que a bruxa acertou onde doía. Ela foi para trás e gesticulou para que eu fosse em frente.

— Mão ou cartas?

Senti minhas cicatrizes brilhando por baixo do vestido e escolhi as cartas.

— Pegue seis sem olhar. Cada uma vai contar parte da sua história, e, juntas, formarão sua vida.

Li cada carta ao virá-las.

O AMANTE

O LADRÃO

O PENSADOR

O REI

A COROA

O CORINGA

— O que a última significa?

— Que há uma grande surpresa esperando por você. Pode ser uma traição. Ou uma vitória.

Observei a bruxa. Será que ela sabia quem eu era? Aquela era a profecia da Bruxa do Rio.

O amante era Bale. O ladrão, Jagger. O pensador, Kai. O rei era o meu pai. A coroa era o que estava em jogo, e a surpresa, a profecia.

— Como acaba?

— Apenas seis cartas por leitura — disse a bruxa com a voz firme.

— Me diz. Tire outra carta.

— Não tenho mais nada a dizer. As cartas terminaram de contar a história. O resto é com você. E com as Moiras.

Balancei a cabeça.

— Gerde, dê outra moeda para ela.

Conseguia sentir a ira crescendo.

Gerde virou-se para mim.

— Hora de ir, Sasha — disse ela gentilmente.

— Quem é Sasha? — falei, e percebi que ela não podia me chamar pelo meu nome verdadeiro, óbvio.

Mas eu não podia ir. As cartas da bruxa contavam a minha história. Talvez pudessem me dar uma dica do resto, do meu futuro, do que deveria fazer a seguir.

— Não vou sair até ela revelar o meu futuro.

— Vai, sim. As duas vão — disse uma voz trovejante atrás da gente.

Era Kai. Ele jogou outra moeda para a bruxa e nos puxou pelo cotovelo, nos arrastando para fora do vilarejo. Seu rosto era uma máscara de raiva por trás de um sorriso apertado.

Quando voltamos para o barco, Kai gritou conosco.

— No que estavam pensando? — perguntou ele enquanto retornávamos para o cubo. — Poderiam ter sido pegas. Alguém poderia ter reconhecido vocês. Foi irresponsável e imprudente...

— E você nunca é nenhuma dessas duas coisas — respondi.

Kai se calou e foi embora, pisando duro.

As minhas bochechas queimavam.

# 17

NO FIM DAS CONTAS, Kai estava certo por ter ficado com raiva. A Bruxa do Rio irrompeu no cubo, parecendo tão furiosa quanto possível para uma criatura marinha. Agitava os tentáculos, criava poças por onde passava, porém aquilo ia além do modo como ela se comportava. A água do lado de fora estava turbulenta — e uma tempestade se formava. A corrente havia parado de correr rio abaixo. Em vez disso, começava a fazer um movimento circular. E, em algum lugar muito próximo ao cubo, havia raios sobre o Rio. Ouvi trovões à distância.

— Sua aventura no vilarejo na noite passada foi imprudente. As pessoas estão falando sobre uma garota cuja sorte é igual à profecia do rei, e ele mandou o Executor procurá-la. Certamente ordenou que as Feras de Neve e qualquer coisa maléfica sob seu comando a encontrassem. Não há tempo a perder. As Luzes vão se apagar em breve, e você não está nem perto de pronta — disse ela, friamente.

*Não tenho a mínima intenção de estar aqui quando o Eclipse acontecer!*, queria gritar em resposta. Mas a Bruxa do Rio foi embora tão rápido quanto chegou, levando a tempestade consigo. E o sol e as Luzes retornaram.

Olhei para Kai, pensativa, grata pelo fim da tempestade. No entanto, a lembrança do beijo voltou e, com ela, uma onda de sentimentos. Vergonha, misturada com medo e surpresa. Ele agia como se nada tivesse acontecido entre nós. Esperei por algum tipo de reconhecimento, mas não houve nenhum. E Gerde não nos deixou sozinhos por um segundo, então, não podia perguntar nada a ele, nem saberia o que dizer, se pudesse.

Kai respondeu ao meu olhar com um meio-sorriso e falou que precisava de suprimentos. Ele, em geral, não sorria. Não para mim, pelo menos.

Gerde quebrou o nosso olhar vidrado quando perguntou:

— E a bruxa?

— Não acho que ela vai querer nos acompanhar — zombou Kai em desafio. Na noite anterior, ele nos dera uma bronca enorme por termos saído. Mas bastou que a bruxa proibisse isso, o garoto mudou de ideia. Se a Bruxa do Rio dissesse que o céu era azul, ele discutiria e afirmaria que era de qualquer outra cor.

Gerde, ainda indecisa, olhava para as Luzes. Falou em voz alta o que se passava na minha cabeça:

— Talvez seja só a névoa da Bruxa do Rio, mas elas parecem menos brilhantes hoje.

— Vamos tomar cuidado, Gerde — falei.

A menina concordou com a cabeça sem tirar os olhos do vidro. Talvez estivesse sentindo a pressão das Luzes. Por mais que dissesse que queria mudar, talvez também quisesse deixar as coisas como estavam enquanto ainda podia.

— Sabem, não a vejo tão nervosa assim desde o dia em que levei Gray a bordo do barco.

— Gray?

— O leão — explicou Kai.

Eu me lembrava dele, do zoológico. Ri um pouco alto demais. Desde o Whittaker, aquela sensação se tornara familiar para mim. Quando alguém estabelecia uma regra nova, a urgência para quebrá-la era palpável. De repente, você só conseguia pensar naquilo, não importava se era uma coisa que você nunca nem tinha considerado fazer.

Apesar do aviso da bruxa, ou talvez por causa dele, estávamos indo ao mercado. Esse ficava em uma cidade tão grande que ninguém nos reconheceria, e chegaríamos através de uma coisa chamada Pulador.

O Pulador era um veículo parte motocicleta, parte carro e parte moto de neve. Gerde e eu nos sentamos atrás de Kai, e um domo de vidro nos cobriu como o teto de um carro esporte conversível. Nosso assento era para apenas uma pessoa, mas Gerde era tão pequena que nós duas facilmente coubemos. Vesti o manto da Bruxa do Rio de novo, para me aquecer. Eu o tinha deixado no meu quarto do cubo após aquela noite com Kai, e a bruxa nunca o pediu de volta. Agora, sua superfície lisa encostava em Gerde no assento apertado.

— Espera só até você ver o mercado. — Gerde estava pulando de felicidade. — Vendem mágica em Stygian.

Pensei no frasco que Jagger retirara da bolsa quando estávamos sendo perseguidos. Talvez eu pudesse comprar mais daquilo no mercado. Esse tipo de magia poderia ser útil se Bale e eu precisássemos escapar rápido.

— Vigaristas — disse Kai em resposta, sem se virar. — É o que são. Fique longe desse pessoal.

Gerde só revirou os olhos. Não pude deixar de rir da rusga confortável que havia entre eles. A menina se interessava por qualquer tipo de magia, não importava o tamanho. Era o bote salva-vidas dela. E Kai não disfarçava a sua reprovação total por magia. Claro, ele não disfarçava a sua reprovação pela maioria das coisas. Se Gerde se sentiu magoada, não consegui perceber no seu rosto sorridente.

— Então você nunca comprou magia? — perguntei a Kai, tentando conversar.

Queria que ele olhasse para mim. Que me respondesse. Fiquei imaginando se a noite passada tinha mudado alguma coisa, mas, se sim, ele não demonstrava. Era como se tivesse cortinas à prova de mim. Ele nem me olhou de relance.

Talvez um beijo fosse só um beijo para Kai. Mesmo um que fosse tão frio. Mas não era apenas um beijo para mim. Antes daquele, só tinha pensado em Bale daquela maneira. Agora, não sabia o que pensar.

Kai deu um tranco na máquina, que ronronou feito um gato. Começamos a acelerar pelo gelo, nos afastando rápido do cubo.

O Pulador nos levou até as margens da cidade que Kai e Gerde chamavam de Stygian. Assim que nos aproximamos, Kai desligou os faróis do veículo e parou.

— Não é muito longe, mas é melhor seguirmos o restante a pé — falou Gerde toda animada.

Kai lançou um olhar "se acalme" para ela, mas a menina o ignorou.

Gerde nos guiou até um túnel que levava para a cidade, e entramos. Ela tirou uma planta que brilhava no escuro de um dos bolsos do vestido. Kai trouxera uma lanterna bem mais eficiente, que funcionava à base de bateria. Fiquei perto dele, me sentindo um pouco culpada por abandonar a plantinha luminosa de Gerde.

— Que lugar é esse? — perguntei.

— Shh! — fez Kai, ríspido. Eu estava prestes a lhe dar um tapa pela grosseria, mas ele apontou o facho de luz para o teto baixo. Ouvi o som de centenas de asas batendo e pensei nas aves assustadoras de Gerde. — Olhe.

Havia morcegos dependurados no teto do túnel. Centenas deles.

Kai me empurrou para perto da parede e indicou para Gerde seguir em frente, como se ela estivesse lá para nos proteger. A reação dela foi ainda mais estranha.

— Por favor, nos deixem passar — disse Gerde aos morcegos.

Os morcegos deram um guincho coletivo, como se respondessem. Uma semana atrás, eu teria achado aquilo ridículo. Agora, estava me acostumando à magia.

Gerde assentiu para Kai e segurou a mão dele. O garoto, então, segurou a minha.

Os morcegos ficaram claramente irritados pela perturbação, mas bateram as asas em conjunto e nos deixaram em paz.

Quando chegamos ao fim do túnel, estava escurecendo lá fora.

— Em geral, os túneis só são usados pela realeza — explicou Gerde. — Todo local público precisa ter uma saída de emergência para o rei.

Quando desembocamos do outro lado, já estávamos quase dentro da cidade. Kai não largou a minha mão de imediato. Continuou segurando-a e virou a palma para baixo, mostrando uma cicatriz profunda que tinha nas costas da mão antes de me soltar.

Gerde correu em frente, sem nos notar.

— Gerde fez isso quando éramos crianças. Ela se transformou, e não consegui colocá-la na jaula a tempo.

— Por que está me mostrando isso? — perguntei, enquanto uma imagem da pobre Gerde criança, atrás das barras da jaula na casa da árvore, surgia na minha cabeça.

— Não foi por querer. Ela não tinha a intenção de me machucar. Assim como você não teve na noite passada. Você, Gerde e a Bruxa do Rio acham que é magia. Mas também é biologia. Talvez a magia seja apenas a cura temporária.

— Por que está me contando isso?

— Porque alguém precisa contar. Porque você não deveria ter que carregar isso para onde quer que vá. Ou quando for. Ou quem quer que beije. Você deveria saber.

Não sabia o que dizer. Mas Kai não parecia querer ou mesmo precisar de uma resposta. O menino continuou andando, e eu o segui. Ainda não sabia se o beijo tinha sido importante para ele, ou o que significara para mim. Mas ele tinha razão. Congelá-lo com um beijo não era diferente de paralisar Magpie no Whittaker. Eu havia perdido o controle. O beijo em Bale era outra história. Uma que eu ainda questionava.

Um portão monolítico guardava a entrada da cidade. Construções pretas e escuras como carvão se amontoavam atrás dele. O lugar não parecia nem um pouco com o pitoresco vilarejo congelado pelo qual passei ou com a cidade que visitei com Gerde.

As próprias construções pareciam ondas congeladas nas cristas. Apenas as janelas de vidro que as perfuravam deixavam claro que tinham sido feitas por mãos humanas, e não uma aberração da natureza. Lembrei que cores escuras absorvem calor; talvez as casas tivessem sido idealizadas para absorver o calor do sol? Quem sabe a cidade inteira tivesse sido planejada assim.

Uma muralha baixa circundava o local. Acima dela, havia caldeirões de fogo a uma distância de trinta centímetros um do outro. O portão estava escancarado, de onde um fluxo constante de pessoas entrava e saía. Os guardas que o protegiam usavam uniformes azul-claros rígidos. As mulheres dali usavam calças e espartilhos elaborados, decorados com discos. Os homens vestiam uma malha similar sobre os torsos, como uma armadura — uma proteção contra o frio.

Eu me perguntei se o anel de fogo ao redor da cidade era para manter os perigos horríveis da floresta bem longe.

Fomos adiante até uma praça enorme, uma série de círculos interligados, cada um dedicado a um tipo diferente de atividade. Crianças brincavam num complicado trepa-trepa feito de gelo, o escorregador atingindo uma altura perigosa no círculo.

O terreno dentro dos portões não tinha neve. Um conjunto de pedras vermelhas formava um padrão circular ao redor de um palco.

Conforme nos aproximávamos ainda mais, eu me perguntava se aquela tinha sido uma boa ou terrível ideia.

Pelo menos, o manto da bruxa me escondeu bem, mesmo com o fedor da água do Rio. Ninguém notou a gente. Comecei a pensar que o manto pudesse ter um pouco de magia, um toque de invisibilidade.

A cidade era movimentada. Ninguém ficava parado, todo mundo tinha algum lugar para ir. Meus dias sempre foram estruturados a partir de sessões particulares de terapias, refeições em grupo e horários de lazer. Nunca estivera cercada por tantas pessoas antes. Elas estavam perto demais. Andavam rápido demais. De repente, fiquei tonta e fui dominada por uma grande vontade de me sentar no chão e abraçar os meus joelhos.

Comecei a cantarolar o mais baixo possível. O cotovelo de alguém bateu rapidamente no manto. Ouvi um pedido de desculpa murmurado. Eu não era invisível, afinal.

Felizmente, surgiu uma clareira na multidão e fui para ela, recuperando, alegre, o ar ao meu redor.

Talvez fossem as construções estranhas, mas os sons das crianças pareciam ser absorvidos por elas também.

Para onde aquela gente estava indo? O que faziam? Aquele lugar era seguro para mim?

Uma carruagem de madeira pintada de preto abriu caminho até o círculo. Um cavalo decorado com as cores de cidade se esforçava para carregá-la.

Nas margens da praça, barracas vendiam comidas que eu nunca tinha visto antes. Avistei uma estranha fruta azul-acinzentada numa cesta. Seu formato era o de uma maçã, mas com uma tonalidade quase lilás, como a das árvores. Ao lado estavam frutas da mesma cor, mas semelhantes a bananas e cerejas. Gerde avaliava os produtos. Seu nariz se ergueu de leve. Ela sabia que suas frutas eram melhores.

Havia outras mercadorias. Algumas barracas vendiam roupas, outras exibiam joias de ferro forjado. Uma delas era diferente. Era dourada e coberta por joias. Havia mais pessoas ao redor dela do que de todas as outras no mercado, e me aproximei para ver melhor.

Kai olhou para mim e disse:

— Ignore. São as vigaristas.

A vendedora entregava frascos de várias cores em troca de moedas de prata.

As garotas que trabalhavam na barraca usavam vestidos feitos de penas. Troquei olhares com uma moça com o rosto mais decorado do que a roupa. Tive vontade de tocar seus cabelos verde-claros e tingir os meus, de tom apagado. Fiquei imaginando o que ela pensava de mim; eu estava sem maquiagem e usava um manto de bruxa feito de escamas. Refleti se uma garota com uma aparência daquelas sequer pensava qualquer coisa sobre mim.

A moça com cabelo de sereia mostrou uma flor murcha, semelhante a uma orquídea, que parecia estar morrendo. Pegou um vidrinho verde e deixou cair uma gota no solo. As outras meninas suspiraram, sem paciência. Então, de repente, a flor se reergueu. As pétalas ficaram radiantes e novas. Inclusive, poderia jurar que vi a flor crescer.

Ninguém pareceu tão impressionado pela performance quanto eu. Era magia.

Magia. A palavra não saía da minha cabeça, separando o possível do impossível.

Tinha visto a Bruxa do Rio praticar magias consideráveis. Mas não esperava ver magia nas mãos de pessoas comuns. Não sabia se era de verdade ou só um truque, como Kai dizia.

O homem na frente da barraca não se impressionou muito com a flor revivida. Ele discutiu o preço.

— Mas vai curá-la? — perguntou ele, querendo saber.

— Vai fazer o que você quiser que faça — respondeu a garota. Porém, quando as palavras saíram da sua boca, vi um de seus dedos se mexer.

Quando o homem abaixou a cabeça para pegar o dinheiro no bolso, a vendedora piscou para mim.

Não queria ver o resultado daquela transação. Se não fosse real, não tinha vontade de saber. Se aquela moça estivesse tirando vantagem do homem desesperado, eu não precisava saber.

Antes de me virar, a garota olhou para mim de novo.

— Quer comprar alguma coisa? — perguntou ela, me provocando de longe.

Fui embora sem responder.

A fome roía meu estômago. Percebi que estava voltando para a barraca das frutas. A dona, uma mulher corpulenta, estava distraída pela orquídea, que ainda crescia e agora alcançava a parte de cima da barraca.

Peguei uma das maçãs azuis pequeninas. Com um gesto de cabeça, pedi moedas a Gerde. Ela procurou no bolso do vestido. Um assobio alto de um instrumento agudo soou. Eu me virei com a certeza de que tinha sido pega. Alguém havia me reconhecido. Gerde parecia ter pensado a mesma coisa, porque deu um passo na minha direção, para me proteger. Mas ninguém olhava para mim ou para ela. A comoção acontecia no centro da praça da cidade, sobre um pódio.

Todos os olhos se dirigiam para lá.

Um dos guardas de azul segurava um menininho pelo pulso. Uma mulher corria para o lado do garoto, o rosto em terror completo. O que ele tinha feito? Voltei o olhar para a dona da barraca, que encarava o guarda e a criança.

Naquele momento, um homem bonito e de aparência severa se juntou à mulher no palanque. A conjunção familiar me deixou paralisada por um segundo, e me lembrando da história da Bruxa do Rio sobre a minha mãe e o meu pai.

— Ele não tinha a intenção. Por favor — implorava a mulher ao guarda.

— Não tem algo que possamos fazer? — perguntou o homem. Ele enfiou a mão no bolso, como se considerasse oferecer, ou não, uma propina. — Puna a gente em vez de puni-lo — falou.

— É só um menino — disse a mulher.

O garotinho olhou do pai para a mãe, cada vez mais consciente de que estava encrencado.

*O que ele fez?*

O garoto não podia ter mais de dez anos. Mesmo de longe, podia sentir seu medo.

Pensei na sensação que invadia minhas entranhas quando fazia algo de errado em Whittaker. Sabia que seria punida, mas, no fundo, os enfermeiros corriam mais risco do que eu. Pela cara do menino, seja qual fosse o castigo a caminho, seria muito, muito pior do que as coisas que tinha enfrentado no Whittaker.

— Devia ter pensado nisso antes de contar a história para ele — retrucou o soldado.

— Tem razão. A culpa é minha. Sou eu quem deve ser castigada — disse a mãe, tentando se colocar na frente do filho.

— Por favor — sussurrou o pai.

— Ele estava contando a história para outras crianças e falou que ela tinha retornado. Vocês conhecem a Lei do Rei. Ninguém deve mencionar a princesa. Afirmar que ela está viva é considerado traição.

Meu coração parou com as palavras "princesa" e "traição".

— É só uma história que as crianças contam umas para as outras... como o bicho-papão — falou o homem, tentando fazer o guarda entender o lado do filho.

Uma sombra passou pelo rosto do guarda.

De trás da multidão, ecoou o som de uma armadura se movendo velozmente.

Todos deram meia-volta e foram embora, como um só.

Um homem coberto por uma armadura preta refletiva caminhou com confiança pelo espaço deixado pela multidão. Era impossível ver a cor de seus olhos através das aberturas finas do capacete, mas pareciam pretos.

— É o Executor — falou Gerde, quando puxei a manga da camisa dela. — Dizem que o rei consegue ver pelos olhos dele.

Puxei o capuz do manto da bruxa. Não sabia se era possível, mas não gostei da ideia de o Executor me ver.

— Cante a sua musiquinha para o Executor — mandou o guarda enquanto o homem de preto caminhava até a plataforma.

O menino choramingou.

— Não foi um pedido, garoto — avisou o guarda. Ele balançou a criança grosseiramente, o que fez a sua mãe chorar e mergulhar o rosto no ombro do pai. Toda a praça da cidade, lotada e barulhenta alguns segundos atrás, estava agora assistindo em silêncio.

O menino pigarreou e disse:

*Ela traz a neve com o toque,*
*Acham que ela se foi, mas nós sabemos*
*Que ela vai voltar,*
*Que vai reinar no seu lugar,*
*E que, com o seu reinado, vai acabar.*
*Ah, venha, Snow, venha...*

A voz dele falhava conforme cantava.

Então, pela enésima vez desde que eu deixara Whittaker, senti o medo me dominar. Ele cantou uma música sobre *mim* e estava prestes a morrer por isso.

— É melhor irmos — sussurrou Kai no meu ouvido. — Agora.

Mas eu estava hipnotizada pela cena que se desenrolava na minha frente. A espada do Executor brilhava. Em silêncio, ele olhou do menino para o soldado.

— Vamos resolver de uma maneira que o garoto nunca mais volte a falar. Esse é o castigo — declarou o guarda. — Seu filho vai aprender a lição. Assim como todos vocês. — Ele ria, mas o homem de armadura ao seu lado não demonstrava emoções.

Meu medo dobrou — pelo garoto e por mim.

Fechei os olhos e tentei afastar o sentimento. Em algum lugar no meu peito, senti uma sensação de ardor crescendo.

— Snow — sibilou Kai.

Havia urgência na sua voz. Mais uma vez, ele protegia Gerde, e talvez a mim também. Mas como poderia fazer isso quando o que víamos estava além do meu controle?

— Temos que sair daqui.

Mas meu olhar estava fixo no rosto aterrorizado da criança. A raiva é capaz de superar o medo. Machucariam aquele menino, e ninguém faria nada além de assistir. Não me importava quem era o Executor dentro daquela pilha de metal estranho. Ele não poderia fazer isso. *Eu não o deixaria fazer isso.*

Dei um passo adiante... e alguém na minha frente gritou.

A multidão enlouqueceu. As pessoas correram em todas as direções, empurrando umas às outras para se afastarem. Claramente, havia algo errado. Olhei para baixo e vi estacas de gelo afiadas como agulhas se espalhando ao meu redor em círculos. Eu as tinha conjurado. Sem pensar. Sem saber. Mas não me arrependia.

— Ele está aqui! Ele está aqui... O Rei da Neve está aqui! — gritou alguém.

Mas era eu.

Em segundos, a multidão, outrora organizada, se rendeu ao caos. Kai me agarrou pelo braço.

— Chega. Vamos sair daqui.

— Mas o menino... — protestei.

— Não vai acontecer nada com ele agora — disse Gerde, pragmática, indicando com a cabeça o pódio do mercado. Porém, sua voz carregava emoção. Ela não era imune ao quanto o garoto tinha chegado perto da lâmina.

A criança e seus pais viram aquilo como uma oportunidade para escapar. A mãe empurrou o filho de leve e sussurrou algo no ouvido dele.

O menino hesitou por um instante. Então correu para dentro do caos.

— Pega ele! — ordenou o soldado.

Achei que o Executor perseguiria o garoto, mas ele continuou enraizado no mesmo lugar. A única coisa que fez foi olhar na minha direção. Ele notou que eu criara o gelo. Tínhamos sido descobertos.

— Kai tem razão — falou Gerde, soando assustada pela primeira vez.

Kai me analisou por um momento breve e depois foi à frente.

— Por aqui...

Balancei a cabeça, ainda observando o Executor, que agora me encarava enquanto descia da plataforma.

Os olhos de Gerde se arregalaram.

— Você não pode fazer isso.

— Fazer o quê? — exigiu Kai.

Gerde ficou parada na minha frente, bloqueando minha passagem e ignorando Kai.

— É perigoso demais. Não é assim que vai encontrá-lo. Você vai acabar morrendo.

— Encontrar quem? — disse Kai. A voz dele estava diferente.

Coloquei as mãos nos ombros de Gerde.

— Você sabe que preciso tentar. Pode ser que não tenha outra chance. — Supliquei em silêncio para que ela compreendesse.

— Alguém pode me explicar o que está acontecendo, ou vamos continuar aqui para sermos esmagados? — berrou Kai. — Ou, pior ainda, capturados?

— A Bruxa do Rio não vai ficar feliz. Você sabe disso. — Ela fitou Kai, suplicante, mas ele apenas olhou feio para a garota. Ao nosso redor, as pessoas corriam em todas as direções, pedindo clemência conforme a neve caía do céu. — Snow está aqui para encontrar o garoto que ama. O nome dele é Bale, e achamos que o Rei da Neve o pegou.

Era impossível decifrar a expressão de Kai. Ele olhou de mim para Gerde, e então voltou para mim. Seu rosto se tornou triste o suficiente para perceber a humilhação e a dor nele. Fiquei machucada por vê-lo assim, mas não tinha tempo. Não queria deixar Kai daquele jeito, mas precisava me mover. Naquele instante. Antes que as pessoas notassem de onde o turbilhão de neve estava vindo.

— O Executor pode me levar direto a Bale. Foi o que Jagger falou.

— Mas a Bruxa do Rio prometeu ajudar a encontrá-lo — argumentou Gerde.

O círculo de neve aos meus pés começou a se amontoar. Eu estava ficando desconcentrada. O Executor se aproximava.

— A bruxa faz um monte de promessas — falou Kai, colocando a mão no meu ombro. Ele não olhou para mim, mas, mesmo assim, fiquei grata por sua ajuda. Ou talvez estivesse só ajudando Gerde e a si mesmo. Eu finalmente estaria fora do seu caminho.

Ele estava me ajudando por causa do beijo? Queria que eu fosse embora porque não sentia nada por mim? Ou porque sentia?

— Não vou correr — falei com determinação. — Não agora. Então, fiquem e lutem ou salvem-se.

— Não posso deixar você fazer isso — disse Kai enquanto observávamos o Executor se aproximar.

Os olhos de Gerde encontraram os de Kai pelo mais breve dos segundos. Tinham sacrificado tanto para manter o segredo dela.

— Gerde, não... — disse ele, compreendendo.

— Não vou deixar você lutar sozinho — falou Gerde. E, num instante, ela se transformou de menina para fera. Pelo e penas surgiram através dos rasgões do seu vestido, e ela ficou de quatro, a coluna arqueada como a de um gato. Com um rosnado de gelar o sangue, pulou na direção do Executor, impedindo a passagem dele.

## 18

O EXECUTOR SACOU O SEU MACHADO e o brandiu na direção de Gerde, mas ela saltou para longe com facilidade, caindo com as quatro patas no chão, os dentes à mostra, os músculos tensos.

Kai foi em direção ao Pulador, a única arma que tinha à disposição. Diferente de mim e da Gerde, magia não iria salvá-lo.

O Executor olhava firmemente para mim. Ele não se incomodou nem um pouco com Gerde, e andava mecanicamente na minha direção, esmagando a neve sob cada passo pesado.

Eu me lembrei do que Gerde falou sobre o Rei da Neve ver através dos olhos dele. Pensei nas Campeãs da Bruxa do Rio e de Gerde. O Executor era humano? Ou era o Campeão do rei, um homem feito de gelo e sustentado por uma armadura?

Não havia mais nada a fazer além de conjurar neve. Fechei os olhos, acalmei a mente e lancei montes de balas de canhão de gelo. Uma camada fina de neve caiu devagar ao meu redor conforme as balas atingiam o seu alvo.

Observei o Executor tropeçar para trás, mas fiquei surpresa ao vê-lo recuperar o equilíbrio e continuar caminhando até mim. Gerde o atacou outra vez, mas o Executor simplesmente desviou de seus golpes, como se ela fosse feita de papel. Ela caiu num montinho de neve, soltando um gemido fraco e voltando para a forma humana. Agora, a menina estava nua e tremia. Ele a machucara.

Corri para o seu lado. A garota tremia sem parar. Ao longe, ouvi o Pulador se aproximando. Kai estava chegando.

Para que o Executor me levasse até Bale, eu precisava derrotá-lo primeiro. Mas agora queria matá-lo.

Os olhos de Gerde se abriram um pouco e fecharam novamente. Estava quase inconsciente, mas viva. O alívio e a culpa me invadiram. *Será que cometi um erro? Vou mesmo conseguir fazer isso?* Me perguntei se o Executor sentia frio por debaixo da armadura. Se ele sentia qualquer coisa.

Disparei uma sequência de espinhos de gelo, prendendo o Executor a uma árvore próxima. Mas, é claro que, assim que baixei a guarda, o mundo inteiro desabou.

Um exército de Feras de Neve nos cercou. Seus dentes estavam à mostra, e as patas gigantes raspavam o chão em antecipação.

— Gerde, levanta — falei.

Mas ela não respondeu.

Mandei uma avalanche na direção dos animais, e aquilo pareceu acabar com eles. A onda de neve se ergueu e caiu em cima das feras. Ossos, gelo e detritos desapareceram conforme a onda passava por onde eles estavam um segundo atrás.

Soltei um suspiro de alívio, mas cedo demais.

Pedaços das bestas saíram da terra e se juntaram em câmera lenta, como gotas de mercúrio se unindo. Então, ouvi o som de metal batendo no gelo. Era o Executor. Ele tinha se libertado das estalactites na árvore.

Ele se movia rápido. Mais rápido do que uma armadura permitiria. Não podia ser natural. Tinha que ser mágica.

Com uma lufada de vento gelado, derrubei uma árvore na frente dele e corri, o manto da Bruxa do Rio balançando às minhas costas. Eu estava em minoria e, possivelmente, a magia dele era mais poderosa.

Conseguia ouvir o som da lâmina de metal contra a madeira. O Executor abria caminho a machadadas. Não olhei, só corri mais rápido.

Em segundos, ele estava poucos passos atrás de mim, esticando a mão coberta por uma luva preta. Além dele, escutei os grunhidos aumentando. As Feras de Neve tinham se restaurado. Mas também captei o barulho do Pulador atropelando uma ou mais Feras de Neve.

— Obrigada, Kai — sussurrei.

Ouvi o motor da máquina, mas ainda não conseguia ver o que tinha acontecido com o garoto. Ele estava sendo esmagado ou estava esmagando alguma coisa?

Eu me estiquei para ver, mas o Executor bloqueava meu caminho. A mão dele estava próxima o suficiente para me pegar. Me afastei alguns centímetros, mas ele era rápido demais. O Executor me pegou, e me defendi com um chute, mas o golpe causou mais desequilíbrio em mim do que nele. A dor reverberou pelos ossos do meu pé que o atingiu. O Executor continuou firme e me virou para encará-lo.

Os olhos dele eram poços escuros. Parecia só haver escuridão dentro da armadura.

Cuspi na cara dele e me esforcei para me livrar das suas mãos. Não sei como, mas escapei. Uma camada fina de neve surgiu para me receber quando caí de costas no chão.

Levantei as mãos e ataquei com um projétil afiado de gelo. O Executor ergueu a arma e habilmente o cortou em dois. Os pedaços caíram, inúteis, no chão.

*Ele não vai ganhar!*, pensei, e me concentrei na área atrás dele. O ar começou a ganhar velocidade e girar.

O Executor lutou contra o vento, segurando firme o machado, e o levantou na minha direção. Porém, enquanto fazia isso, meu vento o dominou. O machado de batalha voou da sua mão, engolido pelo redemoinho que eu criara logo atrás. O próprio Executor o seguiu um segundo depois. Seu corpo coberto pela armadura se dobrou na cintura enquanto a minha tempestade o puxava pelas costas e ele desaparecia num turbilhão branco.

Eu me balancei e levantei na neve, meus pés afundando.

Eu poderia usar o tornado para sair imediatamente dali em vez de encarar o Executor. É o que eu deveria ter feito. Mas precisava saber que podia me defender. Precisava saber porque, quando enfim encontrasse Bale, o Executor estaria no meu caminho.

Ouvi o som de botas pisando no gelo. Ainda não tinha acabado. Sabia que o Executor estava de volta antes mesmo de vê-lo. Era como os filmes de super-heróis da TV. Os vilões nunca morriam de verdade. Eles sempre sobreviviam para lutar outra vez. A mesma coisa acontecia em *The End of Almost*. Um personagem podia cair de um precipício e acordar de um coma na cena seguinte.

Criei outro ciclone, mas a silhueta escura do Executor avançou pela tempestade.

Inexplicavelmente, naquela hora, minha neve não fazia contato com a armadura. Devia ter arrasado ele, mas o gelo passava como se o Executor estivesse cercado por um campo de força.

Lancei adagas de gelo, mas elas também não fizeram contato.

De repente, não havia mais metros entre nós, apenas centímetros.

O Executor levantou a mão, e o machado de batalha voltou para ele como um bumerangue.

Os dedos se fecharam no cabo.

Senti as garras de gelo surgirem e ataquei. Arranhei a armadura metálica com minhas unhas geladas. Não consegui penetrar o exterior rígido de metal, mas deixei uma marca. Cinco linhas irregulares desciam pelo braço, onde tentei ganhar tração.

Dei outro chute. Mas ele foi para o lado, e perdi o equilíbrio.

Dessa vez, o Executor foi para cima de mim. Largou o machado e me prendeu no chão com as mãos de cota de malha, segurando meus braços para que não pudesse usá-los contra ele.

Entendi o que ele estava fazendo, mas o Executor era maior e mais forte.

Fitei aqueles olhos sombrios como poços e me perguntei se o rei estava me espiando naquele momento. Os Olhos do Rei...

— Consegue me ver, Lazar? — falei. — Não tem coragem de me encarar, então manda essa coisa vir atrás de mim? Você é um covarde...

Não houve resposta do Executor. Suas mãos me enterravam na neve.

— E você... você é só um lacaio. Nem me conhece... só faz o que ele manda... aquele garoto na praça... e agora eu... É o pior tipo de covarde...

*Será que há qualquer pensamento, sentimento ou livre-arbítrio dentro dessa armadura?*, pensei. Já tinha encarado os olhos vazios de um monte de crianças no Whittaker, que estavam dopadas demais pelo coquetel para se importarem, mas sempre havia algo... um lampejo sob a escuridão.

Naquele momento, procurei por isso no Executor, mas não encontrei. Ainda assim, senti os seus punhos enfraquecerem por uma fração de segundo. Ele não era humano. Era impossível. Mas o que quer que fosse, não podia, e não seria morto.

Com cada gota de energia que ainda me restava, consegui livrar uma das minhas mãos e dei um soco na cara dele. Minhas garras de gelo deixaram uma marca no capacete: quatro linhas na superfície do metal mágico. Meio segundo depois, o Executor voltou a agarrar meu pulso.

Ele era um monstro sem alma, um peão do rei.

— Você gosta disso? Faz você se sentir bem? Sente alguma coisa? Ou só faz o que ele quer?

O Executor inclinou a cabeça, como se considerasse as minhas palavras. Então, desferiu um golpe com o machado. Mantive os olhos abertos. Ordenei que a minha neve o congelasse, mas nada aconteceu.

Foquei as aberturas dos olhos no capacete de novo. Ordenei que minha neve congelasse o que quer que estivesse ali dentro. A lâmina continuava a descer.

*Não vou acabar assim*, falei a mim mesma, comandando a neve a vir me ajudar. O gelo tentou pegá-lo de surpresa, mas derreteu. A lâmina não parou. Eu não acreditava na profecia. Mas também não queria acreditar que morreria ali. Que nunca mais encontraria Bale.

Não pisquei. Não estava disposta a piscar. Piscar seria desistir. Ceder.

*Não vou acabar assim*, repeti.

— Bale, eu vou te encontrar. Não importa o que aconteça. Vou achar uma maneira — sussurrei, minha respiração criando nuvens ralas de vapor no ar frio.

E, a uma distância de um fio de cabelo do meu rosto, o machado enfim paralisou.

Mas não tinha sido eu que o impedira. Minha neve não impossibilitara a lâmina de continuar.

Fora o próprio Executor.

Com um grunhido gutural, ele enfiou o machado numa árvore. Olhou de mim para a árvore e tirou o machado da madeira.

Sua cabeça se inclinou. Parecia decidir se me mataria ou não.

Fechei os olhos e fugi com um tornado.

## 19

ENQUANTO RODOPIAVA PARA longe do Executor — o gelo e a neve girando ao me redor, me mantendo acima do horizonte, que não parava de mudar —, fechei os olhos e vi a Bruxa do Rio novamente.

*Eu estava na margem do Rio, e, debaixo d'água, ela me chamava. A bruxa falou algo que não consegui entender muito bem. E, mesmo que todo o meu corpo me alertasse para não fazer aquilo, eu estava desesperada para ouvir o que ela tinha a dizer. Assim que me inclinei para mais perto da água, a Bruxa do Rio deu o bote. Seus tentáculos se enrolaram nos meus braços e nas minhas pernas, me puxando para o Rio. Conseguia ouvi-la claramente agora, mesmo que estivesse sussurrando.*

*— Sabia que voltaria para mim.*

Então a tempestade de neve me libertou, me deixando no chão duro e frio. Balancei a cabeça para clarear os pensamentos. Estava em algum lugar da floresta. Perdida. Mas, pelo menos, não havia sinal do Executor.

As árvores azul-claras pareciam piscar para mim. As Luzes do Norte acima tinham ficado roxas, soturnas, como se tivessem testemunhado a nossa briga abaixo.

Deixei escapar uma série de palavrões mais vivazes do que as Luzes e me apoiei num tronco. Enquanto procurava machucados pelo corpo, dei uma bronca em mim mesma. No que eu estava pensando ao lutar com o sujeito cuja missão de vida é me matar? E agora estava ferrada. Ele era a chave para encontrar Bale. Eu não fazia ideia de qual caminho levava de volta à cidade ou qual levava para o palácio do rei. Estava sozinha.

Podia pedir ajuda à Bruxa do Rio. Podia criar um tornado de neve e voltar para Gerde e Kai.

— Bale, como vou encontrar você agora? — perguntei em voz alta.

Meu braço tremia. Quando levantei o manto da bruxa, vi que minhas cicatrizes — que Kai afirmara serem um mapa de Algid — estavam iluminadas outra vez. Reconheci a cidade pelo terreno ao redor dela. Então me lembrei do comentário de Kai sobre o palácio do Rei estar na parte direita superior do mapa. Eu poderia decifrar. Não precisava mais do Executor.

Baixei o manto e comecei a caminhar.

*Estou indo, Bale.*

♛

Andei por horas na neve. Mesmo que o frio não me incomodasse, a fome começou a corroer meu estômago.

Quando enfim achei que não conseguiria seguir adiante, vi o palácio.

Observei a fortaleza, procurando sinais de onde poderia estar a masmorra. Se o Executor tivesse prendido Bale, era ali que estaria. Minhas cicatrizes iluminavam-se bem acima do meu pulso. Encontrara o caminho até lá e, não importava onde eu estivesse em Algid, sabia que poderia achar o caminho de volta.

Analisei o castelo. Através de uma janela, pude ver um dos seus salões, onde um homem com roupas impecáveis jogava xadrez com o Executor, que, inexplicavelmente, ainda usava a armadura completa.

Não consegui distinguir o rosto dele, já que as suas costas estavam viradas para mim. Mas imaginei que fosse o rei. O homem que todos daquele lugar diziam ser o meu pai.

De repente, senti uma falta de ar e uma pontada de dor no meu coração. Precisei desviar o olhar. Me apoiei na lateral do castelo e fechei os olhos. Quando os abri, vi a última pessoa do mundo que esperava: Jagger.

— Onde você estava? — perguntei, esticando a mão para me certificar de que ele era real, e não uma alucinação causada pelo frio. Sua pele estava gelada, mas era suave.

— Por perto. Tenho minhas maneiras... — disse ele, gabando-se. — Sentiu saudades?

Percebi que a minha mão continuava no rosto dele e a retirei.

— Por que me deixou para trás? Como me encontrou?

— Vi você com a Bruxa do Rio, mas não podia me aproximar.

Um desejo de dar outro soco nele surgiu com a onda familiar de confiança que acompanhava aquele sorriso magnético. A atração por seu charme, que eu sentira um segundo atrás, me deu ainda mais vontade de correr.

— Achei que tinha fugido! Mas estava me espionando? Quem faz um negócio desses?

— Alguém que não quer ser afogado pela Bruxa do Rio. Bom trabalho em escapar dos lacaios dela. E em chegar sozinha ao castelo.

Abaixei a manga, pois as cicatrizes ainda deviam brilhar feito luzes pisca-piscas.

— Bale está em algum lugar lá dentro. Temos que salvá-lo.

— Não, temos que ir embora. Agora mesmo.

— Do que está falando? Você me disse que a chave para encontrar Bale é o Executor. Ele está lá dentro. Vou tirá-lo de lá. Com ou sem você.

— Sei que a Bruxa do Rio a ajudou a entrar em contato com a sua neve. Mas como acha que essa sua ideia vai acabar? Vai destruir o castelo, e, de alguma forma, poupar milagrosamente a vida de Bale?

Ele tinha razão. Escapei de ser morta pelo Executor por um triz. Meu corpo ainda doía por causa da batalha, mas era meu orgulho que estava mais ferido. No entanto, não queria admitir uma coisa dessas, então falei:

— Por quanto tempo você ficou me espionando?

— Não importa. Vou te ajudar a entrar lá... eu e meu pessoal. Juro. E vamos libertar Bale. Mas, agora, temos que sair daqui.

Conseguia sentir a raiva girando dentro de mim. Aquele fora o plano de Jagger o tempo todo? Fora o rei quem raptara Bale ou Jagger e o seu pessoal? De repente, senti necessidade de uma prova de vida — prova de Bale.

— Pode voltar a duvidar de mim assim que nos livrarmos do exército do rei.

— Do que você está falando? — No momento em que falei aquilo, a neve atrás de Jagger fez surgir um exército de Feras de Neve. Havia milhares delas.

Eu caminhara até o castelo sem enxergar guarda algum. O rei não precisava deles. A própria neve era toda a proteção de que ele necessitava.

Minhas garras se estenderam um pouco nas palmas, fazendo jorrar meu sangue. Havia um remédio em Whittaker para o que eu estava sentindo. Eu chamava de Entediado. Mas estava mais para Dopado. Ele contrabalanceava o sentimento inquieto de ansiedade que me consumia. O sentimento que dizia que não havia como sair. E, agora, não havia como fazer o que eu queria — o que eu precisava — fazer; havia milhares de animais no meu caminho. Era uma rota improvável, impossível, até Bale. O comprimido não tornava as coisas mais fáceis. Apenas diminuía a necessidade.

Então, tive o vislumbre de algo. Meus olhos estavam abertos, mas não enxergavam Jagger. Em vez disso, vi rapidamente um lugar escuro com um triângulo por onde a luz passava.

— Bale... não sei como... eu vi Bale...

— Snow! Temos que ir agora. Antes que a situação piore.

Jagger pegou um dos vidrinhos amarelos, como aqueles mágicos que vira as garotas vendendo na praça.

— Não o jogue longe dessa vez — disse ele, entregando o frasco para mim. — Beba.

Não movi um músculo. Olhei do recipiente para as Feras de Gelo. Não sabia controlar a neve o suficiente para encarar todas elas e poupar Bale. Voltar para lutar outro dia fazia mais sentido.

— É uma poção de transporte. Basta um gole — falou Jagger, me apressando.

Eu nunca tinha fugido por meio de um tornado com outra pessoa. Não sabia o que poderia acontecer com ele se o levasse junto. Olhei para o frasco mais uma vez. Outra possibilidade me ocorreu na mesma hora, e me iluminei, cheia de esperança.

— Um desses pode me levar de volta para Nova York com Bale?

— Não, não tem magia suficiente aqui para transportar alguém para outro mundo. Para isso, você precisa de um portão.

*A Árvore?*, pensei.

Ele balançou o vidrinho que tinha na mão.

— Este aqui vai levar você para a minha casa.

Balancei a cabeça.

— O que você sabe sobre o espelho do rei?

Queria ver qual seria a reação de Jagger. Acho que vi seus olhos se arregalarem um pouco, mas não conseguia enxergar muito bem naquela escuridão.

— Acha mesmo que vou beber qualquer coisa que me der? — perguntei. De jeito nenhum eu iria para casa dele.

As coisas na neve tinham outras ideias. Enquanto conversávamos, elas se aproximaram. Ouvi um farfalhar de neve perto demais da gente.

— Às vezes, é mais fácil pedir perdão do que permissão — falou ele. Bebendo do frasco, Jagger de repente passou o braço pela minha cintura.

Então, num segundo, antes que eu pudesse escapar, estávamos em outro lugar.

♛

— Bem-vinda ao Claret — falou Jagger, soltando a minha cintura.

Eu o empurrei para longe. Minha cabeça estava cheia de perguntas — mas elas teriam que esperar, porque todas as minhas células cinzentas tentavam compreender a construção diante de mim. Não estava num dos meus sonhos, mas bem que poderia ser.

Era difícil dizer se o castelo era de estilo inglês ou russo, mas parecia uma esfinge, uma criatura mitológica parte homem, parte leão. Eu meio que esperava ver uma pirâmide do outro lado do Claret.

A combinação de materiais de construção parecia infinita. Vidros ondulados encontravam a parte de baixo de um palácio russo altamente decorado, que se erguiam em muralhas de pedras de estilo inglês. As muralhas, por sua vez, davam para uma torre cônica e pontuda, conectada a um conjunto de colunas romanas que sustentava um triângulo de mármore cheio de esculturas pequenas. E, de cada lado do castelo, estendia-se uma floresta tão densa quanto nenhuma outra que eu já tinha visto. As árvores, os arbustos e a grama eram todos vermelhos. As Luzes pareciam ainda mais apagadas do que na noite anterior, suas cores desaparecendo no céu escuro, deixando o vermelho ainda mais acentuado em contraste.

Algo me dizia que Jagger realmente queria me mostrar aquela paisagem.

— Venha — disse ele, começando a caminhar até a construção.

— Essa é a sua casa? — perguntei, processando tudo aquilo. — Você disse que sou uma princesa. Você é algum tipo de príncipe? Porque não tenho a mínima intenção de me casar logo...

Eu já tinha lido muitos contos de fada, mas tinha quase certeza de que "felizes para sempre" não seria a forma como a minha história terminaria.

— Relaxe, princesa, não sou esse tipo de príncipe — respondeu Jagger, descontraído, caminhando para o castelo e encarando a fachada como se também estivesse fascinado pela sua existência.

— Que outro tipo de príncipe existe?

Hesitei um pouco. Uma parte de mim não queria segui-lo até que ele me desse algumas respostas. Mas quando o vento soprou mais forte, vi o garoto tremer. Eu poderia ficar ali fora para sempre, porém talvez Jagger ficasse mais disposto a conversar se entrássemos.

Quando chegamos aos gigantescos portões duplos de ferro forjado do castelo, eles se abriram automaticamente. Recuei. O garoto olhou para mim como se dissesse que eu tinha ido muito longe para parar ali.

Passei pela soleira e entrei no Claret. A antessala era tão eclética quanto a fachada, em contraste com a casa de Kai, que era econômica e perfeita. A propriedade de Jagger era enorme, e o oposto de organizada. Cada estilo de decoração, do moderno ao barroco, estava representado ali.

Fomos recebidos por um trio de esculturas, cada uma de estilos e materiais diferentes, retratando a mesma mulher com uma coroa. Olhei para o rosto das estátuas de ouro, prata e bronze, e percebi que tinham os traços da minha mãe. A Bruxa do Rio dissera que ela fora uma rainha, afinal. Mas não era ela que estava sendo representada ali. Em cada uma das encarnações, os cabelos da mulher eram selvagens, o sorriso largo, e a expressão era mais espiritual do que nobre.

O chão da antessala brilhava em um mosaico de pedras coloridas. As paredes eram cobertas de tapeçaria, cada uma com um brasão diferente. *Esse lugar representa mais de um reino?*, supus, tentando entender.

As portas gigantes se fecharam e trancaram com um gesto de Jagger. *Será uma armadilha?*, pensei, um pouco tarde demais.

Encarei fundo nos olhos dele. O desejo de socá-lo aumentou.

— Como fez isso? — perguntei.

— Eu pego as coisas. Sou um Larápio. Não sou como você ou como uma bruxa de verdade. Meus dons vêm de fora, não de dentro. Não tive tanta sorte.

Um ladrão. Tudo ali fora roubado? Até a fachada?

— Não tenho magia nenhuma — argumentei, pensando que não chamaria aquilo de magia. Uma força fugidia e indesejável da natureza, talvez?

— Você sabe que tem — falou Jagger. — Só não sabe usá-la totalmente. Posso ajudá-la com isso... Na verdade, *nós* podemos ajudá-la com isso.

*Nós?*

Eu já tinha uma professora, a Bruxa do Rio. Era Bale que me interessava. Se ele pudesse me ajudar a encontrar Bale, não me importaria com o que ele ou os amigos roubassem.

Voltar atrás não era uma opção. A curiosidade venceu o medo. Atravessei a antessala com Jagger e entramos num outro cômodo, pronta para descobrir quem era "nós" e como me ajudariam a resgatar Bale do rei.

# 20

O "NÓS" ACABOU SENDO as garotas de Stygian, as que eu vira vendendo magia em frascos coloridos. Quando Jagger e eu entramos no Salão do Trono, contei mais ou menos vinte moças esticadas em sofás de veludo. Procurei pela de cabelo verde, que tinha piscado para mim, mas não a encontrei. Não fazia ideia de quem era aquela gente toda ou o que estava acontecendo. Se era para me ajudar a entender a verdade, não estava funcionando.

Todas as moças eram lindas. Na verdade, estavam em um nível de beleza que ultrapassava o que eu via na TV de Whittaker. Eram de tamanhos, corpos e cores diferentes. Nunca tinha visto peles como aquelas antes; tinham o mesmo brilho misterioso da aurora boreal, que não deveria estar acima de qualquer que fosse aquele lugar.

Conforme nos aproximamos, senti vinte pares de olhos nos acompanharem.

— Esta é Margot — sussurrou Jagger, indicando uma loura platinada com um rosto anguloso de pele marrom.

Ela estava sentada em um trono decorado com pedras preciosas. Era o rosto dela que eu vira representado no metal antes.

— Ela se considera uma rainha, e nós, seus súditos.

— Lá em Whittaker, conheci gente que se considerava todo tipo de coisa — murmurei.

Mesmo que não reconhecesse os traços, saberia que ela era a líder daquele lugar. Margot era o centro da corte. As moças se ocupavam conversando e dando risadas, mas relanceavam para ela, buscando aprovação. E, a julgar pelo seu sorriso e pela sua postura, a rainha aproveitava cada segundo.

Jagger ficou perto de mim; se para me proteger ou marcar território, eu não sabia. Os olhares das moças variavam de cortantes para curiosos.

— Rainha Margot, apresento-lhe a princesa Snow, de Algid — falou Jagger, com uma reverência extravagante quando enfim chegamos a ela.

Fiquei repentinamente envergonhada pelo meu vestido verde-claro simples. As roupas que Gerde fizera para mim eram uma melhoria e tanto em comparação ao meu uniforme cinza de Whittaker, mas aquelas garotas levavam a moda a outro nível, da mesma maneira que Kai encarava a arquitetura. As moças eram flores vibrantes e, na presença delas, eu não passava de uma erva comum.

Jagger se levantou, encontrando o olhar da rainha Margot com uma humildade que eu não tinha visto em nenhum de nossos encontros anteriores. Ficou claro que ele tinha me resgatado por ordens dela. Mas por quê?

Fiz uma reverência para ela também — não por respeito, mas como uma decisão tática que eu esperava que valesse a pena depois. Uma mesura de alguém que ela pensava ser uma princesa deveria valer de alguma coisa.

— É uma honra, princesa Snow — falou Margot, com um sorrisinho que parecia acobertar a futilidade do meu gesto. — Não é todo dia que temos o prazer de estar na presença da verdadeira realeza. Ainda mais uma pessoa tão famosa quanto você. O rei está à sua procura. Não é seguro para você lá fora, vagando pelas florestas de Algid sozinha. Fico feliz por ter buscado asilo entre as paredes do Claret.

Jagger me olhou de soslaio e deu um sorriso enorme que mostrava que tinha ficado impressionado.

— Moças, deem as boas-vindas à princesa Snow — instruiu a rainha Margot, a voz melodiosa e formal.

Houve uma mudança na multidão, que passou a prestar atenção na mesma hora. As garotas se apressaram para ficar de pé.

Uma em específico, ainda mais bonita do que o restante, se é que era possível, foi na frente e fez uma reverência. Seus cabelos eram de um vermelho profundo, e a pele tinha uma tonalidade marrom médio. Os olhos eram castanhos, com um aro dourado em volta.

— Não estamos acostumadas a estar na presença de nobreza de verdade — disse ela. Sua voz transbordava sarcasmo. Ela fez outra mesura exagerada, mas acabou se desequilibrando e caindo com seu bumbum perfeito no chão.

— Chega, Fathom — avisou a rainha Margot.

A garota ruiva retornou ao divã fofo, ainda rindo. Havia algo na maneira como ela olhou para mim que me pareceu familiar.

Margot me lançou um olhar simpático.

— Jagger, por que não mostra à princesa os aposentos em que ela vai ficar? Ela poderá conhecer melhor as garotas pela manhã.

*Tenho certeza de que "conhecer melhor" não é o que Margot quer dizer*, pensei, sentindo que não era bem-vinda. Pelo menos naquele lugar, minha jaula seria de ouro. Só esperava que tivesse uma tranca para impedir Fathom de entrar. Não a conhecia, mas suspeitava de que seria um problema. Conseguia sentir.

Eu não tinha tempo para o drama. Estava naquele lugar com um propósito. Precisava que nós duas chegássemos logo a um acordo, apesar do olhar de Jagger, que parecia me dizer para não falar nada e respeitar o ritmo de Margot.

— Jagger lhe contou sobre a minha solicitação? — perguntei. — Ele disse que você poderia me ajudar a resgatar o meu amigo do castelo do rei.

— É mesmo? — disse ela com uma risada que dava a entender que Jagger fizera uma promessa que não poderia cumprir.

— Darei o que quiser em troca. Mas o tempo é curto.

Margot riu novamente.

— Se não estiver interessada, eu o resgatarei sozinha — falei, pronta para me retirar.

— Com os seus flocos de neve, querida?

— Sim — respondi, sentindo as bochechas começarem a queimar. Meus nós dos dedos coçavam, as garras estavam prestes a sair.

Senti a raiva crescendo dentro de mim, mas me esforcei para controlá-la. Não sabia o que aconteceria se perdesse a calma. Criaria outra tempestade de gelo? Congelaria todo mundo no salão? Ou pior?

Se não me deixassem sair logo, não seria mais uma escolha.

Encarei o teto. Estalactites gigantes se formaram, afiadas e instáveis.

Elas caíram com um estrondo. Protegi os olhos, sem querer ver o que aquela guilhotina de gelo fizera com Margot.

Quando o salão ficou mortalmente frio e silencioso, baixei as mãos, receosa de encarar o possível resultado sangrento da minha neve. Ouvi palmas e vi que o gelo tinha caído num círculo ao meu redor — mas também em torno de Margot, que estava diante de mim sem um arranhão.

Ela deu uma exclamação de felicidade.

— Fabuloso. Mas vai precisar de mais do que isso se quiser tirar um garoto das mãos do rei sem empalá-lo. Posso lhe ajudar.

Com isso, ela bebeu o líquido de um frasquinho e desapareceu.

— Venha — disse Jagger, me guiando pelas portas duplas gigantes do cômodo outra vez.

Deixei que ele fosse na frente, com as outras moças analisando meu trabalho gelado. Não inspirei pânico. Inspirei curiosidade. Quando olhei para trás, vi a garota com cabelos de sereia pegar uma das minhas estalactites.

♛

Conforme seguíamos pelo corredor, Jagger tentou explicar o comportamento da rainha.

— Ela não é uma rainha de verdade. Margot nasceu sem sangue real ou mágico. Veio do nada e construiu tudo isso.

Fingi interesse no papel de parede conforme caminhávamos. Não queria conversar sobre o que tinha acabado de acontecer. Achei que conseguira chegar tão longe com Nepenthe. Mas foi mais sorte do que controle da minha parte Margot não ter sido cortada ao meio pelas minhas estalactites.

— Não é você. Bem, é, sim — disse Jagger.

As paredes eram adornadas por uma variedade de castiçais e tapeçarias de períodos diferentes.

— Nós... gastamos muita magia no Outro Mundo — explicou ele. — Fui mandado para encontrar alguém.

— E não sou como elas esperavam?

— Você não é *quem* elas esperavam. Eu deveria ter trazido a filha de Margot de volta, uma garota que se perdeu. Mas encontrei você.

— Que sorte a minha.

— Sorte de todos nós, espero — disse ele, triste. — Usei um localizador de feitiços para encontrar a filha de Margot. Só que a magia é um pouco imprecisa do outro lado da Árvore. Ou, pelo menos, deveria ser. Senti um surto de magia quando estava procurando por ela. Diferente de qualquer coisa que já tinha sentido. E acabou sendo você.

Pensei na ocasião em que empurrei Magpie e ela acabou paralisada no chão da sala comum do Whittaker. Não sabia dos meus poderes naquela ocasião, talvez só lá no fundo. Lembrei-me do quanto ela ficou gelada e como seus lábios estavam azuis. Aquele acidente deve ter sido causado pela minha neve. Por mim. Só poderia ser.

— Como você sabia quem eu era?

— Você é igual à sua mãe.

Jagger tirou uma moeda do bolso e a jogou na minha direção. Eu a apanhei — para a minha surpresa. Nunca fui uma atleta muito boa. Uma das faces da moeda tinha meu rosto me encarando de volta. Só que não era eu. Era a minha mãe.

— Sua mãe foi a única integrante da realeza na qual qualquer cidadão sempre acreditou. Pelo menos, durante a minha vida.

— Por quê?

— Mesmo sendo bruxa, ela era uma pessoa comum, como o restante de nós. Lazar se casou com ela mesmo assim, o que encheu o povo de esperança, ainda que ele tenha congelado as nossas terras depois.

Arregalei os olhos em descrença. Minha mãe era um monte de coisas — e eu conseguia até acreditar que ela era um ser mágico de outro mundo —, mas parte do povo? Ela sempre esteve acima... separada.

— Você a conheceu? — perguntei, de repente incomodada com Jagger. Aquela era uma informação que ele deveria ter mencionado antes.

— Não me lembro dela, mas os anciões, sim. Ela morreu nova, salvando a filha. As lendas são formadas por pessoas como a sua mãe... embora a história seja apenas uma meia-verdade. Ela está viva, como você.

— Quem é a filha de Margot?

— Não importa.

— Aposto que importa para as garotas daqui. É Magpie, não é? Magpie é a filha de Margot? Você a viu no Whittaker. Tenho certeza.

Jagger não confirmou nem negou, permanecendo irritantemente evasivo, o que só me trazia mais certeza. Eu, enfim, conseguira roubar uma coisa de Magpie — seu lugar em Algid.

— Eu só podia trazer uma de vocês de volta. E você foi um achado melhor. Margot entendeu. Vamos encontrar outra maneira de buscar Magpie. Leis dos Larápios: não temos permissão para sermos sentimentais — concluiu Jagger, por fim.

Duvidava muito de que Margot tivesse concordado com essa troca, mas mantive a boca fechada.

Quando paramos diante de uma porta prateada, não sabia o que esperar. Entendia que o quarto não teria a simplicidade de Whittaker ou a beleza marcante da casa de cubo de Kai e Gerde. Jagger abriu a porta com um toque leve.

Cada centímetro do quarto vermelho arredondado era decorado — até as paredes — com tecido capitonê. O chão era acarpetado. Uma cama com dossel era sustentada por fios cobertos de laços que iam até o teto. Ao lado da janela oval, havia um biombo e um armário adornados por um tecido floral. Pela janela, pude enxergar a floresta vermelha sobre a neve branca.

— Vão me deixar numa cela acolchoada — falei baixinho, percebendo a ironia da situação. — Estou indo embora, a não ser que me dê algumas respostas. Que lugar é esse, e por que estou aqui? O que querem de mim? Sei que você rouba coisas, mas por que precisa de mim?

— Esse lugar tem magia... magia que surrupiamos do rei e de qualquer lugar onde conseguimos encontrá-la. Mas não apenas isso, o Claret funciona à base de magia — explicou Jagger —, e precisamos de mais. Você tem magia. Do nosso ponto de vista, você é uma enorme fonte de magia. Vai se tornar uma de nós, uma Larápia, e vai nos dar magia.

— E, em troca, vão me ajudar a encontrar Bale.

— Sim.

— Não funciona assim. Não dá para colocar o que tenho num frasco. — Eu ainda tentava entender a neve, mas, dada a minha falta de controle, estava mais propensa a congelar Jagger até a morte a "dar" a ele o meu dom de gelo.

— Você ficaria surpresa. Nem toda magia precisa ser engarrafada.

Ele tirou um relógio antigo de um dos bolsos e o abriu. Havia mesmo um relógio numa das metades do compartimento, e, no lado oposto, um porta-comprimidos.

Jagger levantou o relógio, colocou um comprimido embaixo da língua e sussurrou alguma coisa. Minhas entranhas protestaram. A mera visão de uma pílula, qualquer uma, me deixava com os joelhos bambos por causa dos meus próprios sete anões. Porém, na mesma hora, ficou claro que aquele não era um remédio de Whittaker. Os traços de Jagger começaram a mudar, e ouvi o som de ossos rachando sob a pele. Observei o nariz dele se achatar com um barulho antes de se reconstruir, mais pronunciado e familiar. Seus olhos se obscureceram e mudaram de cinza-prateado para castanho-dourado, então para vermelho, e, enfim, de verde-esmeralda para âmbar. Antes que eu pudesse perceber, estava olhando para um rosto que ansiava por ver novamente.

— Bale! Meu Bale? — gritei, sem acreditar.

Jagger examinou a si mesmo no reflexo do relógio de bolso prateado.

— Eu o vi no Outro Mundo. Sem ofensas, mas não o achei nada de especial. O que ele fez para causar uma impressão tão profunda em você? Fazê-la vir de um mundo para o outro por ele? Se colocar em um risco tão grande?

Seu olhar era inseguro, como se não soubesse que em poucas frases ele tinha insultado Bale — e a mim por tê-lo escolhido.

— Você deveria saber. Estava nos espionando, não é? Por quanto tempo? O que você viu?

Eu estava com raiva, mas ver Bale de novo derreteu minha ira. Estiquei a mão para tocar no rosto de Bale — no rosto de Jagger. Queria que o garoto ficasse de boca fechada, pelo menos por mais alguns segundos, para que eu pudesse fingir que aquilo era real, que magia não existia, que Bale estava ao meu lado.

Mas Jagger era tão capaz de ficar quieto quanto eu era capaz de controlar o meu temperamento.

— Não tive a intenção de ofender — disse ele. — Só fiquei curioso. Ninguém nunca atravessou mundos por mim...

Olhando para o rosto impossivelmente perfeito dele, quase cheguei a falar que ficava surpresa com aquilo.

— Não se preocupe, Snow. Já passou. Agora, vamos ver quem você quer ser...

Jagger começou a sussurrar um novo feitiço. Ele me entregou o relógio, mas eu não aceitaria.

— Não, por favor, eu não quero.

Não conseguia explicar para Jagger que não queria ser outra pessoa olhando para Bale — mesmo sabendo que Bale não estava mesmo ali. Era tudo um truque, magia. Ele guardou o relógio, e o rosto de Bale voltou para a sua configuração original: Jagger. Meu coração se despedaçou.

— Todo mundo no Claret assume rostos novos. Leis dos Larápios.

— Então vocês nunca mostram os rostos verdadeiros? Por quê?

— É impossível trair uma pessoa cujo rosto você não conhece. Pense em nós como uma família. Só que não fingimos confiar uns nos outros.

— Que evoluído.

— Eu acho libertador.

— E quanto à filha de Margot? Ela não era da família? Tudo bem deixar Larápios em outros mundos quando você encontra um tesouro melhor?

— A filha de Margot fugiu por vontade própria. Mas você tem razão, nosso código não se estende a resgates. Com frequência, roubamos em um grupo, mas se somos pegos, é cada um por si.

— Que família — falei baixinho. Mas, ao me lembrar da minha mãe, que me internou num hospício, e de meu pai, que aparentemente me queria morta, quem era eu para julgar? — Tem uma lista dessas regras?

— É mais uma tradição oral. Mas você vai aprender.

Decidi aceitar temporariamente, mas a minha mente voltou para a garota que eu tinha visto. Algo de repente fez sentido sobre a Larápia ruiva no Salão do Trono.

— A garota que fez uma mesura para mim? Tive uma sensação estranha quando a vi. Como um *déjà vu*. Acho que já a encontrei antes na praça da cidade. Mas ela tinha cabelo verde e um rosto diferente. Era ela?

Ele assentiu.

— São os olhos. Você pode mudar a cor, o tamanho, até o formato. Mas se olhar com atenção, a pessoa que você é ainda está lá. Por sorte, ninguém olha tão de perto assim.

Ironicamente, ele me observava de perto, como se tentasse memorizar meus olhos, para o caso de eu surpreendê-lo com essa coisa de rosto novo. Em Whittaker, eu era a rainha dos concursos de não piscar, mas desviei o olhar.

— Você deveria tomar cuidado com Fathom. Na verdade, deveria tomar cuidado com todos...

— Exceto você.

— Especialmente eu — disse ele. — Margot vai lhe dar um feitiço amanhã. Não precisa usá-lo, mas deve aceitar, não vai querer ofendê-la.

Ele se virou, como se estivesse pronto para ir embora.

Lutei contra o desejo de pedir para ele ficar. Jagger era um mentiroso e um ladrão, mas ainda não estava pronta para ficar sozinha naquele espaço novo e estranho.

— Boa noite, princesa — falou ele, depois desaparecendo no ar. Me engasguei com os resíduos de magia do feitiço de transporte. Até naquele momento, parecia que Jagger estava se exibindo.

# 21

QUANDO ACORDEI DE MANHÃ, levei um instante para me orientar no quarto vermelho redondo. Olhar pela janela não ajudou muito. As árvores que cercavam o palácio tinham desaparecido. No lugar delas, havia uma extensão de neve imaculada e uma cadeia de montanhas roxas à distância.

Não desviei os olhos do vidro. O castelo tinha se movido durante a noite?

— Snow? — Jagger bateu na porta e a abriu antes que eu pudesse responder.

Meu coração acelerou ao som da sua voz. Sabia que não deveria confiar nele, mas uma parte muito pequena de mim queria. Mesmo com ele dizendo que eu não deveria.

— Qual é o problema, Snow? — perguntou ele quando viu a minha expressão.

— O que aconteceu com as árvores? — indaguei. — Havia uma floresta inteira de árvores vermelhas. Nós... o Claret se moveu?

Esperei pela confirmação. Esperei por ele me dizer que estava vendo o mesmo que eu, para saber que não estava ficando louca.

— Não se preocupe, princesa. O castelo não se mexeu.

— Então o que aconteceu?

— É um feitiço de camuflagem. Mudamos o entorno do Claret para que ninguém o encontre. Margot tentou mover o castelo inteiro uma vez, mas, aparentemente, não há magia suficiente em Algid para isso. Escondê-lo é a segunda melhor opção.

Desviei o olhar da janela, aliviada.

— Trouxe umas coisas para você — disse Jagger, indicando o armário.

Um vestido escarlate estava pendurado ali. Era lindo, no mesmo estilo dos que as garotas Larápias usavam. Lembrei da felicidade que senti quando ganhei o primeiro vestido feito por Gerde. Mas gostava daquele também. Troquei de roupa atrás do biombo, mas o vestido não coube. As mangas eram compridas demais e o decote me mostrava o quanto meus seios eram pequenos.

— Acho que preciso de algo menor...

— Espere um minuto — falou Jagger, quase sem paciência.

Olhei para baixo, e o tecido começou a se ajustar sozinho. As mangas encurtaram. O busto se ajustou, erguendo-se e se separando, dando a ilusão de que meus seios eram um pouco maiores do que a realidade. O tecido sobrando se apertou na minha cintura, e o material que roçava no chão criou uma bainha.

Impressionada, saí de trás do biombo.

— Viu? Coube perfeitamente.

— Esse vestido é incrível.

— Você merecia uma surpresinha depois de todos aqueles anos no Whittaker — disse ele, brincando.

Mas Jagger estava enganado. Na semana anterior, tive surpresas suficientes para uma vida inteira. Não queria ser surpreendida nunca mais. No entanto, não era algo que pudesse controlar.

♛

Jagger me conduziu por alguns corredores. Cruzamos uma ponte de vidro acima de uma estufa tão exuberante e próspera quanto a de Gerde. Então começamos a atravessar uma ponte de cordas sobre um laguinho.

Jagger não olhou para baixo, e, por um instante rápido, me perguntei se ele tinha medo de altura. Logo afastei a ideia, pensando que ele não devia ter medo de nada.

Escamas fluorescentes deslizavam por baixo da água, me lembrando da Bruxa do Rio. Distraída, esbarrei em Jagger no meio da ponte.

— Tome cuidado — avisou ele, a voz afiada — e segure-se.

Naquele momento, um peixe com dentes pontudos deu um salto.

— Por que vocês têm piranhas aqui?

— Acredite se quiser, mas são uma iguaria. Também acrescentam mais uma camada de proteção. Temos magia e não queremos perdê-la; a escondemos do seu pai. Todo mundo que usa magia em Algid precisa ser cuidadoso e discreto. É uma coisa perigosa. Espelhos, ainda mais.

— Espera, você está falando dos pedaços do espelho do rei?

— Sim. Sabemos quem está com um dos três pedaços e planejamos roubá-lo. A duquesa o escondeu em algum lugar. Você sabe, a duquesa Temperly. Sua prima.

— A duquesa? — perguntei, lembrando que a Bruxa do Rio dissera que o coven protegia os pedaços do espelho. Como a duquesa conseguira um pedaço? Minha cabeça ficou ocupada com a minha árvore genealógica.

— É, sua prima. Ela tem um pedaço do espelho do rei, e precisamos dele. Na verdade, precisamos de todos. Espero que isso não seja um conflito de interesse para você — disse Jagger, saindo da ponte.

— Eu tenho uma prima? A Bruxa do Rio não comentou nada sobre isso — falei, seguindo o garoto.

— É a sobrinha do rei.

— Como ela é? É malvada?

— A duquesa usa sempre uma máscara. Sempre. Dizem que ninguém nunca viu o rosto dela. É bem inteligente, mas também estúpida.

Uma duquesa mascarada? Parecia muito glamouroso e misterioso para mim. Nem *The End of Almost* tinha uma dessas.

— Há, como você pode ser as duas coisas ao mesmo tempo?

— Ela não tem magia própria.

— Nem você.

— Eu roubo a minha. Sua missão, minha querida, é roubar algo bem importante para ela. Ela mantém o espelho guardado a sete chaves.

Precisamos dele. E, em retorno, vamos ajudá-la a resgatar seu precioso Bale.

— Por que precisam dele?

— Para continuar fazendo o que fazemos aqui, precisamos de magia. E para outra coisa também.

Sabia que tinha algo de esquisito naquela história. Talvez eu fosse o maior tesouro para os Larápios. Mas então por que não me entregar para o rei?

— Como o quê?

— O rei fez uma coisa com todos nós, e a única forma de nos vingarmos é tomando aquilo que ele considera a sua posse mais preciosa.

— O que ele fez com vocês?

Jagger não respondeu.

Passamos por um cômodo retangular enquanto eu processava a ideia de que tinha uma prima e que ia roubar dela. E, pelo que os Larápios disseram, havia muito mais do que estavam dispostos a me contar.

Aparentemente, havia segredos por toda parte em Algid. A Bruxa do Rio não quis revelar onde estavam os três pedaços do espelho. *Que pedaço deve ser esse?*, me perguntei. *Qual dos Três? E como a duquesa conseguiu pegá-lo?* Minha mente rodopiava com tantas questões. Pensei em perguntar a Jagger, mas não sabia se ele teria as respostas.

O garoto interrompeu meus pensamentos quando chegamos ao Salão dos Frascos. Tinha um teto em domo, e as paredes estavam cobertas por vidrinhos de tamanhos e cores diferentes. Havia centenas, talvez milhares deles, que afastavam a escuridão com um brilho forte. Eram poções mágicas como as que as garotas vendiam na praça.

— Parece que vocês têm magia suficiente — comentei.

Jagger balançou a cabeça.

— Tem o mínimo possível de magia em cada um desses frascos. Não é o bastante.

*O bastante para o quê?*, quis perguntar. Mas, mesmo que o fizesse, não tinha certeza de que receberia uma resposta direta.

— Como sabe o que cada uma das poções faz?

— Pela cor.

As garrafinhas me lembravam de Vern e dos sete anões. Cada uma com um poder diferente, assim como cada remédio.

Peguei um vidrinho dourado. Era parecido com o que vi Fathom usar na orquídea.

— Essa magia pode curar as pessoas?

— É magia, não o Todo-poderoso.

Não conseguia imaginar Jagger idolatrando qualquer coisa que não fosse ele mesmo.

— Mas vocês vendem e dizem que cura.

— Já ouvi falar que, às vezes, a crença pode ajudar alguém a se curar — respondeu ele.

A ideia me lembrou de Whittaker mais uma vez. Balancei a cabeça e imaginei se as coisas eram diferentes para os outros.

Jagger apontou para as paredes.

— Esse frasco deixa você saber o que aqueles ao seu redor estão pensando. Esse deixa você invisível, mas só por um tempo curto. Esse faz você dançar maravilhosamente bem. Esse deixa você ler mentes, embora apenas por alguns minutos. Esse aqui obriga as pessoas a falarem a verdade. Como somos nós que criamos a magia antes de colocá-la nos vidrinhos, não pode ser usada contra a gente.

Os olhos dele voltaram para a poção da dança.

— Quer experimentar?

— Não, obrigada.

— Você tem que experimentar — disse ele, me desafiando, e tomou um gole.

Eu gostava de desafios. Pensei em todos os anos e nas vezes em que Vern entrou no meu quarto com a bandeja prateada e os copos de papel com os comprimidos dos sete anões. Eu os tomava sem saber que o que havia de errado comigo não podia ser curado por um remédio — e que talvez nem precisasse de cura.

Afastei a mão de Jagger com um pouco de força demais e a garrafinha caiu no chão, fazendo um barulhinho. A mágica derramada no chão evaporou com uma poeira brilhante.

Jagger se virou para mim, o rosto confuso.

— Como pode desperdiçar magia assim? Não consigo entender você, Snow.

— Bem, você não é o primeiro — falei, brincando. Mas aquilo me machucou também. Estava mais próxima da verdade sobre mim mesma do que nunca, porém, quanto mais me aproximava, mais distante ficava de tudo e de todos. Eu não era como Jagger. Ou como as garotas dali.

— Bem, não podemos desperdiçar esse frasco. Vamos ter que nos virar com a minha magia, então.

— Quê? Não.

Mas ele me ignorou e segurou minhas mãos numa posição de valsa.

Nunca tinha dançado antes e não queria usar magia para isso. Parecia um atalho e estava cansada deles. Jagger, no entanto, tinha outras ideias.

Ele pegou a minha mão e colocou a outra ao redor da minha cintura. Assim que fez isso, levitamos do chão. Jagger me segurou mais forte, e eu podia sentir o coração dele batendo junto ao meu peito. Não havia música, mas os nossos corpos se moviam em conjunto num ritmo silencioso.

— Você só pode estar brincando.

— Margot me mataria se soubesse que usei essa poção. Nós deveríamos economizá-la para uma missão.

— Uma missão que envolve dança?

— Nunca se sabe.

— Como essa é a minha primeira dança com um garoto, não me incomodaria de manter os pés no chão — confessei.

— Por que não torná-la extraordinária?

O que Jagger não sabia, o que não contei a ele, era que aquela dança *era* extraordinária. Dançar no ar era a coisa mais estranha. Era o baile de formatura que Bale e eu nunca tivemos e nunca teríamos... e eu estava nos braços da pessoa errada.

— Está pensando nele de novo, não é? — perguntou Jagger, acabando com o clima.

*Qual deles?*, pensei. *Bale ou Kai?* Não respondi nada. Para a minha sorte, sempre que me sentia próxima a ele, Jagger fazia o favor de piscar primeiro e criar distância entre nós com as suas palavras.

Senti uma onda de raiva crescer, e caímos no chão de repente, nossos pés batendo com força onde a poção derramada estava.

— Acho que não prestei atenção e a magia acabou — mentiu ele, me analisando por um instante, incerto.

No entanto, Jagger não me largou e continuou dançando. As mãos dele seguravam as minhas, e foi a minha vez de piscar.

Parei de me mexer e, enfim, nos separamos.

— Todo mundo mente por aqui? — perguntei.

— Todo mundo mente em qualquer lugar. Eu vi o seu mundo também, princesa. Não muito, mas o bastante.

Eu também não tinha visto muito do meu mundo. Definitivamente, não o bastante.

♛

Naquela noite, a rainha Margot deu uma festa no Claret em minha homenagem. O salão estava lotado de garotas. Uma tocava harpa, e duas sentavam-se ao piano, tocando em sintonia. Havia outra dependurada num trapézio suspenso no teto, e uma dançando balé num bar, no canto.

Jagger me guiou pelo cômodo para me apresentar a todas. Seus nomes conseguiam ser mais bonitos que seus rostos. Dover, Garland e outros que escapavam de imediato da minha memória.

Eu me perguntei se elas escolhiam nomes diferentes quando assumiam aparências novas ou se aqueles eram os seus nomes reais. Talvez eu não fosse tão diferente delas, afinal. Gerde me dera um nome falso no vilarejo.

Eu tinha tantas dúvidas. Aquelas garotas se escondiam ou simplesmente escolheram uma vida nova? Não sabia se estavam mentindo umas para as outras ou para si próprias — ou se aquele cardápio mágico que permitia que você fosse quem quisesse era a coisa mais incrível e poderosa do mundo. Ao mesmo tempo, porém, ao mudar sua identidade sem parar e nunca permanecer no mesmo local, como chegava a realmente conhecer alguém?

Queria que aquelas garotas me contassem tudo. Mas como poderia exigir seus segredos quando não estava disposta a compartilhar os meus?

De repente, uma moça empoleirada no sofá ao lado de Fathom se levantou e subiu na mesa. Tinha uma tatuagem na bochecha que parecia um raio. Começou a cantar. Sua voz era grave, forte e cheia de rancor. A princípio, não reconheci a melodia, mas logo percebi que a canção era sobre mim. Era a mesma música que o garoto cantara na praça.

Outras meninas se juntaram, numa harmonia cheia de veneno.

*Ela traz a neve com o toque,*
*Acham que ela se foi, mas nós sabemos*
*Que ela vai voltar,*
*Que vai reinar no seu lugar,*
*E que, com o seu reinado, vai acabar.*
*Ah, venha, Snow, venha...*

Saí às pressas, provocando a risada das garotas e com um pouco de neve escapando das minhas mãos.

Jagger me alcançou no corredor enquanto eu secava as mãos no vestido.

— Ignore Howl. Ela costuma exagerar. Acredite ou não, não foi a pior das boas-vindas.

O nome da garota era Howl, então. E fora assim que ela e as outras escolheram me receber. Talvez precisassem de mim, mas queriam que eu soubesse que não me desejavam por perto.

— Não tenho medo delas. São apenas um meio para um fim — falei, rejeitando o olhar de pena que Jagger me lançava.

— No fundo, você tem medo do que vai fazer com elas.

Olhei para ele, surpresa. Não era pena, era compreensão. As garotas estavam fazendo o que sempre faziam quando alguém novo chegava. Mas eu não era qualquer uma, não mais. Assenti e deixei Jagger me acompanhar de volta ao salão. Ele ficou em silêncio, o que era incomum. Interpretei como uma gentileza.

Havia magia ali.

Minha mente voltava ao Salão dos Frascos. Havia tanta coisa que eu não entendia. Precisava ouvir o resto da história, não é? Todo mundo em Algid tinha objetivos próprios. Suponho que a mesma coisa era válida sobre o meu mundo. Apenas nunca o conhecera para além das paredes de Whittaker. Tudo que eu sabia era que precisava encontrar Bale e voltar para casa.

Jagger teve que ir ao meu mundo, a Whittaker, através da magia. E se aquele frasco amarelo pudesse nos levar de volta para casa? Ou ao menos até a Árvore? Fora lá que tudo começara. Talvez pudesse ser onde acabava também. Sendo assim, eu poderia sair de Algid, escapar do meu pai e de tudo que eu não entendia. Poderia esquecer aquele mundo para sempre.

Saí discretamente do quarto e atravessei as duas pontes que levavam ao cômodo onde Jagger e eu tínhamos dançado. Mas, quando abri a porta, não havia mais garrafinhas. Em vez disso, encontrei Margot diante de uma grande bandeja de prata que flutuava no ar. Um milhão de pedacinhos de espelho voavam ao redor dela. O lugar era iluminado por velas que tinham sido dispostas numa ordem peculiar no chão.

O cômodo estava abafado. Achei que era outro tipo de teste.

As paredes começaram a brilhar com uma luz branca quente. Pensei que estava parecendo um pouco demais com a parte de dentro de um micro-ondas.

Raios de luz branca se estenderam de suas mãos.

Eles dançaram em volta de mim. Eu podia sentir o calor que emanava deles. Senti seu poder. Era forte.

Me lembrei do que Jagger tinha dito, sobre os Larápios terem um passado com o rei. Algo que exigia uma compensação.

Senti a neve crescer dentro de mim conforme o círculo de calor se apertava ao meu redor. Quando consegui impedi-la, pensei que talvez os Larápios não só roubassem. Talvez estivessem criando uma arma contra o rei.

— Você era... você é parte da profecia? Ajudou a minha mãe a fugir de Algid?

Margot me lançou um olhar afiado. As cordas dançantes se afastaram de mim e começaram a desaparecer.

— Conheci Ora. Se eu a ajudei ou não, ainda é um mistério. Quando era muito nova, encontrei a Bruxa da Floresta e fui uma de suas aprendizes. Ora estava lá. Eu não tinha o dom natural de vocês, então não podia permanecer no coven. No entanto, quando o coven quebrou o espelho do rei, o mundo passou a ter mais magia. Magia que qualquer pessoa podia segurar na palma da mão.

A Bruxa da Floresta. A Bruxa do Rio dissera que ela era uma das bruxas do coven. A rainha Margot fora uma aprendiz, como Gerde era agora. De repente, tive vontade de trazer Gerde até ali. Me perguntei se Margot poderia ajudá-la a encontrar a sua magia através da luz, ao invés de pela escuridão, como fazia a Bruxa do Rio. Gerde revivia a dor e a vergonha para manter o controle. Talvez Margot tivesse outro método.

— A Bruxa da Floresta deu o pedaço do espelho do rei para você? — perguntei, sem meias-palavras.

A rainha Margot fez surgir um frasco e o virou na mão antes de continuar.

— A Rainha da Floresta me deu muitas coisas — respondeu Margot, com astúcia. — Usei o que aprendi. Faço um pouco de magia para esconder nossa casa. Para manter nossas vidas, é necessário muito poder. Mas não sou uma bruxa. Você, por outro lado, é a coisa mais poderosa que apareceu em Algid desde o Rei da Neve. Ficamos honradas com a sua presença.

— Você quer usar o meu poder. Mas não pode, o que tenho não pode ser contido ou domado. Na melhor das hipóteses, sou uma tempestade. A única diferença é que consigo determinar a hora e o local.

— Pode fazer bem mais do que isso. Entendo por que mentiria para mim, mas não engane a si mesma, Vossa Alteza. Sim, você é uma força da natureza. Mas é da natureza que surge boa parte da magia. É uma conversa entre a Bruxa e o Rio. A Bruxa e a Floresta. A Bruxa e o Fogo. Dizem que, quando a profecia se realizar, você poderá falar com todos os Elementos, que terá o poder deles. Ou, ao menos, essa é a minha interpretação. Por enquanto, porém, deve se concentrar na magia com que nasceu: sua neve. Com o tempo, aprenderá a comandar essa força como uma agulha.

— Nunca fui boa costureira.

— Talvez não tenha tido a professora certa.

Olhei para as paredes e, de repente, elas voltaram a ter os frascos de todos os formatos, cores e tamanhos. O conteúdo das garrafas refletia nas múltiplas superfícies dos pedaços de espelho.

— Se você não nasceu com esse poder, como tem tanto dele? — perguntei.

— Ah, fico lisonjeada. A magia gosta de poesia e sacrifício. Palavras bonitas sobre uma ferida aberta. E *puf!* temos magia.

Ela pegou um frasco e o abriu, liberando um vapor que deu a volta em seu braço. Margot fechou os olhos, e o vapor ficou sólido, deslizando. Uma cobra pequena. A mulher voltou a abrir os olhos, e a fumaça se tornou um bracelete bonito de metal.

— Há magia na natureza esperando para ser domada. Você tem uma sintonia com a neve. Há outras pessoas que têm sintonia com a água, como a Bruxa do Rio, e outras com o fogo. Como o espelho, a água pode refletir o poder — explicou a rainha Margot. — Com as palavras e o sacrifício certos, a água pode ser impregnada de poder. Gostaria de ter mais poções. Gostaria de poder abrir e beber todas. É assim que sou. É assim que todas somos. A moderação é a única maldição verdadeira, mas, por ora, se faz necessária.

Olhando para Margot, percebi que ela trocaria tudo — o Claret e cada frasco do seu arsenal — para ter os mesmos dons naturais que eu ou a Bruxa do Rio.

O poder superava a beleza. Havia também a questão da filha verdadeira de Margot. O quanto Magpie valia para ela? Margot desistiria da magia e do poder? Era uma hipótese sobre a qual eu esperava estar certa, mas não tinha tanta certeza.

Pensei em conversar com ela sobre Magpie. Mas eu não necessariamente sairia bem-vista nessa história.

— Como você aprendeu os feitiços? — perguntei, colocando o mistério da filha de Margot de lado por um instante.

— Tive sorte de aprendê-los com uma grande bruxa, como mencionei.

— E que tipo de sacrifícios as poções pedem?

— É aí que você entra, minha querida.

*Enfim chegamos ao cerne da questão*, pensei, o cérebro à frente do meu corpo pelo menos uma vez. Mas, diferente de antes, não tinha medo da resposta. Eu precisava saber.

— Não quero machucá-la. Só preciso de um pouco de sangue, do seu sangue. É isso que a magia pede. Você vai me dar o seu sangue. Então, vai me ajudar a roubar o pedaço do espelho do rei, no palácio da duquesa, e, em troca, vai receber a nossa assistência para recuperar o garoto que ama.

Sangue? Jagger tinha me mostrado a magia de Algid, mas não de onde ela vinha. Não o custo.

— Antes de concordar com qualquer coisa, tenho que saber se você tem o que preciso. Prefiro perguntar a tomar. É muito mais educado dessa forma — disse a rainha Margot, dando um passo na minha direção.

— Isso não é nem um pouco assustador — falei, me lembrando do que a Bruxa do Rio disse sobre a magia. Ela tinha razão. Era sórdida, cheia de sacrifício e, pelo visto, sangue.

— Há sacrifícios bem maiores — falou a rainha Margot com a voz equilibrada, embora o tom carregasse uma pitada de ameaça. Talvez ela nunca tivesse sido uma bruxa, mas, no reflexo dos seus olhos, vi uma coisa que me fez lembrar da Bruxa do Rio. Algo que me dava vontade de correr para longe o mais rápido possível.

Mas não corri. Gostando ou não, estávamos naquilo juntas. Eu precisava da rainha Margot como ela precisava de mim. Ela era a chave para encontrar Bale e voltar para o meu mundo. Eu não tinha escolha, a não ser concordar. Tive o cuidado de escolher o braço direito, o braço sem o mapa de Algid. Respirando fundo, estendi o braço e puxei a manga, revelando centenas de picadas das agulhas de Whittaker.

Margot desembainhou uma adaga decorada com joias de aparência mortal — mas hesitou pelo mais breve dos segundos quando viu as marcas de agulha. No que quer que estivesse pensando, porém, foi apenas uma pausa curta antes de ela passar a lâmina na palma da minha mão.

O corte não foi profundo, mas doeu mesmo assim. A dor era física e tangível — não o enxame de emoções conflitantes e confusão que me rodeava desde que passei pela Árvore.

O que eu estava fazendo? De quanto sangue ela precisava?

Puxei meu braço, pressionando a palma da mão para impedir o fluxo sanguíneo. Era a minha vez.

— Você quer que Jagger faça outra viagem ao meu mundo para encontrar a sua filha, não é? — perguntei.

Margot me encarou atentamente.

— Jagger lhe contou isso? Ele fala demais, mas quase nunca dá tanta informação quanto recebe. Seria de se pensar que, ao ficar cercado por moças bonitas o tempo inteiro, se tornaria imune às suas artimanhas. Mas você deve tê-lo afetado bastante — respondeu ela.

— Deixe Jagger me levar de volta com Bale e pode ficar com o quanto quiser do meu sangue — ofereci.

— Querida, acha mesmo que isso é uma negociação? Se eu quisesse, poderia pegar até a última gota do seu sangue.

Ficou claro que a rainha Margot achava que estava em vantagem, apesar da minha linhagem e de onde eu tinha vindo.

— E eu posso acabar com esse lugar — ameacei, mas quase me arrependi quando as palavras saíram da minha boca. Eu não conseguira derrotar o Executor. Como esperava derrotar o rei sozinha?

— Será? Você mesma admitiu que não tem controle. Algo me diz que, se isso significasse matar todas as garotas inocentes e o meu Jagger, ia preferir não destruir o palácio.

Respondi com um olhar frio e silencioso, e a rainha Margot continuou a me examinar pela luz das velas.

— Como se sente sabendo que o mundo inteiro foi destruído por sua causa? — perguntou Margot, com um toque de animação na voz.

— Igual a quando eu não sabia.

Era mentira. Mas não podia me deixar envolver por suas palavras, ou pelas da Bruxa do Rio, mesmo depois do que vi. Tudo na minha vida acontecera num pequeno globo de neve que era o Whittaker, e agora estavam falando de uma história épica em que o papel principal era meu. Não queria ser a salvadora de Algid, mas também não queria ser a sua maldição. Queria ir para casa.

— Jagger me contou sobre a sua vida no Outro Mundo. Condições horríveis para uma princesa. O que vai acontecer quando voltar? Acha mesmo que a rainha Ora vai permitir que volte para casa? Quer passar o resto da vida trancafiada naquele lugar?

— Vou confrontar minha mãe com a verdade — falei.

— E depois? Ela vai fingir que você é louca e voltar a te encher de remédios? Vai mantê-la dopada e em segurança até a profecia passar?

Remédios? Jagger fizera mais do que contar a ela. Ele esmiuçara cada detalhe. E ouvir aquilo dos lábios de Margot trouxe todo o passado de volta.

— Não sei, mas prefiro me arriscar lá do que por aqui.

— Mas você não percebe? Quando a profecia passar, e as Luzes se extinguirem, você não terá mais escolha. Haverá um momento em que poderá ascender ao trono. Depois, o mundo pertencerá a ele, e todos aqui vão sofrer.

— Esse não é o meu mundo.

— Então você nos abandonaria sem olhar para trás? É igualzinha à sua mãe.

— Ela estava tentando me salvar.

— E quanto à terra dela? E quanto a Algid? Ela era a nossa rainha. Colocou a sua vida acima da de todos os outros, e você está fazendo o mesmo agora.

— Estou, pois não consigo me importar com um lugar que não se importa comigo. Eu não conheço esse mundo. Não preciso dele. E, pelo que vi, não vale a pena salvá-lo. Está cheio de mentirosos, ladrões e gente ruim.

Outra mentira. Gerde tinha se machucado e tentou me salvar. E Kai usou o seu Pulador. Até a Bruxa do Rio tentou me ajudar à sua maneira. Mas queria que Margot calasse a boca, e dizer aquilo era um jeito bem melhor do que a alternativa gelada.

— Vossa Alteza... — disse a rainha Margot, e então ficou quieta, repensando. — Pois bem. Assim que eu tiver o seu sangue, a magia dele e o espelho, seu destino estará nas suas mãos. Atenderei ao seu pedido.

Tinha conseguido convencê-la. Tinha conseguido mentir para a rainha dos ladrões. Conseguido deixar de lado tudo que eu sentia pelo bom povo de Algid e voltei a esticar o braço. Meu sangue se acumulou em um cálice de prata que se materializou na mão da rainha Margot. Ela sorriu e o ergueu, analisando-o na luz. Não parecia nem um pouco especial para mim, mas ela olhava para aquilo como se tivesse descoberto a resposta para tudo.

Para o bem dela e para o meu, torci para que Margot estivesse certa. No entanto, uma pequena parte de mim sentia um pouco de remorso. Se eu tinha mesmo tanto poder, deveria entregá-lo? Não deveria ter procurado saber o que ela pretendia fazer com ele? Não confiava em Margot nem naquelas pessoas. No final, ela cumpriria a sua parte do acordo?

Mas estava feito. Não adiantava chorar sobre o sangue derramado. Dei um passo à frente enquanto a observava. Seus olhos verdes brilhavam de expectativa.

— Sei que não acredita em magia, criança. Ao contrário do que diz o folclore popular, não importa. Não é uma questão de crença. É apenas pura vontade e ciência... e tenho o suficiente disso para nós duas.

— Para que quer o sangue? — questionei, tarde demais. Aquela deveria ter sido a minha primeira pergunta. Disse a mim mesma que não me importava sobre como ele seria usado, que tudo que importava era Bale. Porém, conforme ela rodava o meu sangue no cálice, tive uma sensação doida de que ela iria bebê-lo. Ou transformá-lo em uma arma. A ideia soava como algo que Chord acreditaria, mas, depois do que vira nos últimos dias, o impossível superava o possível de longe.

— Revelar meu objetivo com o sangue não fazia parte da nossa barganha. Mas não há mal em você saber.

Outro gesto com a mão dela, e uma espécie de anel com facas de aparência medieval surgiu no meio do cômodo, flutuando na minha frente.

— O que é isso?

— Na última vez que estivemos no palácio da duquesa, descobrimos que ela tinha um pedaço do espelho. Foi só uma questão de tempo até encontrarmos o arquiteto que desenhou o cofre, e ele foi gentil o bastante para fazer uma réplica da fechadura para nós. As lâminas são parte da tranca.

"Este dispositivo é idêntico ao que tem no palácio da duquesa", falou ela. "Apenas sangue real pode abri-lo. Não podemos replicar as armadilhas por trás da parede do cofre. Isso, no entanto, nos permitirá passar pelo primeiro obstáculo."

Ela pegou o cálice e, com cuidado, pingou uma gota do meu sangue sobre as lâminas. A princípio, nada aconteceu. Então, as facas começaram a apontar devagar para Margot.

Ela sussurrou algumas palavras que não consegui distinguir, e as facas caíram no chão.

— Imagino que não era para isso acontecer, certo? Não funcionou? — perguntei.

A rainha Margot segurou um cristal pendurado no seu pescoço, que brilhou, vermelho-escarlate.

— Esse cristal reage à presença de magia. Prova que há magia em você. Deveria ter funcionado. Não entendo. Com o sangue retirado, o caminho é liberado. — Dessa vez, ela falou mais alto, mas nada aconteceu. — Eu tinha certeza de que estava no seu sangue, de que seria suficiente... — A voz de Margot foi morrendo, confusa.

As facas se mexeram no chão. As lâminas apontaram para mim.

— Saia! — ordenou a rainha Margot.

Enquanto corria para fora do cômodo, ouvi um cristal se quebrando no piso.

## 22

UM TORNADO DE NEVE SE FORMAVA DO LADO DE FORA da janela do meu quarto. Eu tentara abrir a porta principal do Claret, mas ela estava fechada com um feitiço. Precisava encontrar outra maneira de sair.

— Não posso ficar aqui. Preciso ir — falei para Jagger. — Vai me ajudar? Ou vou ter que fazer isso sozinha?

— Não posso ajudar você.

— Claro que não. Leis dos Larápios, certo? Neste caso, melhor sair da minha frente. Não vai ser bonito.

Ele continuou parado no mesmo lugar, sabia que eu não criaria um tornado por ele.

— O que aconteceu, Snow?

— Margot tentou usar o meu sangue naquela fechadura, e, quando não funcionou, ela teve um faniquito com as facas, Jagger — falei, me afastando do garoto. — Posso ter minha neve, mas não sou imune a coisas pontudas e afiadas.

Ele me analisou por um instante, refletindo.

— Não importa se você for embora. Fizemos um acordo. Margot tem o seu sangue, ela pode lançar um feitiço localizador. Não há lugar em que não possa encontrar você. E, se a rainha Margot não te entregar para o rei, tem um monte de Larápios por aí se perguntando quanto você vale. Tem um Executor vasculhando Algid inteira na esperança de encontrá-la. Sabe quanto o rei está oferecendo pela sua cabeça? — perguntou Jagger, seco.

Eu estava em perigo outra vez. Aquelas garotas não eram minhas amigas, nem Jagger. Convencer qualquer pessoa a me ajudar a voltar para casa, encontrar o espelho e recuperar a minha vida seria impossível.

De repente, me senti cansada. Como se todos os músculos do meu corpo tivessem desistido. Pela primeira vez na vida, senti saudade da minha cela no Whittaker. Da paz. Do meu Bale.

— Achei que estivesse te fazendo um favor ao trazê-la aqui — disse Jagger.

— Porque pensou que eu pagaria com o meu sangue.

Ele deu de ombros, indiferente.

— Ainda assim, prometi protegê-la.

— Você é a razão pela qual essas coisas estão acontecendo comigo. — Aquilo não era bem verdade. Foi o meu pai quem começara aquilo, eu só me sentia melhor culpando Jagger, porque ele estava ali do meu lado.

— Não vou pedir desculpas por proporcionar uma fuga de Whittaker. Por dar a você uma maneira de salvar Bale.

— Me deixe adivinhar. Leis dos Larápios.

— Sei que não tem motivo nenhum para acreditar em mim, mas não quero que nada de ruim aconteça a você. Quero honrar a minha promessa.

— Quer mesmo? Não posso nem confiar em você para salvar a única pessoa do mundo em que confio. Não sei quem você é. Vocês escondem os rostos verdadeiros uns dos outros, como pode chamar isso de vida? Não quero cobrir as minhas cicatrizes, gostaria de não ter magia e prefiro dançar com os pés no chão! Não quero viver num sonho, só quero viver. Como uma pessoa normal. E sentir as coisas de verdade.

— Bem, então não vai gostar do que tenho a dizer — falou Jagger.

Não tinha certeza de que ele tinha me escutado, mas os seus olhos suavizaram, magoados, como se cada uma das minhas palavras tivesse sido um soco.

— Tem mais? — perguntei, incrédula.

— Conheço uma maneira de assegurar que Margot e o restante das Larápias a mantenham em segurança.

— E que maneira seria essa?

— Torne-se uma de nós. Estamos com uma Larápia a menos.

— Mas isso é... — Loucura? Ridículo?

Antes que eu pudesse completar, minha visão ficou preta, e tudo que consegui ver era o interior de uma casa.

*Era pequena com as paredes brancas. Não havia muita mobília, mas não parecia com nada em Algid ou no Whittaker. Não entendia aquele sonho, especialmente porque eu estava completamente acordada, mas a casa era familiar.*

*Já a tinha visto antes. Bale me mostrara as fotografias. Era a casa dele. A que ele tinha incendiado.*

*O dr. Harris falara sobre como a mente cria um espaço seguro para onde você pode ir quando as coisas ficam difíceis demais no mundo real. Bale fora até a sua casa de infância, a que ele ateara fogo. E colocava fogo nela de novo e de novo.*

*O pequenino Bale caminhando pela casa. O pequenino Bale do lado de fora, observando-a queimar.*

*Mas por que eu estava vendo o lugar seguro de Bale? Então, minha visão foi invadida por um vislumbre de outro lugar. Um que eu nunca visitara. Um cômodo triangular que parecia uma torre.*

— Snow. — Bale disse o meu nome.

*Onde quer que estivesse, ele estava pensando em mim.*

♛

— Snow... — chamou outra pessoa.

A voz de Jagger me tirou do transe e me fez voltar à escuridão do Claret. Eu precisava de mais um minuto, mais um segundo. Precisava de mais tempo com Bale. Uns poucos instantes para identificar o local exato em que ele estava.

— Snow — repetiu Jagger, segurando os meus braços, me sacudindo de leve.

Levei um instante para focar o olhar nele.

— O que aconteceu? — perguntou o rapaz, me analisando com atenção.

— Só estava vendo através do olhar do meu namorado desaparecido. Pelo menos acho que foi isso.

— Onde ele estava?

— Num lugar escuro. Acho que sentia dor. Era um cômodo triangular assim.

Fiz um desenho no ar gelado com a minha neve, animada por estar progredindo no controle dos meus poderes. No pior dos casos, era um truque legal para fazer em festas.

— A masmorra do rei — falou Jagger, quase orgulhoso, vendo aquilo como uma prova de que tinha razão sobre onde Bale estava. O fato de ele não se importar com o estado de Bale fez os meus dedos tremerem com neve.

Abafando a vontade urgente de congelar a boca dele, perguntei:

— Você não se importa mesmo com ninguém?

— Todo mundo se importa com alguém — disse ele, parecendo sincero por um momento. — Se tiver sorte, mais do que uma só pessoa — disse, como se lembrasse que não queria que eu o visse sendo honesto.

Suspirei fundo. Já estava cansada do charme dele. Estava cansada da beleza tosca do Claret.

— Você provavelmente está marcada — concluiu Jagger, como se pudesse sentir que eu tinha atingido mais um, numa série de momentos cruciais. — É por isso que você e Bale estão conectados. É por isso que pode vê-lo.

— Isso faz parte da profecia?

— Não, faz parte de Algid. Quando você ama alguém, ama de verdade, e tem magia, é possível fazer o imprinting com a pessoa. Mas é só uma lenda. Se bem que você também era uma lenda até eu te encontrar.

Imprinting? Eu tinha assistido a um filme uma vez em que um lobisomem adolescente se apaixonava por uma garota e fazia imprinting nela, conectando-os para sempre. Será que era o que tinha acontecido entre mim e Bale?

Ignorei o que pensei ser um elogio e tentei decifrar a situação.

— Como nos contos de fada? Como quando príncipes acordam princesas com beijos de comas induzidos por magia... tipo isso?

Jagger olhou para mim como se esse conceito fosse completamente alienígena para ele. Pelo visto, ele não conhecia a história da Bela Adormecida.

— Claro que pode ser outra coisa bem diferente. Talvez você seja mais parecida com o seu pai do que gostaria de admitir.

— O que quer dizer com isso?

— O rei Lazar alega que consegue entrar na cabeça do povo do bem de Algid com a sua neve. Ou é o que dizem. Pessoalmente, acho que é mentira, mais uma maneira de fazer o povo ter medo dele...

— Se eu tivesse poderes para controlar a mente, você não estaria tagarelando agora — falei, com o tom de voz equilibrado.

Ele ouviu, deu um sorriso e voltou para a primeira teoria.

— Em geral, o imprinting é acompanhado por algum tipo de marca física.

Desenhei no ar a marca que vi no braço de Bale. A imagem permaneceu ali pelo que pareceu uma eternidade.

— Como mencionei, nunca vi um imprinting antes, mas acho que a lenda diz que é algo específico de quem faz. O imprinting de cada um é diferente.

— Como um floquinho de neve — falei, o sarcasmo escorrendo das minhas palavras.

Ele balançou a cabeça.

— Eu ia dizer que todo amor é diferente. Mas a sua metáfora também funciona.

— O símbolo... Ele parecia uma coisa na Árvore, Jagger.

— Sua mãe e as outras bruxas criaram aquela Árvore para tirar você e ela de Algid. Provavelmente é uma runa.

— Runa?

— Odeio dizer que nunca liguei muito para símbolos... você deveria falar com Fathom sobre isso... mas as bruxas entalham runas nas coisas por várias razões, a principal delas é proteção.

— E eu as entalho nas pessoas?

— Você é especial, Snow. É o fruto de um rei com uma bruxa... Como diz a profecia, talvez seja a coisa mais poderosa que existe. Por que não amaria de forma mais poderosa também?

Como os meus desenhos, as palavras de Jagger permaneceram entre nós. Combati a vontade de desviar os olhos do olhar inflexível do garoto.

— Então, ou estou ligada a Bale na minha cabeça, ou tenho poderes de controle mental bizarros sobre tudo...

— Espero que não seja nenhuma das duas coisas — disse ele.

— Hã?

— Espero que você não esteja encarnando o seu namorado. E que não tenha poderes de controle mental bizarros, como colocou.

— Você prefere que eu tenha perdido a minha sanidade e que simplesmente esteja tendo sonhos acordados com meu namorado sequestrado. Por quê?

— Duas razões: a primeira é que não gosto da ideia de você ser ligada psiquicamente ao Menino do Fogo.

— E o que te importa com quem tenho ligação psíquica? — interrompi.

— O que me leva à segunda razão: não gosto da ideia de você entrando na minha cabeça e descobrindo no que estou pensando.

— Por que simplesmente não me diz no que está pensando?

— E qual seria a graça disso? — respondeu ele.

— Quando beijei Bale pela primeira vez e ele enlouqueceu, eu estava tão dopada. Pensei... pensei que o beijo... pensei que eu tinha deixado Bale daquela maneira... — admiti, sem olhar para Jagger.

O garoto esticou a mão, pegou o meu queixo e me fez olhar para ele.

— Você é uma força da natureza, Snow, mas eu nunca acreditaria nisso.

Ele me largou.

Desviei o olhar de novo, mais grata e afetada pelo toque de Jagger do que gostaria, especialmente com a consciência de Bale tão perto da minha. Talvez eu tivesse finalmente conseguido infiltrar as camadas de charme de Jagger, mas então ele falou algo que me surpreendeu.

— A conexão funciona para os dois, Snow. Bale pode ver você também. Se ele está na masmorra do rei, traga alguma esperança a ele. Mantenha-o vivo até...

— Até o tirarmos de lá? Eu topo. Faço o que você quiser. Quer que eu seja uma Larápia? Sou uma Larápia.

De repente, Margot surgiu ao lado de Jagger.

— Eu mesma não poderia ter dito melhor — falou ela, sorrindo.

Não sabia o quanto ela tinha ouvido, mas ainda precisava negociar os termos.

— Está me espionando agora? — perguntei, ajustando a coluna. Minha raiva crescera. Do outro lado da janela, ouvi meu pequeno tornado de neve derrubando algumas árvores. — Já cumpri meu dever com o Claret — falei. — Você prometeu que me ajudaria a resgatar Bale, e que eu poderia voltar para casa se desse o meu sangue, o que já fiz.

— Snow, você deveria ter me dado sangue com magia. Seu sangue tem segredos que me fogem. Então, não, você não cumpriu sua parte da barganha. Não vou ajudá-la até ter o espelho da duquesa nas mãos. Achávamos que seria possível transportar o sangue conosco, mas, para o feitiço funcionar, talvez você precise estar presente. Talvez o sangue precise vir diretamente do corpo. Ou é isso que Fathom pensa. Claro, primeiro precisamos saber se o sangue funciona.

— Fathom é a especialista da casa no meu sangue? — perguntei.

Ela assentiu. Margot queria que eu enfiasse a minha mão na armadilha de verdade dessa vez. Sem cálice.

Ela continuou a falar, como se eu já tivesse concordado.

— E, ao que parece, Jagger tem razão. Precisamos torná-la uma de nós ou nunca passará pela duquesa. Ao contrário do que minhas crianças pensam, você pode beber todas as poções de todos os frascos, roubar mil espelhos e *ainda assim* não ser uma boa Larápia. Vamos ter que nos esforçar um bocado. Mas você é a Princesa da Neve, não tenho dúvidas de que será digna do desafio.

— Tem mais uma coisa que quero — falei, com uma ideia.

— Leis dos Larápios: você precisa aprender que não vai ganhar nada de presente, querida.

*Eu já sabia disso antes de vir para cá*, pensei. Me lembrei das luvas que a minha mãe me deu no dia anterior a minha fuga para Algid. Elas agora representavam uma vida de culpas e segredos dela.

— Só quero saber de uma coisa. Passei a maior parte da vida sem saber de nada. Não quero mais ficar no escuro.

— O que está perguntando exatamente? — disse ela.

— Quero saber como funciona. Como eu funciono. Me ensine. Me ensine a dominar a minha magia — pedi, ficando em frente a Margot.

Ela se inclinou no batente da porta e disse:

— Gostaria de poder fazer isso, mas não posso. Não sei como.

— Então quero outra coisa. Quero que qualquer pessoa, menos Jagger, me ensine. Quero ele longe de mim.

O garoto olhou para mim, surpreso. Margot apenas riu e deu uma resposta monossilábica:

— Não.

## 23

POUCOS MINUTOS DEPOIS, fechei um acordo com a Rainha dos Larápios. Voltamos ao cômodo com os frascos, e, dessa vez, enfiei a mão na fechadura, que tirou o meu sangue. As facas se remexeram no chão.

— Claro, há um rumor de que a fechadura muda todo dia.

— E o criador dessa fechadura não pôde confirmar? — perguntei, cada vez mais suspeita.

— Infelizmente, ele morreu antes de poder compartilhar essa informação conosco.

Ela desapareceu com um sorriso satisfeito. Voltei para o meu quarto, questionando se tinha tomado a decisão certa.

Tinha concordado em me tornar uma Larápia. Era a única forma de me proteger. E o primeiro passo para virar uma Larápia era descobrir exatamente o que aquilo significava e o que eu teria que fazer. Era hora de fazer as pazes com as garotas Larápias.

Encontrei Fathom num cômodo frio, iluminado por luzes fluorescentes que me lembrava dos laboratórios que vira na TV.

— Você não deveria estar aqui — falou Fathom.

— Que lugar é esse? — perguntei, assimilando o espaço.

Algo rosnou no canto do cômodo. Eu me virei e vi um Lobo de Neve preso numa caixa de vidro. O animal era fascinante. Só vira Lobos de Neve quando eles estavam me perseguindo, portanto não tive muito tempo para dar uma boa olhada. Não consegui evitar. Fui até a caixa.

Quando me aproximei, o Lobo de Neve se lançou na direção do vidro e se desintegrou em um milhão de flocos de neve, que caíram no chão da jaula. Após um segundo, os flocos se juntaram e formaram o animal novamente. Ele se jogou para mim outra vez, repetindo o processo.

— Nunca vi ele fazendo isso antes — disse Fathom, franzindo o cenho. Seu olhar foi do compartimento de vidro para mim e voltou, tentando entender a conexão.

— Por que você tem um Lobo de Neve? — questionei.

— É um hobby. Nada é de graça no Claret. Margot permite que eu tenha meus hobbies em troca dos meus serviços.

— Que serviços?

Fathom ligou um interruptor, acendendo uma luz no canto mais distante do cômodo. Havia corpos de mulheres sobre mesas de madeira.

— Já imaginou como conseguimos nossos rostos? — indagou Fathom.

Chocada, olhei dela para um dos cadáveres. Tinha o mesmo rosto que Fathom.

— Eu nunca... — Não tinha pensado nas faces que eles pegavam emprestadas, presumi que cada Larápio criava uma.

— Nós roubamos os rostos — gabou-se ela. — É necessário ter parte dele, como cabelo ou sangue, para a magia funcionar. — Fathom foi até a sua gêmea de rosto. Lembrei quando Jagger pegara emprestado o rosto de Bale. Aquilo significava que Fathom tinha tomado algo de Bale. Mas quando? Como?

— Vocês matam a pessoa? — perguntei, temendo a resposta. Voltei a pensar no que a Bruxa do Rio falara sobre sacrifício. Parecia que quanto menos aptidão natural para a magia você tinha, mais sacrifícios precisava fazer.

— Em geral, não. Pense assim: depois de morrer, uma parte deles permanece viva. Já é alguma coisa, não?

— Mas onde vocês encontram os corpos? — perguntei, torcendo e presumindo que ela estivesse brincando sobre a parte de matar. Encontrar cadáveres já era assustador o suficiente.

Ela suspirou.

— Roubando túmulos, claro.

*Melhor do que a alternativa*, pensei. Mas senti que o mundo traiçoeiro dos Larápios deu uma guinada para uma realidade ainda mais sombria do que eu tinha imaginado.

— Pode vir comigo, se quiser. Podemos escolher um bonito para você — disse ela, quase doce.

*No que eu me meti?* Balancei a cabeça, saindo daquele necrotério esquisito. Assim que atravessei a porta, no entanto, comecei a correr.

## 24

QUANDO VOLTEI PARA O MEU QUARTO, havia um vestido separado em cima da cama para mim. Era ainda mais bonito que os vestidos comuns que apareceram no armário após a minha primeira noite no Claret. Era coberto de penas, de um tom de lavanda-prateada que me lembrava das árvores à noite.

Toquei no vestido.

— Me vista e venha ao telhado — sussurrou uma voz no meu ouvido.

A porta bateu um segundo depois. A voz era de Howl, a garota que tinha cantado no Salão do Trono.

Ela deve ter usado um feitiço de invisibilidade. Mas qual era o objetivo? O vestido me sufocaria até a morte quando o vestisse? Era um truque? Uma armadilha?

Encarei a roupa por alguns minutos antes de vesti-la e subir as escadas. A cada passo, eu questionava se estava fazendo a coisa certa, mas a verdade é que não conseguia ficar um minuto sozinha com aquele vestido. Talvez fosse todo o tempo que passei em Whittaker sem poder fazer as coisas que outras garotas faziam. Um vestido de gala e um convite ao mistério não poderiam ficar sem resposta.

Quando cheguei ao telhado, todos os Larápios, com exceção de Margot, formavam um círculo ao redor de um estranho símbolo rabiscado na laje, semelhante às marcas da Árvore.

As garotas usavam vestidos de pena como o meu, mas os delas tinham cores pastel iridescentes. Duas deram passos para trás, e vi Jagger fora do círculo. Ele passou a mão no cabelo, desarrumando-o perfeitamente, e alisou o terno, que também era coberto de penas: pretas. A melhora nas roupas não funcionaria para qualquer um, mas a beleza de Jagger tinha uma magia própria. Ele podia usar o que quisesse que ainda ficaria bem, mesmo que eu sentisse raiva dele.

Cada Larápio segurava uma vela apagada.

Percebi que era uma espécie de ritual de iniciação. Tudo aquilo era para mim.

— Vocês estão falando sério? — perguntei.

— Quando você chegou, não a recebemos de maneira apropriada no grupo dos Larápios — disse Fathom.

Não havia dúvidas de que ela era a responsável pelas garotas na ausência de Margot.

— O que acontece agora? — perguntei, sem paciência.

— Amanhã, começamos o seu treinamento. Hoje à noite, nós lhe damos as boas-vindas — anunciou Fathom com um floreio.

Fiquei um bocado surpresa. Aquelas garotas deixaram bem claro que não me queriam ali, e eu deixei bem claro que não queria estar perto de Jagger. Nem me incomodara em aprender o nome de todas elas, porque achei que não ficaria ali por tempo suficiente para isso ser relevante.

Apesar das minhas opiniões, observei Jagger enquanto ele assumia o seu lugar no símbolo no chão. Me perguntei se o garoto conhecia o significado, afinal. Era mais uma mentira em cima de tantas outras?

Acender velas, declamar poesia. Dançar em volta de uma fogueira. Eu podia fazer aquilo. Howl me entregou uma vela, e fui até o centro do símbolo, de costas para Jagger.

Fathom assoprou sua vela e a acendeu.

A chama pulou pelo ar, de uma vela para a outra. Outro truque. Por fim, a vela que eu segurava se acendeu.

— Bem-vinda, Princesa Larápia. Sua vida é nossa. Seus tesouros são nossos. Nós a veremos do outro lado.

Fathom baixou a vela e pegou a minha mão.

Era só isso? Foi menos doloroso do que uma sessão de terapia em grupo no Whittaker. Mas não, não era tão fácil. Fathom me puxou até a beirada do telhado.

Ela subiu no parapeito e esperava que eu a seguisse.

Ela queria que eu me jogasse do telhado.

Era outro teste. Eu devia criar um tornado para aparar a minha queda, ou coisa assim. Não tinha certeza se conseguiria sem destruir o Claret.

— Você quer que eu use a minha neve...

— Não, quero que dê um salto de fé. Confie na gente. Confie nos Larápios. Quando aterrissar, será uma de nós.

— Mas não sou de fato uma... — comecei, mas parei antes de dizer a última palavra: *Larápia*.

— Não precisa fazer isso — concedeu Jagger.

Olhei feio para ele, ainda não estava pronta para conversar.

— Todos nós fizemos — argumentou Howl, bem menos gentil.

A garotas me observavam, esperando para ver o que eu faria.

Teria que me transformar numa Larápia de verdade para chegar a Bale. Sabia que precisaria dar aquele passo.

Quando fazia terapia em grupo na Ala A do instituto, costumávamos fazer o exercício de nos jogar de costas para os outros apararem a queda na sala de recreação compartilhada. Era um desastre humorístico. Wing não queria ser pega, e Chord acreditava que cairia em outro século. Eu não tinha muita confiança nos Larápios, e meus dedos do pé se enrolavam na beirada do telhado.

Então me lembrei de Margot, e da forma como as Larápias olhavam para ela. Me lembrei da minha neve e de como ela poderia me salvar mesmo que eu não a comandasse de forma direta. E pensei em Bale, que estava em algum lugar sob as Luzes, sonhando comigo, esperando que eu o encontrasse.

As outras garotas se juntaram a mim na beirada. Então, me joguei.

Elas vieram atrás de mim, uma fileira caindo na escuridão.

A gravidade logo tomou o controle. A sensação de ser puxada para baixo me encheu de um novo tipo de pânico. Olhei para o chão e comecei a calcular a distância e o tempo que tinha até bater lá. Quantos segundos demoraria para a minha neve me pegar, se chegasse a isso?

Esperei e observei, sentindo que estava, ao mesmo tempo, dentro e fora do meu corpo, enquanto o Claret zunia à minha esquerda e as árvores, agora roxas, à direita.

As outras garotas pareciam felizes, eufóricas com a queda.

Talvez elas fossem um pouco malucas. Talvez aquilo fosse só um desafio para ver quem desistia primeiro, e eu devesse chamar a minha neve como um paraquedas. Talvez eu devesse salvar todas elas.

O chão estava vindo em alta velocidade para me receber. Fechei os olhos e chamei a minha neve. Talvez pudesse colocar todas num tornado. Talvez funcionasse, se juntássemos as mãos e apertássemos forte o suficiente.

Assim que cheguei ao momento do esperando-e-desejando-seriamente-por-um-milagre, ouvi sons de asas batendo. Meus olhos se abriram. Eram as penas no meu vestido. Elas estavam batendo.

Fui levada para cima pelas penas, como as outras garotas. A sensação foi bem estranha. Fiquei aliviada e percebi que sorria nos poucos segundos de voo em que ascendemos, e então voltamos a descer, pousando no chão em frente ao Claret.

Howl uivou. As garotas se alongaram e riram, formando uma fila para retornar ao interior do palácio.

— Quer ir outra vez? — perguntou Howl quando chegou perto de mim, alisando as penas.

— Talvez daqui a pouco.

Ela deu de ombros e entrou.

Me apoiei no Claret e olhei para cima.

Pouco tempo depois, observei as garotas flutuando ao se jogar do telhado outra vez. Cada uma com um vestido diferente, as penas voando. Gostaria que Wing pudesse ver aquilo. Eu realmente estava muito além do meu quartinho no Whittaker. Naquela noite, pude voar.

## 25

NA MANHÃ SEGUINTE, encontrei Jagger sentado ao trono de Margot.

— O que está acontecendo? Cadê a Margot?

— No laboratório. Sem dúvida tentando encontrar uma maneira de usar seu sangue sem ter que usar você. Agora, vamos começar com o treinamento de Larápia?

— Não!

— Há dois pilares na arte de roubar, Snow — disse Jagger, me ignorando. — O físico e o mental. Então há a sedução...

— Eu disse a Margot que não queria que você me ensinasse.

— Primeira regra de ser um Larápio: ninguém vai te dar o que você quiser. Vai ter que aceitar.

Senti a minha raiva ferver, mas não queria que ele notasse.

— Tá bom.

— Se quer ser uma ladra, vai precisar aperfeiçoar o lado físico. E não quero dizer usar magia — falou Jagger. — Até conseguir manipular o poder, até consegui-lo usar de formas grandiosas, ele não vai nos ajudar num roubo. Um Larápio é mais rápido física e mentalmente do que os seus alvos, e você passou muito tempo dopada no Whittaker.

— E quanto à sedução? — perguntei, levantando uma sobrancelha.

— Não é bem o que está pensando — respondeu ele, com um sorriso sabichão. — Você precisa descobrir o que uma pessoa quer e depois dar isso a ela. E, enquanto a pessoa estiver ocupada sendo feliz, você dá uma olhada nos bolsos dela. A ideia é entrar e sair sem que ninguém perceba, até ser tarde demais. Para que, horas depois, o alvo volte para casa e se pergunte se a culpa foi dele. Talvez a coisa da qual ele sente falta tenha sido perdida, não roubada.

— Você fala como se fosse tão fácil — falei.

Minha mente voltou a Magpie, o olhar de alegria secreta estampado na cara dela boa parte do tempo. Não eram as coisas que ela guardava debaixo da cama, era o orgulho de roubá-las. Era o jogo em si. Magpie não tinha nascido má. Aprendera no Claret as ferramentas que usara contra mim no Whittaker. Como eu poderia confiar no lugar e nas pessoas que a deixaram assim?

Jagger sorriu.

— Às vezes, Larápios trabalham sozinhos, mas a colaboração em duplas ou grupos é a norma. De certa forma, minimiza o risco, mas depender de outra pessoa também pode aumentá-lo.

Meu coração disparou por causa do meu futuro e também um pouco por causa de Jagger. Era animador e assustador. Eu seria a Larápia dele.

♛

Poucas horas depois, Jagger estava perto. Perto demais. À distância de um beijo. Ele se inclinava na minha direção, e eu estava pressionada contra a parede de pedra do Claret. Fomos praticar do lado de fora, para o caso de eu ficar frustrada e decidir congelar alguma coisa.

No entanto, o treinamento para roubar se mostrara um pouco mais íntimo do que eu esperava.

Seu perfume era feminino. Como uma mistura pesada de rosas ou orquídeas. Eu não conseguia identificar qual. Que Larápia ficara próxima o suficiente dele para deixar um aroma duradouro em suas roupas? Por baixo daquele cheiro, havia algo mais, café e uma coisa mais masculina, limpa, ensaboada, e só de Jagger. Apesar do fato de ele provavelmente já ter estado tão próximo de uma das Larápias em algum momento hoje, me senti tentada a me inclinar na direção dele procurando respostas.

Ficar com Jagger era uma série de desafios constantes, nos quais eu sempre conseguia fracassar.

Passei por debaixo de seu braço e dei alguns passos para trás, me afastando.

— Dê uma olhada no seu bolso agora — disse ele.

Eu já sabia que era o relógio dele. Peguei-o e o joguei de volta para ele com um suspiro.

— Sua vez — disse Jagger, colocando-o no bolso.

Ele queria que eu tomasse o objeto outra vez.

Estávamos fazendo aquilo há horas. Aperfeiçoar um roubo como aquele significava muito tempo encarando os olhos cinza-prateados de Jagger enquanto tentava impedi-lo de ver o que as minhas mãos estavam fazendo.

A neve se formou entre os meus dedos, e joguei uma estalactite para as árvores.

Ele ficou na minha frente.

— Você viu o que acabei de fazer. Agora é a sua vez.

— Até parece que vou chegar a beijar um alvo... tem que ter outra maneira...

— Às vezes, não é sobre o que você quer. É sobre a promessa do que quer... quero que você pense em mim, e só em mim, por um segundo. E, nesse segundo, vou roubar você.

Por um instante, fiquei sem saber ao certo se ele ainda estava falando de roubar, e, enquanto eu pensava, ele me pressionou na lateral do Claret.

— Jagger... — falei, sem fôlego. Sabia que deveria empurrá-lo longe. Sabia que aquilo deveria ser uma parte mais avançada da aula, e que eu provavelmente estava sendo reprovada com louvor. Eu deveria controlar aquele momento. A atenção. Fazê-lo olhar para mim enquanto eu roubava algo dele. Porém, de alguma forma, mesmo quando peguei o relógio, parecia que era eu quem estava abrindo mão de algo.

— Não se mexa até eu mandar — falou ele, os olhos prateados observando algo no horizonte que eu não conseguia ver. Segui a direção do olhar e não percebi nada.

A parede de pedra pressionava minhas costas, e eu não me importava. Não queria sair dali. Estiquei uma das minhas mãos, fazendo experimentos com uma teia de gelo entre dois dedos, pensando em como poderia usá-la contra ele.

Mas Jagger fechou a minha mão na dele e me arrastou pela lateral do palácio, fugindo de alguma coisa. Não era uma brincadeira. Não estávamos mais praticando. Tinha algo lá fora. Algo grande, ruim o suficiente para fazer Jagger perder a calma.

— Silêncio, princesa — disse ele, a voz urgente, sem um pingo do charme habitual.

Quando chegamos à porta, as garotas estavam lá, as armas preparadas. Havia adagas e frascos prontos para serem usados. Ainda trajavam os vestidos e saltos das Larápias; se não fossem as lâminas e as posições agachadas, prestes a darem o bote, elas pareciam estar esperando pela gravação de um clipe de música. Não a ameaça que estava a caminho, qualquer que fosse.

Ouvi um farfalhar na neve próximo às árvores. Feras de Neve se balançaram, erguendo-se do chão.

Estavam ali por mim.

Eu meio que esperava que as garotas — ou Margot — fossem me entregar. Ela estava atrás da fileira de Larápias, olhando para mim com uma expressão que beirava a pena.

— Silêncio, criança — avisou ela.

Então, começou a cantarolar alguma coisa bem baixinho.

Jagger sussurrou para mim:

— Feitiço de invisibilidade.

As outras meninas cantarolaram também, enquanto se preparavam para a batalha. Escudos surgiram do nada. Duas garotas empurravam uma catapulta.

O Executor apareceu por trás das Feras de Neve.

As garotas ficaram paradas, como se congeladas, seus olhos analisando os animais se movendo e o Executor, que as pastoreava.

— Ele não pode nos ver — murmurou Howl, confiante.

Mas o Executor olhava na minha direção, exatamente como fizera na praça em Stygian.

Parte de mim queria outra chance de acabar com ele, mas também queria me esconder atrás das Larápias. Nunca tinha perdido uma luta antes, exceto as poucas vezes em que Vern precisou me conter.

Dei um pequeno passo na direção dele.

Howl veio para o meu lado e pegou a minha mão. Jagger fez o mesmo. Logo, estávamos todos de mãos dadas, formando uma linha. Era como se cada Larápio quisesse deixar claro que estava ao meu lado contra o Executor.

Porém, o Executor veio direto na minha direção, a centímetros do meu rosto, exatamente como acontecera durante a nossa luta.

*Esse não é o meu fim*, lembrei a mim mesma. E, apesar da fileira de pessoas prontas para lutar por mim, por quem eu sabia que deveria ficar quieta, me senti tentada a dar outro golpe na cara dele.

Jagger apertou a minha mão com mais força. Ou ele tomara uma poção de ler mentes ou a minha expressão mostrava claramente o que eu queria fazer. O Executor olhou para a direita e seguiu em frente, as Feras de Neve correndo atrás dele.

Jagger largou a minha mão. As outras garotas guardaram as armas e seguiram em direção ao Claret.

— Isso acontece com frequência? Ou foi por minha causa?

Howl foi a primeira a responder.

— Na maior parte do tempo, o rei nos deixa em paz. Ele tem um histórico de nos subestimar.

O Executor tinha ido até lá por minha causa. Eu havia colocado todo mundo em perigo. Parte de mim esperava que Margot fosse dizer que eu deveria ser entregue ao rei. Que eu era um risco muito grande.

Mas tudo que a rainha falou foi:

— Se ainda não sabe lutar, vai ter que aprender.

Ficamos lá, observando as Luzes do Norte cada vez mais apagadas até não ter nada a se fazer a não ser entrar no Claret.

# 26

ASSIM QUE O DIA RAIOU, me levantei e fui para fora do palácio. Enquanto observava o sol nascendo, pratiquei a minha neve. Mandei ondas de neve na direção das árvores, pensando no Executor a centímetros do meu rosto no dia anterior e imaginando eviscerá-lo com cada uma delas. Quando ele me encontrou, tive uma provinha de poder pela primeira vez na vida, mas o Executor me mostrou que não seria suficiente. Ainda não, pelo menos.

Notei silhuetas de anjos de neve no chão. *Marcas deixadas por algumas das Larápias*, pensei. Enchi os contornos com neve e tentei dar vida a eles.

As figuras aladas estavam se levantando quando ouvi um barulho às minhas costas.

Por instinto, lancei um espeto de gelo.

Uma chama surgiu no ar e derreteu a minha flecha.

Jagger assobiou, impressionado comigo. Ele estava atrás de mim, em frente ao Claret. Era a fonte do fogo. Mas como?

— Que inferno, Jagger. Eu podia ter te congelado! Como você...

Ele ergueu os punhos e, inexplicavelmente, correntes de fogo saíram de cada um deles. Apaguei as chamas com uma explosão de neve que quase o acertou. O garoto deu um salto para o lado.

Minha neve atingiu de raspão a mão dele. Sua expressão não escondia a dor.

Então, Jagger me mostrou a mão com a queimadura de gelo. Pegou um frasco do bolso e derramou o conteúdo sobre os ferimentos. A pele se curou instantaneamente.

— O que é isso? Como fez isso?
— É uma poção de cura. Magia menor — disse ele.
— Não, isso não. O fogo.
— Fathom e Margot têm trabalhado nessa coisa. Uma combinação entre magia e ciência.

Peguei as mãos de Jagger e observei os braceletes de metal. Havia símbolos cunhados neles como os da Árvore.

O próprio metal também me parecia familiar. Era o mesmo metal queimado que eu vira no Executor.

— A armadura do Executor deve ser feita desse material.

Quando encostei no metal, os símbolos brilharam e uma luz verde dançou sobre os braceletes. Minhas garras se retraíram, e afastei as mãos rapidamente.

— Ah — disse ele, como se também desconhecesse aquilo.

No entanto, me perguntei se aquele teria sido o objetivo de Jagger o tempo todo. Por um microssegundo, pensei que estava ali apenas como uma cobaia. Um treino para o evento principal. Os Larápios podiam praticar os poderes de defesa da neve comigo antes de atacarem o rei Lazar.

— Relaxe, princesa. Não tenho a mínima intenção de usar isso contra você. Você é uma de nós agora.

Aquilo não me acalmou. Gostava da ideia de os Larápios estarem criando um arsenal contra o Rei da Neve, mas percebi que as armas poderiam ser usadas contra mim.

— Deveríamos voltar a treinar — falei, simplesmente.

Nosso roubo assumiu novas nuances. Os Larápios alegavam que conseguiríamos entrar no palácio da duquesa e pegar o espelho sem problemas. Porém, após a visita do Executor ao Claret, estávamos todos conscientes de um possível confronto entre fogo e gelo, ainda que o fogo fosse manufaturado. Faltavam cinco dias para o Baile da Duquesa, quando a nossa missão aconteceria.

— Deveríamos entrar. Precisamos nos preparar para essa noite — disse Jagger.

— O que vai acontecer hoje à noite? — Será que o plano tinha sido adiantado por causa do Executor?

— Hoje vai ser o seu primeiro teste verdadeiro como Larápia.

## 27

A CADA HORA, NOS APROXIMÁVAMOS MAIS do Eclipse das Luzes. O tempo estava acabando, e pude sentir a mudança em todos nós sob a pressão. As garotas do Claret tramavam um novo plano, que estava ligado à missão principal: se infiltrar numa festa importante. Todos teríamos que afanar o máximo possível de moedas dos outros convidados. Mas não eram simples moedas. Eram moedas que nos permitiriam entrar no Baile da Duquesa, a festa em que roubaríamos o espelho.

— Você pode ajudar, mas tem uma coisa que não é negociável — falou Fathom para mim, sem rodeios. Jagger, quando entramos no Claret, me deixara num cômodo em que eu nunca tinha estado antes. Fathom esperava por mim lá.

O quarto era circular, como o meu. Mas era branco, como o laboratório de Fathom. E vazio, exceto por uma única cadeira e um espelho.

Notei de imediato que havia algo diferente no rosto de Fathom. Ela sorria. Pelo mais breve dos segundos, pensei que nosso encontro com o Executor mudara alguma coisa entre nós, nos unindo.

Ela percebeu que eu a observava.

— O que foi?

— Você está sorrindo.

— Ah, sim. — Ela me mostrou um frasco vermelho cor de cereja. — Poção de sorriso. Chamo de permafrost. Permite o equilíbrio perfeito, para que seu alvo sempre ache que você está feliz em vê-lo. Mesmo quando isso não é verdade.

*Sem união, então*, pensei comigo mesma.

— O que quer comigo, Fathom? — perguntei.

Ela indicou a cadeira e pegou outro vidrinho, que estava cheio de platina líquida.

— Você vai precisar de um rosto diferente.

Uma caixa prateada com vários outros frascos à disposição surgiu ao lado dela. Era uma sessão completa de maquiagem Larápia.

— E, vendo como você age quando Jagger está por perto, com certeza deveria tomar uma poção de inibição antes de irmos. Com tempo e imaginação suficientes, é possível partir o próprio coração — afirmou ela, me entregando o frasco.

— O que você que dizer sobre Jagger e eu?

Ela deu de ombros.

— É apenas um antigo ditado dos Larápios. Não sei por que pensei nisso.

— Não estou apaixonada por Jagger, se é o que está pensando. Somos só... — Não sabia como resumir o que éramos para mim mesma, muito menos para Fathom.

— Já vi vocês juntos... certa vez, amei uma garota da mesma maneira. O nome dela era Anthicate, a filha de Margot. Éramos parceiras. Amigas. Unha e carne, aplicávamos todos os nossos golpes em dupla. E aí ela simplesmente foi embora no meio da noite. Não deixou recado, não se despediu. Depois ficamos sabendo que ela tinha atravessado a Árvore.

Magpie. Ela amava Magpie. A ideia de qualquer pessoa amando Magpie era talvez a coisa mais surpreendente que eu aprendera desse lado da Árvore. Quase tão surpreendente quanto a ideia de Fathom amando alguém. Talvez fossem perfeitas uma para a outra. Parecia que, no fim, Magpie roubara o coração dela.

Abri a boca para tecer algum comentário sobre Magpie, mas não queria falar sobre ela com Fathom. Será que a garota merecia saber que a sua amada ainda roubava no Whittaker? Aquilo a faria se sentir melhor ou pior? Eu me importava mesmo com a forma como Fathom se sentia? As coisas haviam mudado desde a aparição do Executor. Ela fora de longe a mais gentil das Larápias, mas, se realmente amasse Magpie, não se encantaria com o fato de que eu quase a congelara no meu mundo.

Abri mão daquela oportunidade. Deixei Fathom falando sem emitir qualquer palavra.

— Não posso dizer a você o que fazer a respeito de Jagger. Mas eu tomaria cuidado; Larápios não se apaixonam. Leis dos Larápios.

Queria corrigi-la outra vez e falar que não amava Jagger, mas ela podia ver as minhas bochechas corando à menção do nome dele, talvez pudesse ouvir o meu coração acelerando ou até os meus pensamentos.

— Fora! Hora da magia! — Howl entrou no cômodo, cantarolando e expulsando Fathom.

Tentei tirar Fathom da minha cabeça da mesma forma que Howl a retirara daquele quarto.

— Agora vamos transformar você em uma de nós — disse Howl enquanto alisava o seu moicano punk. — Por que esperou tanto tempo para fazer isso? Eu fiz no segundo em que vim para cá.

— Quando foi que você veio? E de onde? — perguntei.

— Larápios vivem no presente — respondeu a garota, tentando sanar a minha curiosidade com outra Lei dos Larápios. Para reforçar seu ponto, ela logo trocou de rosto, mudando os cabelos cor-de-rosa por lavanda, os lábios cheios por finos, os olhos violeta por cinzentos. O efeito era fascinante, embora um pouco perturbador. Conforme a sua identidade se modificava e a tatuagem de raio desaparecia de sua bochecha, notei uma marca de nascimento grande no lugar. — Posso corrigir sua cicatriz também — disse ela, olhando os raios esbranquiçados em forma de teia de aranha que decoravam o meu braço.

Balancei a cabeça.

— Fui tocada pelo rei. Por isso o lembrete constante. Muitos fomos. Quando éramos jovens, fomos pegas vendendo a nossa mercadoria um pouco perto demais do palácio. As Luzes não estavam do nosso lado naquele dia, e o rei nos viu. Ele estava se sentindo generoso.

— Ah, Howl...

Ela mudou de rosto outra vez, uma face bonita em formato de coração, com olhos escuros, decorados com uma sombra roxa e cravejados de cílios de cristal. No entanto, sua expressão dizia que Howl já tinha terminado de contar a história da interação que tivera com o rei.

— Você deveria pedir a Jagger para lhe mostrar a cicatriz dele. Dizem que ele teve um encontro cara a cara com o rei.

— Você já viu? — perguntei.

— Não. Mas Margot, sim. Bem, se não quer que eu corrija sua cicatriz, ao menos deixe que eu a cubra. Viu? — disse ela, apontando para uma tatuagem de floco de neve no lugar.

— Adorei. Obrigada.

Mas senti a comichão familiar na cicatriz e a escondi antes de Howl perceber que ela brilhava.

Jagger fora machucado pelo meu pai? Aquela era outra mentira que ele convenientemente havia deixado de fora. A lista só aumentava.

— Agora, o que vestir? — indagou Howl, me puxando para um cômodo chamado de Closet.

Trajes que pareciam ser apropriados para todo tipo de pessoa em Algid estavam pendurados em araras dentro do comprido e iluminado cômodo. Havia uniformes de empregada e de soldados, além de espartilhos que pareciam muito desconfortáveis. Havia uma roupa para cada tipo de roubo.

Howl esticou a mão para uma arara, alcançando um espartilho cuja estrutura parecia estar atada pelo menor laço possível. Para piorar, parecia ser mesmo feito de ossos de verdade.

Os novos olhos de Howl brilharam em desafio.

— Para onde exatamente nós vamos? — perguntei.

— Para onde vivem os monstros, princesa — respondeu ela.

Enquanto pegava o espartilho, percebi que não éramos apenas Larápios, éramos também atores. Pensei em Jagger e no papel que ele interpretaria. Pensei se veria o rosto real dele... se conheceria o verdadeiro Jagger.

## 28

A MISSÃO ACONTECERIA numa taverna chamada Rime, em Dessa. As moedas que deveríamos obter eram de ouro, com uma imagem da própria duquesa. Aparentemente, os convites eram tão requisitados que, uma vez recebidos, todos os convidados os carregavam consigo e nunca se afastavam deles. A não ser, é claro, que fossem roubados.

Havia um globo espelhado feito de neve no meio do teto. Ele pulsava com uma luz fluorescente que estava ligeiramente dessincronizada com a música.

O lugar era a versão de Algid para uma boate. Havia globos de gelo gigantescos com garotas de salto alto dançando dentro deles. Os olhares desolados, decorados com maquiagem branca, pareciam vazios.

— Elas dançam até morrer — sussurrou Howl.

A princípio, achei que era um exagero — outra tentativa de assustar a Larápia novata. Mas, ao ver as costelas de uma das dançarinas aparecer através do vestido simples, pensei que talvez Howl estivesse falando a verdade. Não pude deixar de comparar a minha vida com a delas. Whittaker tinha os seus horrores, mas o que quer que acontecia com aquelas garotas dentro e fora dos globos me fez tremer.

— Por quê?

— Você viu o que aconteceu em Stygian. Eles vigiam as coisas erradas aqui.

Howl fez seus cabelos coloridos como um arco-íris crescerem e fez biquinho com os lábios, se preparando para a sua apresentação. Ela fora contratada como cantora por aquela noite. E estava pronta. O vestido curtíssimo tinha uma teia de listras azuis que a cobria de maneira estratégica, e ela usava um par de botas que ia até as coxas.

Eu sabia que era uma missão. Sabia que era necessário, apesar de assustador, para me deixar mais próxima do meu objetivo. Mas também era a primeira vez que eu ia para uma festa. A parte de mim que estava animada com minha primeira festa logo foi esmagada pela visão das costelas das dançarinas.

As outras Larápias se espalharam pelo lugar, mas não conseguia reconhecê-las. Procurei por pequenos erros, como sapatos trocados ou uma costura estranha num vestido. Mas as Larápias tinham a magia ao seu lado. Eram perfeitas. Eu era a única mexendo, inquieta, no espartilho e puxando a bainha da minissaia.

Jagger me levou até a pista de dança. Pegou minha mão direita com a sua esquerda e colocou a outra na minha cintura. Senti que respirei fundo novamente. Tentei disfarçar, mas ele notou.

Nosso plano era chamar a atenção de um dos VIPs, que estavam sentados ao balcão. Eles eram o grande prêmio.

As outras garotas trabalharam rápido, cada uma formando casais com os homens ali. Talvez fossem as suas habilidades de dança superiores, auxiliadas por magia, ou o tamanho das suas saias. No caso de Fathom, era manipulação pura e simples.

— Veja e aprenda — disse ela antes de passar por um grupo de pessoas. Ela encontrou seu alvo, o amigo do homem com quem conversava.

O rosto que usava era bonito, mas não foi só isso que atraiu o alvo para ela. Fathom travava um diálogo com um homem, mas mantinha uma conversa cem por cento não verbal com seu alvo ao mesmo tempo. Ela chamou a atenção dele com o olhar e não o desviou. Quando encostou na sua mão, o alvo deu um cutucão no ombro do amigo, enxotando-o.

*Será que consigo fazer isso?*, pensei, observando Fathom da pista de dança. Jagger seguiu o meu olhar e então girou o meu corpo na direção dele.

— Você não precisa ser Fathom para fazer aquilo — sussurrou ele.

Também não precisava ser eu mesma. Me lembrei de *The End of Almost*, de como Rebecca se reinventava quase todo ano. Só precisava fazer a mesma coisa. Rápido.

Nunca fui tímida. Porém, como a minha neve, eu era mais uma força bruta do que sedutora. Ainda assim, tentei. E o rosto novo ajudou a farsa. Vi meu reflexo de relance numa das colunas espelhadas que havia na pista de dança.

Os olhos que me encararam de volta eram menores e de um azul elétrico. Meus cabelos e cílios tinham o triplo do tamanho original, e cristaizinhos decoravam as pontas. A boca tinha um arco pronunciado, e um sorriso alargado por magia.

Até Jagger se escondera por trás de um rosto diferente para essa missão. Os olhos tinham uma cor diferente, e a pele estava mais escura, mas havia uma faísca no olhar, e o sorriso entre a felicidade e a esperteza. Acho que conseguiria reconhecê-lo em qualquer lugar. Ainda não conseguia identificar as Larápias na multidão, mesmo tendo visto todas no Claret.

Rodopiei para longe de Jagger, exagerando nos passos de dança e abrindo mão de qualquer cuidado em benefício do público no balcão. Ou, ao menos, achei que sim. Eu me sentia bem ali. Tinha fugido do Whittaker. Dançava numa discoteca com pessoas da minha idade. A música explodia nos meus tímpanos. Eu estava fazendo coisas que os jovens faziam. Aquela era a Snow fazendo algo normal. Exceto por um detalhe: o fato de eu estar distraindo homens tarados para que as Larápias pudessem fazer o trabalho delas.

Um dos homens no balcão enfim assentiu para mim. Larguei a mão de Jagger e corri para a área VIP.

Era mais um teste. Eu sabia disso. Tinha falhado em muitos dos testes do dr. Harris — às vezes, de propósito. Mas aquele era importante; afetaria a minha habilidade de permanecer com os Larápios. Estar ao lado deles era a melhor forma de resgatar Bale e voltar para casa.

— Você sabe quem eu sou? — perguntou o homem do balcão, sem se incomodar em se levantar do sofá.

— Uma pessoa importante — respondi, tímida.

O sujeito era uma espécie de dignitário, definitivamente um canalha. Pude ver pela maneira como ele tratava o seu pessoal e pela forma como ocupava espaço, como se fosse dono do ar ao seu redor. Para ser justa, ele era bonito. Queixo quadrado. Cabelo preto brilhante. Olhar penetrante. Mas ficava menos atraente a cada palavra dita ou movimento que fazia. Ele repreendeu o rapaz sem camisa que lhe serviu uma garrafa cheia de um líquido efervescente azul com gelo. Ele se esticou no sofá, feito de uma pele com pelo cinza-claro, abrindo os braços como se esperasse por companhia. Eu.

Minha missão era distraí-lo. Mas a ideia de chegar mais perto dele não me agradava.

— Você é uma gracinha — falou para mim enquanto eu me aproximava do sofá.

Eu não ouvia elogios com frequência. Mesmo já abominando aquele homem, senti as bochechas corarem. Lembrei a mim mesma que Rebecca Gershon não teria nem piscado com aquele elogio. Levantei a cabeça altivamente e balancei os meus cabelos novos, mais longos por causa da magia.

— Vamos dar uma volta?

Apontei para os meus sapatos de salto extremamente altos. Não eram a melhor opção para caminhar.

— Tenho uma coisa para isso — disse o canalha, pegando um frasco de poção mágica.

Balancei a cabeça.

— Espero que não seja uma daquelas Eludistas. Sabe, o pessoal que não usa magia?

Ri como se ele tivesse falado a coisa mais engraçada de Algid.

— Não mesmo... só gosto de estar no controle de todos os meus sentidos. Não quero perder nada.

— Acho que gostaria de ter você na minha coleção — falou ele, apontando para as garotas nos globos de neve.

A raiva cresceu dentro de mim. Pensei em congelar o vidro para liberar as garotas suspensas do teto, mas sabia que não podia, elas iriam se machucar.

Por sorte, não precisei fazer nada. Os globos começaram a descer sozinhos, o que incomodou o canalha. Ele gritou alguma coisa na direção dos seus discípulos até eu o distrair derramando a minha bebida.

— Garota idiota. Vai se arrepender — falou, esticando a mão para agarrar o meu pulso.

Naquele exato momento, Howl atingiu uma nota que ecoou por todo o ambiente. Tudo o que era feito de vidro começou a se estilhaçar, inclusive os globos, e as garotas se libertaram como pássaros saindo de ovos. Todos começaram a dispersar para as saídas.

O canalha abriu a boca para chamar o segurança, e vi a minha oportunidade.

— Parado aí — mandei.

Ele riu, mas parou quando as pontas do seu casaco congelaram e o tecido enrijeceu, duro como uma tábua.

Não era exatamente o que eu tinha planejado. Tudo poderia ter dado muito, muito errado. Porém, como Margot sugerira, foquei a energia nos objetos ao redor da pessoa em vez de na pessoa em si... e funcionou! Consegui congelar o casaco, e não o idiota dentro dele. E o sujeito, aterrorizado, não se atreveu a se mover.

Eu estava cheia de confiança quando me afastei. Tinha usado a neve para mantê-lo no lugar. Pela primeira vez, controlei de verdade a minha magia.

Peguei a moeda e mostrei a ele. Era contra as Leis dos Larápios mostrar ao alvo o que você tinha roubado deles. A ideia era não deixar rastros. Mas, depois do grito de Howl, era tarde demais para isso.

O homem riu quando viu a moeda.

— A Cinderela quer ir ao baile.

— Foi um prazer fazer negócios com você — falei, baixinho. — Se gritar ou fizer o menor movimento, volto para congelar o resto do seu corpo.

Quando cheguei à porta, Jagger já estava ao meu lado.

— Essa não é a hora em que você diz que fiz um trabalho incrível? — perguntei a ele conforme corríamos para fora do clube.

Mas o rapaz não estava sorrindo.

— Você não seguiu as instruções.

— Eu improvisei.

— As Leis dos Larápios...

— São mais importantes que os resultados? Eu me saí bem.

Podia ver o grande sorriso se formando por baixo da expressão de aprovação enquanto ele respondia:

— A ideia é entrar e sair sem ninguém saber que você esteve lá. Agora, a guarda do rei vai estar nos procurando. Procurando pela garota com o poder de congelar coisas. Ele já está atrás de você. Você o trouxe um passo mais próximo da gente.

Os pelos na minha nuca arrepiaram. Jagger tremeu.

— Não pensei nisso.

— É melhor pensar na próxima vez.

— Então vai ter uma próxima vez? — perguntei a ele.

Seu sorriso não foi tão grande, mas dava para ver, pelo brilho em seus olhos, que ele queria que houvesse.

Duas Larápias nos encontraram do lado de fora da discoteca. Elas carregavam uma dançarina do globo de neve. Os olhos da garota estavam ocos. Era mais uma prova dos erros do meu pai.

— Esta é Cadence — explicou Jagger enquanto o rosto dela se transformava em algo novo. Ela tinha cabelo azul curto e um rosto bonito de traços suaves, marcado pelas lágrimas.

— Ela é uma de nós.

— Não sabia que esta era uma missão de resgate — falei.

Os Larápios se esforçavam muito para fingir que não se importavam com nada. Mas, pelo visto, toda vez que quebravam uma de suas leis, era para que pudessem ajudar uns aos outros.

— Foi um roubo como qualquer outro. Para a nossa sorte, Howl atingiu aquela nota aguda — falou Jagger, minimizando a situação, mas a sua voz tinha um toque de felicidade.

A recompensa da noite era a garota que estavam carregando nos braços.

O segurança nos deixou passar, sem reconhecer a garota e o seu novo rosto.

# 29

— NÃO VAI ME DIZER como ferrei tudo dessa vez? — provocou Jagger depois de voltarmos para a segurança do Claret.

— Dessa vez não — respondi, alegre. Eu tinha passado no teste. Conseguira completar a missão, estava um passo mais perto de voltar para casa. Então por que será que não me sentia mais empolgada?

As Larápias largaram os ganhos no chão da sala comum como eu tinha visto crianças fazerem com doces no único Dia das Bruxas de que participei, antes de ir para o Whittaker.

A rainha Margot sorria e assentia, mas se virou e encarou a floresta, que hoje estava da cor de lavanda. Sua expressão era soturna. Cadence não era o suficiente. Ela queria o espelho da duquesa, sem falar nas outras duas peças do espelho do rei. Mas para que fim? Eu tinha dito a mim mesma que não precisava conhecer a história das Larápias ou de Margot, porém, quanto mais aprendia, mais queria saber.

As garotas abandonaram o tesouro mágico e foram cuidar de Cadence. Algumas pegaram os próprios frascos de magia e os usaram para restaurar a sua beleza. Outras levaram comida e roupas para ela, e sussurraram palavras reconfortantes. Fathom a inspecionou, como a cientista que era. Olhei para o outro lado, sentindo como se estivesse me intrometendo em algo particular

— Cadence vai ficar bem? O que aconteceu? — perguntei a Jagger.

— "Bem" é relativo. Algid nem sempre é uma terra gentil com seus moradores — disse ele, de forma vaga.

O rosto de Cadence ganhou cor. Ele não tinha o mesmo brilho que o das outras garotas, mas o cinza doentio, que eu vira sob a luz estroboscópica do globo de neve em Dessa, já desaparecera.

— Você arrebentou hoje — disse Jagger para mim, erguendo os braços com a alegria da vitória.

A camisa de Jagger subiu, revelando o que eu não vira antes. Havia uma cicatriz grande e irregular ao longo do seu torso musculoso. Era a cicatriz que meu pai lhe dera?

— O que aconteceu? Por que nunca me disse que o rei Lazar machucou você? — perguntei, mudando de assunto. Mas, essencialmente, o assunto continuava o mesmo. Eles conheciam a minha história. Eu não conhecia a deles. Era uma Larápia, mas só por título.

Ele abriu a boca, mas hesitou.

— Se falar qualquer coisa sobre Leis dos Larápios, congelo você.

A voz de Jagger estava baixa, ainda que firme.

— Ela é minha, Snow. Pode ter sido dada pelo rei, mas é minha. E posso escolher se falo sobre ela ou não.

Assimilei aquilo. Ele tinha razão. Jagger não me devia a sua história só porque conhecia a minha. Mas isso não me impedia de querer ouvi-la.

— Gostei de congelar aquele cara. Vi como ele era e achei que merecia. Ele assustava as garotas. Gostei de assustá-lo — confessei.

Jagger sabia quem eu era, e eu podia falar coisas para ele que nunca diria para Kai — ou para qualquer outra pessoa, na verdade.

— Vejo o que o rei Lazar fez com você e também quero assustá-lo — disse, e eu estava sendo honesta.

Jagger logo cobriu a cicatriz com a camisa. Eu o impedi, querendo que soubesse que não deveria ficar envergonhado pela marca ou fazer qualquer coisa para cobri-la. A vergonha deveria ser de Lazar. Minha mão repousava no meio do peito dele. Eu estava muito próxima de Jagger.

— Eu também quero assustar o rei. Por você — disse o garoto.

Ele deu um passo, tocando a minha cicatriz com uma das mãos e acariciando os meus cabelos com a outra. O olhar estava fixo em mim. Tão fixo que me esqueci completamente da cicatriz e do meu pai. Percebi que estava respirando fundo. Tudo que eu queria era estar com ele.

— Ainda acha que o seu beijo enlouquece as pessoas?

— Algo assim — respondi. Bale não era louco por minha causa, mas estava para sempre ligado a mim. Era por minha culpa que ele tinha sido raptado. E, além disso, eu era perigosa. Era alguém que poderia quebrar coisas e pessoas com um só toque.

— Talvez a gente devesse tentar de novo... — Jagger se inclinou na minha direção.

Estávamos tão próximos que eu podia sentir o calor irradiando do seu corpo. Bastava um centímetro para os nossos lábios se encontrarem. Quando ele fechava os olhos, parecia tão vulnerável. Tão bonito. Mas me lembrei de quem eu era e o que o meu beijo podia fazer. O que eu podia fazer. Desviei a tempo.

Desde o momento em que nos conhecemos, estávamos nos inclinando para aquele beijo, e eu tinha interrompido o nosso momento. Senti uma dor no peito pelo que havia perdido. Por um segundo, Jagger também pareceu triste. Mas se recuperou com um sorriso.

— Então gosta de mim o suficiente para não transformar o meu coração em gelo? Estou emocionado — zombou ele.

— Não é engraçado — falei, com raiva. Não tinha congelado Kai, mas poderia. A piada dele chegara próximo demais da verdade.

— Você não é louca, Snow, só mentiram para você. Não é má, só tem magia. Não é uma maldição, é um presente. Posso ser um mentiroso, mas sei que isso é verdade. — Jagger falou aquelas palavras como se perdoasse a minha culpa e o meu medo, apenas ao dizer a verdade que passei a vida inteira esperando ouvir.

Quando ele se inclinou de novo, eu não sabia se conseguiria resistir.

Ele me deu um beijo na bochecha. Era o mais perto que eu o permitiria se aproximar. Mas Jagger não escondia que queria chegar ainda mais perto.

# 30

NOSSA PRÓXIMA MISSÃO ERA A PRINCIPAL: roubar o espelho do rei que a duquesa guardava. Nunca tinha conhecido essa prima e concordei em roubá-la. Além do rei, era a única parente que eu tinha nesse mundo mágico. E, diferente do rei, ela nunca fizera nada contra mim.

*O que a rainha Margot vai fazer quando eu trouxer o pedaço do espelho da duquesa?*, me perguntava. De acordo com a Bruxa do Rio, sem os outros dois pedaços, o espelho era inútil. Eu suspeitava de que ela tinha um plano para conseguir os outros pedaços e, contanto que eu não estivesse envolvida, não me importava. Aquela era a última coisa que eu precisava fazer antes de os moradores do Claret me ajudarem a libertar Bale e levá-lo para casa.

Chegara a hora. Encontrei Margot no Salão dos Frascos.

Ela me entregou um vidrinho verde.

— É um novo feitiço de etiqueta. Ele lhe dá boas maneiras na mesma hora. Para onde você está indo, vai precisar dele. A duquesa é da realeza, e, mesmo que você também seja, bem... Digamos apenas que precisa de ajuda nesse quesito.

Balancei a cabeça. Ela não estava errada sobre as minhas maneiras, mas eu não tomaria aquela poção de jeito nenhum.

— O roubo não vai funcionar, a não ser que faça o que eu mandar na hora em que eu mandar — disse ela.

— O roubo não vai funcionar a não ser que você me conte tudo.

Tinha passado tanto tempo no escuro que não queria seguir nessa missão sem todos os detalhes. Precisava saber o que faríamos... e o que poderia acontecer.

— Você é uma Larápia agora. Discutiremos o plano em detalhes hoje à noite, mas pergunte o que quiser.

— O que você quer que eu faça?

— Quero que nos ajude a pegar o espelho do palácio da duquesa. Simples. Embora também seja muito complicado.

— Mas quem é ela? Além de minha prima.

— Ela é muito graciosa. O povo a adora.

— E ela é má?

— Até onde sei, não há uma gota de maldade naquela garota. Aparentemente, é um traço que pula uma geração. — Ela riu, eu não.

Queria saber se ela estava falando sério.

— Se ela não é má, por que mantém o espelho para o rei?

— A duquesa mantém o espelho longe do rei. Acreditamos que não *para* ele, mas ninguém sabe de seus verdadeiros motivos. É uma coisa bem perigosa, já que ela só está viva pela misericórdia dele. A duquesa tem a mesma idade que você, mas, em Algid, já está apta para se casar. Nós vamos invadir o Penúltimo Baile.

— O Penúltimo Baile?

— É o baile antes do Último Baile. Depois do baile de hoje, a duquesa terá conhecido todos os homens solteiros de Algid. Ela deve escolher um marido, ou os pais não ficarão nada satisfeitos.

Algid não era nem um pouco como nos contos de fada, como eu percebia desde a minha chegada. Minha prima, quem quer que fosse, estava sendo forçada a aceitar o seu feliz para sempre.

— Você vai comparecer ao baile. Estaremos com você a cada passo. Menos no último, é claro. Você deverá descobrir sozinha onde o espelho está escondido. Com um pouco de sorte, sua magia vai ajudá-la. E o que quer que aconteça, não seja pega. Já tentamos esse roubo antes e falhamos.

— Vocês não sabem onde o espelho está escondido? Que tipo de plano é esse? — Suspirei. O plano parecia tão impreciso quanto a profecia.

— Mais alguma pergunta?

— O que exatamente vão fazer com o espelho?

— O pedaço do espelho do rei nos dará poder suficiente para mover o Claret quando quisermos. Estaremos protegidos até o fim dos tempos.

Margot ergueu as sobrancelhas como se indicasse que aquilo já tinha acabado.

— Deixa eu ver se entendi direito. Você quer que eu invada a casa da minha prima e roube o pedaço de espelho que está com ela. Esse pedaço de espelho pertence ao rei, meu pai, que está tentando me matar. E, na última vez que tentaram roubá-lo, foram pegos... — falei, repassando tudo, percebendo como o plano era completamente insano. Saber mais não tinha acalmado os meus medos.

— Exatamente — respondeu ela, sorrindo.

Todos os vidrinhos no Salão dos Frascos congelaram ao mesmo tempo enquanto eu sentia a enormidade do que tentaríamos fazer.

— Em breve, sua parte no acordo vai chegar ao fim, e então vamos ajudá-la. Posso lhe dar um conselho?

Dei de ombros em resposta.

— Não vou fingir que sei o que aconteceu com você no outro mundo nem que sei manejar a neve. Mas aprendi uma coisa por experiência própria. E através das minhas garotas. Até de Jagger. Você não precisa perdoar, mas deve seguir em frente. Todo mundo aqui... todos seguimos em frente. Todos aqui escolheram esse lugar — disse Margot.

— Ou não tinham outro lugar para ir — falei.

— Às vezes, minha querida, isso também é uma escolha. Você não precisa abraçar a vida de Larápia. Mas deve abraçar alguma coisa. Toda essa terra foi devastada por uma coisa que aconteceu muito tempo atrás, mas nós não remoemos, nós vivemos. De vez em quando, é necessário roubar o próprio futuro. Na minha experiência, isso nunca acontece de graça. Ninguém vai lhe entregar de mão beijada. Você e Bale poderiam viver aqui no Claret.

— Vamos voltar para Nova York — falei com firmeza.

— Tudo bem. Sentiremos saudades. Uma pessoa em particular mais do que as outras.

— Obrigada — respondi, surpresa com o sentimentalismo dela. Talvez toda aquela conversa sobre a filha a tenha influenciado, afinal.

— Não estava falando de mim — respondeu ela com uma risada.

E, de repente, soube exatamente sobre quem Margot falava. E o pensamento me fez corar.

## 31

*PENSAR EM FAZER ALGO E FAZÊ-LO DE FATO são coisas bem diferentes.*
Kayla Blue dissera isso em *The End of Almost*, quando estava no banco dos réus por ter assassinado o marido. Mas não estávamos apenas *pensando* em roubar o palácio. Nós o roubaríamos de verdade. Foi no Salão do Trono, com as minhas irmãs Larápias e Jagger, que aquilo enfim pareceu real. E muito mais complexo que o roubo em Dessa.

Olhei para a mesa dourada coberta por plantas baixas do castelo da duquesa. Todos nos reunimos ao redor, Margot na cabeceira.

Havia marcas em todos os documentos. Círculos que indicavam para onde deveríamos ir. Margot movia a tinta ao mexer as mãos. Olhando com mais atenção, pude ver que eram belos desenhos de cada um de nós. Conforme falava e instruía o grupo sobre em que posições deveriam estar e quando, os desenhos também mudavam. Hipnotizada, observei a minha ilustração sair do salão de baile, subir as escadas e entrar no quarto da duquesa.

Não pude deixar de notar que havia muito mais marcas azuis representadas no mapa do que de outras cores. Os guardas da duquesa estariam em todos os lugares.

— O que é isso? — perguntei, apontando para uma torre no mapa.
— Temos pessoas ali — explicou Jagger.

Apertei os olhos e vi representações de pequenas Larápias atrás das janelas barradas da torre. Estiquei a mão e toquei na janela, com pena das meninas presas lá. Um cômodo minúsculo e sem saída.

Jagger olhou para mim com um sorrisinho no rosto, me animando e me lembrando da falta de sentimentalismo das Leis dos Larápios.

— Talvez possamos libertá-las enquanto estivermos lá — disse Margot calmamente. Murmúrios de concordância percorreram a mesa.

— Não sabia que vocês salvavam pessoas. Primeiro Cadence e agora elas? As Leis dos Larápios... — falei.

*O quanto é fanfarronice dos Larápios e o quanto é verdade?*, pensei, olhando para aquele lugar onde todos diziam só se importar consigo mesmos. No fundo, parecia que queriam ajudar uns aos outros, só não tinham vontade de admitir.

— Princesa, você vai entrar com Jagger no palácio, disfarçada, e confraternizar com os convidados. As outras Larápias também estarão disfarçadas. Jagger vai manter a duquesa entretida enquanto você seguirá de fininho até o quarto, para encontrar o cofre, abri-lo e pegar o espelho.

A neve se formou entre os meus dedos ao pensar em enfiar a minha mão na fechadura de novo.

— Como vou encontrá-lo?

— A profecia diz que ele vai se revelar a você. Mas imagino que esteja nos aposentos da duquesa. As pessoas mantêm seus tesouros à mão. Então, após retornar ao salão de baile, voltaremos com as Larápias para encontrar Jagger.

Não devo ter assentido com firmeza suficiente, porque Howl me provocou novamente.

— Talvez a princesa tenha um problema em roubar a sua família? — perguntou ela.

— Por que seria um problema? Ela é uma desconhecida. A conheço tanto quanto conheço a Bruxa do Fogo.

Todos riram, e voltamos a planejar o roubo. Os Larápios pareceram aceitar minha posição.

— Eu ainda não entendo como a duquesa conseguiu um pedaço do espelho do rei. Por que uma bruxa do coven o entregaria para uma humana normal?

— Infelizmente, as bruxas são a exceção de todas as regras. São tão imprevisíveis quanto a neve. Não sabemos como ou por quê, só sabemos que a duquesa tem o espelho porque nos deparamos com ele quando roubamos o palácio alguns meses atrás.

— E é por isso que algumas de nós estão aprisionadas... a quem vocês talvez possam salvar. O espelho afeta a magia, e a nossa ficou um pouco descontrolada naquela noite — disse Margot.

— Se eu não os conhecesse tão bem, diria que os Larápios têm muito em comum com heróis.

— Então você não nos conhece nem um pouco! — exclamou Howl.

# 32

MESMO QUE MARGOT e as Larápias tivessem um plano, elas queriam estar prontas para qualquer imprevisto. Howl se responsabilizou pelas moedas que pegamos em Dessa. O mais interessante é que ela estava adicionando magia às moedas — embora não quisesse dizer exatamente o quê.

Enquanto isso, as outras Larápias se ocupavam criando poções. Havia um frasco que tornava a pessoa mais esperta, e outro que fazia você lembrar seu alvo da coisa favorita dele — fosse um biscoito servido com chá, um campo de flores ou uma pilha de barras de ouro.

Quando não estava aperfeiçoando as minhas habilidades de ladra, eu me afastava do Claret para aprimorar a minha neve. Dessa vez, tinha conseguido canalizar meu poder para criar flechas de gelo.

— Snow — chamou Fathom. — Olha só isso.

— Por favor, não conte a Margot. Ela quer que eu reprima. Mas preciso entender esse poder.

— Não vou contar. É incrível. Quase tão incrível quanto o que tenho para te mostrar.

Ela me mostrou um pote de neve e um frasco com sangue.

Presumi que era o meu.

A neve se mexia.

— Isso não é parte da Fera de Neve, é? — perguntei.

— Não, é um pequeno Filhote de Neve.

Um segundo depois, o Filhote de Neve se formou. Era adorável, tirando os dentes e garras gigantes.

— Agora dá uma olhada nisso.

Fathom jogou uma gota de sangue dentro do recipiente. A princípio, o Filhote de Neve foi para trás. Um segundo depois, porém, ele atacou a gota de sangue, batendo no vidro e explodindo num turbilhão de flocos.

— Hum, como isso vai nos ajudar? Já sei que as Feras de Neve e eu nunca seremos MAPS.

Fathom olhou para mim sem entender.

— Melhores amigas para sempre — expliquei.

— Acho que você pode congelar Feras de Neve... os corações, os membros e os cérebros delas. Seu poder, depois que conseguir desbloqueá-lo, não terá limites.

— Bem, isso seria incrível, não é?

— Seria. E poderia nos ajudar a derrotar o rei.

— Como?

— Ainda não sei bem, mas acho que vou conseguir pensar em algo.

Começamos a caminhada de volta ao Claret. Minha visão voltou a ficar escura.

♛

*De repente, vi que estava na sala comum do Whittaker. Estava enxergando como Bale outra vez.*

*— Talvez na primavera — falei.*

*Na mesma hora, sabia que lembrança era aquela. Bale tinha perguntado se a gente poderia fugir. E respondi: "Talvez na primavera."*

*Ele me defendia sempre que eu fazia algo horrível no instituto, sem pestanejar. Mas na única vez em que me pediu uma coisa, falei aquelas palavras.*

*Não era que eu não quisesse fugir. Eu só não sabia o que nossos monstros fariam fora das suas jaulas. Pensei que Bale queimaria alguma coisa. Pensei que eu faria algo igualmente horrível. Mas não estávamos no Whittaker agora, como Bale queria. No entanto, afastados um do outro. Algid não estava em chamas. E o meu monstro, a minha neve, assumira uma forma que nenhum de nós poderia ter imaginado.*

*Houve outro clarão, e vi a casinha branca de Bale de novo. Dessa vez, pelo lado de fora. Vi de relance o reflexo de um Bale adolescente no vidro da janela me encarando de volta. Não estava com medo, mas sorria maniacamente.*

*Outro clarão. Mais uma vez no cômodo triangular. Pela janela, pude ver as Luzes do Norte, que estavam acinzentadas agora. Dessa vez, ele ficou quieto. Não falou o meu nome. Não falou absolutamente nada.*

— Snow — disse Fathom, e abri os olhos.

Eu estava deitada no chão, sobre a neve.

— Você acabou de desmaiar ou coisa assim?

— Estou bem — falei, mas me perguntava onde Bale estava.

♛

No Claret, Margot esperava por nós.

— O que foi? — perguntei. Depois de ver Bale, minha paciência estava se esgotando. Sentia raiva de mim mesma por não ter ido atrás dele ainda. Sentia raiva de mim mesma por ter me aproximado tanto de Jagger.

Ela nos levou para dentro. Queria que revisássemos os planos para o roubo mais uma vez.

— Você está pálida, Vossa Alteza — comentou.

Passei por Margot para entrar no Claret e não respondi.

♛

Naquela noite, caí num sono profundo. Poderia até suspeitar de que tivesse bebido uma das poções de sono de Margot.

Eu estava no quarto de Jagger, e não sabia como chegara lá. Era parecido com o meu, mas a cama dele era de um azul-escuro profundo. E, numa das prateleiras, havia um estoque particular de frascos mágicos.

— Sabe, quando imaginei você no meu quarto, não era bem isso que eu tinha em mente — disse ele, sorrindo, de repente do meu lado.

Virei o rosto para encará-lo.

— Como você pôde? — perguntei.

— Olha, o que quer que eu tenha feito, me desculpe — falou ele, sem se preocupar. — Leis dos Larápios, aliás. Você não deveria ter entrado sem um convite. Mas podemos considerar que você foi convidada.

Ele veio na minha direção sedutoramente.

Minha respiração ficou rápida, e meu coração pulsava nos ouvidos.

— Isso não parece um sonho. Parece real — falei, maravilhada.

— Em parte, é verdade — disse Jagger, convencido. — Você está sonhando, e eu estou no seu sonho. Eu bebi isso.

Ele me mostrou um frasco prateado brilhante e explicou:

— Essa magia me permite entrar nos seus sonhos.

Eu queria beijá-lo, mas me importava o suficiente para não fazer isso. E agora aquela traição. Eu não tinha bebido poção nenhuma. Fora ele quem bebera.

— Você estava preocupada em me beijar. Podemos fazer o que quisermos aqui. Sem consequências.

Ele colocou a mão na minha cintura e me puxou para perto. Senti meu coração derreter um pouco, mas não podia deixar de fazer as perguntas conforme elas surgiam.

— Você fez isso em Nova York, não foi? Invadiu e manipulou meus sonhos. E me manipulou para vir até aqui, não foi?

— Quer mesmo perder o tempo que temos discutindo, quando poderíamos não estar conversando? — perguntou ele, se inclinando na minha direção.

— Você tinha razão quando falou que não me entendia. Você é um mentiroso.

— "Nós respiramos mentiras, balbuciamos verdades..." Um antigo provérbio Larápio — disse ele, sorrindo ainda mais. — É melhor mentir do que falar a verdade.

— Para você.

— Para a maioria das pessoas. Elas mentem para fazer os outros se sentirem melhor. Independentemente do que seja, nós mentimos.

— Eu não. — Fiz uma pausa e acrescentei: — Não antes de vir para cá, pelo menos.

— É fácil ser boa dentro de uma bolha, princesa. Você estava na bolha do Whittaker, mas a bolha de Algid estourou no dia em que você nasceu.

Senti palpitações em algum lugar dentro de mim e um frio na barriga. Queria ser imune a Jagger. Mas aquilo não se tornaria realidade apenas por eu desejar.

Senti uma gota de água fria num dos braços. Com medo, olhei para cima. O teto estava coberto de gelo, que se espalhava pela superfície, fazendo cair longas estalactites mortais, que cresciam na direção de Jagger.

Saí do quarto e fui até a varanda. Será que eu poderia confiar em alguém? Havia algum lugar em que estaria a salvo? Não fazia ideia de como Jagger realmente se sentia. Se ele estava do meu lado ou se acabaria me traindo. Ele mesmo falara que não era confiável quando cheguei. Então, por que era uma surpresa tão grande? Por que eu me importava? E por que queria beijá-lo, mesmo sabendo de tudo isso?

Ele me seguiu.

— Me desculpe por invadir os seus sonhos.

Toquei no balaústre, que vibrava com o meu pulso.

— Você deveria sair daqui — sugeri. — Deveríamos conversar quando estivermos fora dos meus sonhos.

*E quando eu não quiser congelar você até a morte*, pensei.

— Você sabe o que isso significa? É exatamente como Margot disse. São as emoções que impulsionam sua magia. Quando chegou aqui, não se importava com nada. Estava tão magoada por tudo que tinha acontecido e o que tinha aprendido. Agora voltou a se importar. Você se importa comigo, princesa. Se não se importasse, não estaria com raiva suficiente para me machucar.

— Vá embora — falei, baixinho. Sabia que ele tinha razão, mas também sabia que, se Jagger não saísse logo, eu destruiria todo o quarto, talvez o castelo inteiro.

— Obedecerei ao seu pedido. Mas não pelas razões que pensa — respondeu Jagger.

— Você me deu os pesadelos... então invadiu os meus sonhos para poder me salvar.

Ele balançou a cabeça.

— Não, os pesadelos já estavam lá. A única coisa que fiz foi permitir que você os visse, para poder salvar a si mesma.

— Então tudo isso é para mim... não é?

— Você não estava nem um pouco preparada para o que viria a seguir... para chegar a essa terra. Eu só queria te ajudar.

— Não acredito mais em você. Você me trouxe para cá, me tirou do meu mundo, para que você e Margot pudessem pegar o espelho.

— É o que fazemos — falou Jagger, sem rodeios. — Você era a maior recompensa de todas.

— Como sabia que eu concordaria com isso? Como sabia que eu simplesmente não ia enlouquecer?

— Você nunca foi louca. A maioria das pessoas dá ouvidos ao homem dos sonhos — disse ele.

— Não faça isso — avisei. Ele forçava e provocava a cada minuto.

Eu tinha tentado canto, yoga, contar até dez e exercícios de respiração, mas o que mais me acalmava era Bale. Ele era corajoso o suficiente para enfrentar o tornado da minha raiva e pegar a minha mão. Seu toque era suficiente para fazer todos os meus nervos voltarem às posições normais. E agora ele estava desaparecido.

Tanto Bale quanto eu éramos tempestades. Talvez fosse por isso que ele sempre conseguia se conectar comigo. Talvez fosse por isso que éramos a calmaria um do outro, no meio do que quer que fosse. Mas aquilo mudou com o beijo, e eu não sabia o que fazer com o nosso conto de fadas às avessas. E se Jagger tivesse a chave? E se ele tivesse começado tudo aquilo, e não eu?

— Por favor, me diga que não sou a culpada pelo que aconteceu com Bale. Por favor, diga que foi você.

Senti um pouco de esperança surgindo em paralelo à minha raiva. Estava buscando a única coisa que poderia tornar Jagger um pouco menos horrível.

Ele balançou a cabeça.

— Eu não o sequestrei, nem nenhuma das Larápias.

— E quanto a Bale ficar doente, louco? Diz para mim que você fez isso, para que eu não o quisesse mais.

— Não tive nada a ver com a loucura dele. Mas não acho que seja culpa sua. Beijos não são causa de loucura, independentemente do lado em que estiver da Árvore. Nunca ouvi falar de nada nem ninguém que tivesse esse efeito.

Pensei no meu beijo com Kai e no alívio que senti quando nada aconteceu com ele depois. E uma pequena parte de mim se perguntou o que aconteceria se eu beijasse Jagger, mesmo que cada neurônio me mandasse não fazer isso.

— Mas eu não sou como as outras pessoas.

— Não, não é.

Havia afeto demais, *carinho* demais na forma como ele falou aquilo. Não sabia se era verdade ou outra mentira.

— Vá. Agora — mandei, voltando para o quarto.

O rosto de Jagger ficou triste.

— Se você um dia já gostou de mim... Saia daqui. Agora! — repeti.

Quando ele saiu pela porta, a varanda congelada se quebrou e começou a cair.

♛

Quando acordei na minha cama, os lençóis estavam frios. Me sentei e uma lágrima gelada escapou de um dos meus olhos. A lembrança do sonho invadiu minha mente.

— Independentemente do que pense de mim, vou manter a minha palavra — falou Jagger. — Vou ajudar você a conseguir o que quiser. Vai ter o Bale de volta e pode voltar para a sua terra. E nunca mais vai me ver de novo. Prometo.

— Outra das Leis dos Larápios?

— Não, prometo por nós.

— Não existe isso de nós — respondi.

Jagger deu um sorriso triste.

— Olha só para você. Enfim, conseguimos transformá-la numa Larápia.

Suas palavras ecoaram na minha cabeça. *Nós respiramos mentiras, balbuciamos verdades.*

# 33

NÃO CONSEGUI DORMIR. Só pensava em Jagger. Não suportava a ideia de ele aparecer em outro sonho meu. Já era difícil resistir a ele na vida real. Caminhei pelos corredores do Claret, impaciente para ir ao Baile da Duquesa, resgatar Bale e para voltar para casa.

Pelas janelas, vi as cores das árvores, que sempre mudavam. Hoje, os troncos tinham um tom estranho de amarelo contra o fundo escuro da noite. As Luzes do Norte estavam ainda mais esmaecidas do que o normal, emitindo um tom turvo e apagado de aquarela, em vez da luminescência elétrica da minha primeira noite em Algid. O tempo estava quase acabando.

Aparentemente, eu não era a única que não conseguia dormir. A luz no laboratório de Fathom estava acesa. Bati na porta e entrei.

Howl e Fathom estavam em lados opostos de uma das mesas, debruçadas sobre algo. Quando viraram para mim, seus rostos ficaram ainda mais corados do que a tonalidade mágica do seu rubor. O que eu acabara de interromper?

— Ei, posso ficar um pouco aqui? — falei, pensando se tinha visto um momento romântico ou outra coisa.

— Não deveríamos deixar ela ficar — disse Howl, olhando nervosa de volta para a mesa. Havia apenas uma pilha de lâminas vazias na frente das duas. Não entendi o porquê de tanta preocupação.

— A rainha Margot não ia gostar? — perguntei.

— Não, só não consigo suportar gente desmaiando enquanto trabalho.

— Não sou de desmaiar — retruquei.

— Vamos ver se pode dizer isso mais tarde — falou Howl, saindo de vista.

— Não ligue para ela — disse Fathom, se virando e revelando um bisturi afiado que refletiu a luz.

— Para que vai usar isso? — perguntei, tentando manter a voz firme. Apesar da minha bravata, estava com medo de desmaiar.

— Você já aprendeu o que precisava sobre roubo. Hoje, vai aprender sobre sequestro.

— Como é?

— Temos que sequestrar as pessoas de quem pegamos o lugar no baile.

— E o que planejamos fazer com elas?

— Vamos cortar fora o rosto delas.

Depois de um instante, ela riu.

Fathom mexeu em algo às suas costas, e uma luz se acendeu. Havia corpos cobertos por lençóis brancos finos nas mesas mais além no cômodo. Me encolhi quando os lençóis se moveram. As pessoas que tinham sido capturadas ainda estavam vivas!

— Não se preocupe. Só estão dormindo. Em geral, pegamos os rostos dos mortos. Mas esse é um baile exclusivo para convidados. Precisamos de rostos específicos.

— Ah — falei, sem convicção, pensando que teria sido melhor ter ficado na cama e lidado com os sonhos com Jagger do que ir ao laboratório. Seria bem menos assustador.

Howl retornou com uma explosão de fumaça espalhafatosa e uma carruagem. Dentro dela, havia duas pessoas usando as suas melhores roupas. A mulher estava encostada na janela. O homem tentava desesperadamente trancar as portas.

— Não podia ter deixado a carruagem fora do laboratório, Howl? — reclamou Fathom.

A garota deu de ombros, sussurrou uma coisa que não entendi e abriu a porta do veículo.

— Apresento-lhes lorde Rafe Mach e sua esposa, a condessa Darby Mach.

O homem saiu desembestado da carruagem, os olhos observando o entorno, procurando por uma saída e nos avaliando rapidamente. A condessa ergueu o rosto e segurou a saia enquanto descia delicadamente da carruagem, fingindo elegância, apesar de tudo.

Howl apontou para duas cadeiras, e eles se sentaram, obedientes. Com um movimento da mão, ela e a carruagem desapareceram.

— Não se preocupe — disse Fathom para mim. — Eles não vão se lembrar de nada.

— Você vai machucá-los? — perguntei.

A mulher olhou para mim, assustada.

— Como uma Fera de Neve — respondeu Fathom antes de formar um sorriso. — Mas não sou um monstro — se defendeu ela, e ofereceu ao casal dois frascos com um líquido verde-claro. — Bebam isso.

Eles não aceitaram.

— Vocês que sabem, mas, no seu lugar, preferiria não sentir o que vou fazer a seguir.

O casal trocou um olhar, e o homem pegou um dos vidrinhos e bebeu o líquido sem pestanejar.

Fathom olhou para a condessa de forma quase simpática.

— Uma vez, um sujeito roubou a poção de dormir da namorada dele. Não foi nada bonito.

A condessa cuspiu em Fathom antes de engolir a poção.

Fathom deu de ombros e limpou a saliva.

— Depois dizem que são os Larápios que não têm educação...

Em segundos, o casal caiu num sono profundo, parecendo mortos para o mundo exterior, os corpos curvando-se um sobre o outro.

— O que vai fazer agora? — perguntei.

— Me ajuda a colocá-los nas mesas. Tenho que me lembrar de fazer isso primeiro da próxima vez — respondeu Fathom, irritada.

Juntas, erguemos o lorde, que era bastante pesado.

— Espero que tenha gostado da condessa. Porque o rosto dela será seu. Assim que vestir essa face, o feitiço vai durar até a meia-noite.

Você e Jagger vão tomar o lugar dos dois. Vão subir de fininho, e a sua mágica deve levá-la ao espelho.

— Por que eu? Por que não uma de vocês? Vocês têm muito mais experiência com roubos. E se eu congelar o salão de baile sem querer, ou coisa assim? — falei, preocupada.

— Melhor para a gente. — Ela riu.

— Estou falando sério.

— Você é sempre tão séria, princesa. Sua relação com o espelho é especial. Quando encontrá-lo, ele vai se revelar apenas para você. Quebrado, o espelho só vai conseguir refletir certa quantidade de poder. A lenda diz que, quando os pedaços forem reunidos, o espelho será um milhão de vezes mais poderoso. A profecia afirma que quem conseguir reuni-lo controlará o destino de Algid. Nós queremos controlar nosso próprio destino, não o do reino todo.

— Vocês já não fazem isso? Jagger deu a entender que vocês querem se vingar.

— Tem isso também. Mas gosto de pensar além. Em uma vida diferente, melhor. Uma vida em que nunca vamos precisar roubar de novo.

— Mas haverá magia suficiente para eu superar o Rei da Neve e encontrar Bale? — perguntei, lembrando a ela e a mim mesma da promessa da rainha Margot.

— Não sei quanto poder um único pedaço vai te dar, mas vamos nos certificar de que você reencontre Bale.

Fathom começou a trabalhar. Ajudei a colocar a condessa sobre uma das mesas e observei o rosto que usaria.

Fathom se aproximou da mulher, o bisturi na mão. Fez uma pequena incisão na bochecha da condessa, colocando um pedacinho de pele numa lâmina de vidro. Então, pôs o vidro debaixo de um aparelho estranho, parecido com um microscópio gigante. Um raio de luz jorrou sobre o vidro.

O pedaço de pele começou a crescer.

— A luz é potencializada por um espelho — explicou Fathom.

O pedaço de pele logo ficou do tamanho de uma toalha pequena, e traços faciais começaram a surgir sobre cartilagem invisível. Quando o processo terminou, uma máscara perfeita do rosto da condessa nos encarava.

— Isso é incrível! — Eu estava assustada e maravilhada ao mesmo tempo. Todos os anos, as agulhas e o sangue do Whittaker tinham me deixado dessensibilizada a esse tipo de coisa. Já tinha usado outro rosto antes, mas nunca tinha visto um sendo feito. — Como funciona?

— Por magia — respondeu Fathom. — Esse casal sortudo vai dormir, e temos até a meia-noite de amanhã para que os rostos voltem aos donos.

— E o que acontece se não voltarmos a tempo?

— A máscara desaparece à meia-noite e se transforma em pó. Mas não se preocupe. Vamos conseguir — disse Fathom.

Não pude deixar de pensar na Cinderela. Se Fathom era a minha fada madrinha, eu não fazia ideia do que aconteceria a seguir.

## 34

FIZEMOS UM JANTAR FORMAL no Claret, servido em uma placa de pedra enorme que funcionava como mesa, com cadeiras que não combinavam entre si e candelabros que se acendiam sozinhos no instante em que alguém se sentava.

As Larápias não se incomodavam com formalidades, talvez por causa do roubo iminente ou porque nunca fizeram cerimônia alguma além dos rituais mágicos. Não houve um anúncio ou uma sineta para chamá-las para o jantar. Elas apareciam para comer na hora que queriam.

Howl e eu nos sentamos, e ela me informou que a refeição viera de um dos restaurantes do vilarejo próximo. Até a comida deles era roubada.

Dei uma mordida num macarrão roxo, que derreteu na boca com um gosto delicado, doce, quase achocolatado. A cerveja de menta que eu bebia vinha da taberna que tínhamos roubado. Engoli tudo, ansiosa para voltar ao trabalho e me afastar de Howl.

Aproveitando a deixa, Howl se encostou na cadeira e perguntou:

— Como ela está? Fathom não vai perguntar, mas eu pergunto.

— Quem?

— Anthicate.

— Magpie?

Eu não tinha falado sobre ela, e ninguém, nem mesmo Fathom, perguntara sobre Magpie. Tinha passado quase os meus últimos dois anos no Whittaker com ela; além das informações que Jagger reunira durante as suas visitas, quaisquer que fossem, era a única que tinha alguns detalhes sobre o que acontecera com a Larápia fujona.

— Eu e ela não éramos exatamente amigas — admiti.

Howl assentiu como se aquilo não fosse surpresa.

— Ela partiu o coração de Fathom. Ela parte o coração de todo mundo.

— Então não está chateada por eu estar aqui e ela não — falei, sabendo que tinha ocupado o lugar de Magpie no Claret.

Howl sorriu.

— Eu não a trocaria por um milhão de princesas da neve, mas ela tem o seu caminho, e nós temos o nosso.

Tive a sensação de que Howl gostaria que seus caminhos se encontrassem de novo. Mas o que ela fez a seguir me pegou de surpresa.

Howl apanhou um frasco que repousava sobre o seu generoso decote, preso a uma corrente ao redor do pescoço, e bebeu. Quando percebeu que eu a encarava, ela colocou a mão no bolso, pegou outro e me ofereceu.

— O que ele faz? — perguntei, imaginando que o líquido, de alguma forma, reduzisse a saudade que ela sentia de Magpie.

— O que você quiser — respondeu ela.

Balancei a cabeça, e Howl analisou o meu rosto.

— Se eu dissesse que um arco-íris tem mais dez cores, não gostaria de vê-las? — indagou ela, com curiosidade genuína.

— Só quero ver o que for real — falei. — Já tomei poções mágicas por uma vida inteira, só que as minhas vinham em forma de comprimidos.

— Não sabe o que está perdendo — disse Howl, alegremente. A poção parecia ter começado a fazer efeito, e ela se levantou de repente, me deixando sozinha com o macarrão roxo.

Quando me levantei para apagar as velas, minha mente foi invadida por uma lembrança. Não consegui impedir. Olhava para a vela na mesa de pedra, mas o que via era algo completamente diferente.

Era o meu aniversário — uns dois meses antes de eu beijar Bale em Whittaker. Comi um cupcake de comemoração com Vern, e a minha mãe levou para mim uma fatia de um bolo elaborado, com uma flor cor-de-rosa perfeita, que esmaguei com a colher de plástico. Naquela noite, acordei e dei de cara com Bale sentado ao meu lado na cama.

*Como ele saiu do quarto?* Porém, antes que eu pudesse perguntar, Bale colocou um dedo nos lábios. Obedeci ao gesto, ficando quieta.

Ele me entregou um donut. Era o meio da madrugada e — de longe — a melhor sobremesa do dia. Ele provavelmente tinha guardado desde o café da manhã ou convencido um enfermeiro a pegar um para ele. O donut quase me levou às lágrimas. Eu não era de chorar, nem quando tomava o comprimido Zangado.

— Espera! — disse Bale.

Eu me sentei na cama e me aproximei dele.

— Tem mais? — perguntei, batendo palmas, um gesto de felicidade estranho para mim. Fiquei aliviada de Bale ser o único a presenciar aquilo.

Achei que ele me daria um livro de presente, ele gostava de livros da mesma forma que eu gostava de desenhos. O dia em que o dr. Harris o proibira de tocar em qualquer livro, por medo de que fosse usado como combustível para o fogo, viveria na infâmia.

— Feche os olhos — pediu Bale.

— Está falando sério?

— Só feche os olhos.

Pude ouvir um movimento e, quando abri os olhos, vi que ele tinha colocado uma vela no donut. A chama tremulava no quarto escuro.

Ninguém podia ter velas em Whittaker. Ninguém podia ter fósforos. Muito menos Bale.

— Bale... apaga isso — supliquei.

Era por causa do fogo que ele estava ali. Com aniversário ou não, ele estava testando o destino.

— Agora é a sua vez. Não dá para deixar o aniversário passar sem fazer um pedido.

Bale queria me trazer um pouco de normalidade. Um pouco do que qualquer adolescente tinha, e nós, não. Um pedido de aniversário.

— Meu pedido já se realizou, Bale.

Ele olhou pela janela do quarto, como se indicasse o pedido óbvio para que nós dois saíssemos dali.

— Faça um pedido comigo, Bale. — Gesticulei para ele, dando permissão. Eu sabia que teria que arrancar os fósforos da mão dele depois de soprar a vela.

Bale se inclinou na cama... e então aconteceu.

Minha colcha pegou fogo. As chamas logo se espalharam pelas bordas, raspando no chão. Fiquei de pé num pulo.

Mas Bale não saiu do lugar, paralisado pelo fogo.

— Pega a jarra d'água, Bale! — gritei enquanto puxava o edredom para o chão.

Bale, no entanto, estava congelado. As chamas dançaram nos seus olhos por um ou dois segundos antes de ele enfim apagá-las com a água.

Ele começou a se desculpar, mas o cortei e exigi que me entregasse os fósforos. O garoto me passou os palitos com a mão tremendo.

— Snow, não foi a minha intenção.

— Eu sei — falei, envolvendo os fósforos com a mão. — Você tem que voltar para o seu quarto, Bale — ordenei. — Os Jalecos Brancos.

— Não vou deixar você levar a culpa por isso — respondeu ele, sentando-se no chão ao meu lado e segurando a minha mão.

Ficamos juntos daquele jeito até os Jalecos Brancos aparecerem. Não era exatamente uma memória feliz. Mas era nossa.

Com o fim da lembrança, apaguei as velas da mesa de jantar do Claret. O roubo aconteceria amanhã. Ainda me lembrava do meu pedido.

## 35

CHEGOU A NOITE DO ROUBO. Quando as garotas resgatariam outras Larápias. Eu deveria me infiltrar no Baile da Duquesa, encontrar o espelho e roubá-lo. Parecia ridículo e impossível.

Howl me equipara com outro vestido de voo com penas. A roupa tinha um tom muito leve de rosa, uma cor que, em geral, eu evitaria, porque me lembrava da minha mãe. Mas era a coisa mais refinada que já tinha visto. Seu corpete tinha um decote V profundo que conseguia ser sexy e bem-comportado ao mesmo tempo.

Fathom nos interrompeu para me dar uma mariposa de localização e uma arma com um cabo feito de um metal queimado muito semelhante à armadura do Executor.

— Sei que está planejando enfrentar neve com neve.

— Não estou planejando lutar.

— Ninguém aqui quer isso... com exceção, talvez, de Howl. Mas isso não significa que deva ir despreparada.

Ela me entregou a adaga. O cabo era quente como um atiçador de chamas. Eu a larguei, deixando-a cair no chão.

— Ai! Está tentando me machucar?

— Estou tentando te proteger. Eu devia ter avisado: vai machucar, mas se estiver em apuros...

— Tenho a minha neve.

— Mas esse é outro jeito de lutar, Snow... Com fogo.

Ela pegou a adaga, que brilhava como o bracelete de Jagger.

Então, Fathom enfiou a mão no alforje, que parecia ter um suprimento infinito de qualquer coisa que ela precisasse a qualquer momento.

Ela tirou de lá uma cinta-liga com um coldre, para colocar na coxa, e prendeu a arma ali. Depois, entregou tudo para mim.

Peguei, de má vontade.

— Vocês, Larápios, não deveriam ser bons o suficiente para que isso não seja necessário?

— Somos bons o suficiente para saber que, um dia, será necessário. Espero que esse dia não seja hoje.

Ela pegou a adaga e beijou a lâmina.

A bênção de um Larápio. Eu ainda não estava à vontade. Porém, quando levantei a saia e coloquei a liga na coxa, a lâmina não queimou a minha pele através do coldre. E eu torcia para que a bênção de Fathom fosse eficaz naquela noite.

Quando ela se retirou, me encarei no espelho d'água. Às vezes, ficava mais impressionada com as magias menores do que com as grandes. As roupas dos Larápios eram diferentes. Não tinham um objetivo prático, como aquecimento ou decoro. Eram voltadas para a beleza e magia. Com magia suficiente, até as saias arrancariam voo.

Esperei até o último segundo para mudar de rosto no espelho. O rosto da condessa Darby parecia diferente em mim. E não só por causa da poção de sorriso que eu tinha quase certeza de que Fathom colocara na minha água mais cedo.

Fui me juntar aos outros lá embaixo. Porém, quando os meus olhos encontraram os de Jagger, nenhum de nós falou sobre o sonho que ele invadira, e eu ainda não sabia bem que partes dele, ou o sonho como um todo, tinham sido reais. Os cabelos de Jagger estavam cortados bem curtos, e eu queria passar meus dedos neles.

— Dessa vez, tomaremos o Rio — disse ele, como se tentasse respeitar a distância que coloquei entre nós.

Lembrei na Bruxa do Rio. Imaginei como as coisas teriam sido diferentes se tivesse permanecido com ela — se tivesse acreditado nela desde o início. O que a bruxa pensaria se pudesse me ver agora?

Howl se aproximou. Ela parecia radiante, com um rosto de modelo com maçãs altas.

— Você a pegou?

— O quê?

— A adaga. Fathom colocou um feitiço duplo nela, não precisa saber lutar para usá-la. A lâmina sabe o que fazer. Isso não significa que gostamos de você, mas você precisa estar viva para trazer o espelho para nós.

Percebi que a arma tinha sido ideia dela. A noção de pegar uma arma dela que tinha uma mente própria não me trazia segurança. E se ela e Fathom tivessem enfeitiçado a lâmina para me esfaquear no coração?

Margot nos reuniu para um último feitiço.

— É um feitiço de união — sussurrou Jagger. — Quando saímos em missão, tomamos o feitiço para que possamos agir como um só. Estaremos na cabeça uns dos outros.

— E se houver alguma coisa que não quero que saibam? — perguntei.

— Não há segredos no palácio dos Larápios — disse Howl, e se inclinou ao meu lado conforme todos dávamos as mãos.

— Relaxe. Tem um truque. — Jagger agarrou a minha mão.

Havia um truque para tudo naquele lugar. E, por algum motivo, Jagger sempre o conhecia.

— Outra poção? — perguntei em voz alta. Eu precisava descobrir logo qual era o truque, ou todo mundo conheceria o meu segredo, que já não era mais segredo algum. Eu sentia alguma coisa por Jagger.

— Não, basta a sua vontade. O truque é que o feitiço só deixa você contar o que realmente quer contar.

— Ele nos une para que a operação ocorra sem problemas — disse Howl.

Senti o meu estômago gelar quando Jagger apertou a minha mão. De qualquer forma, não havia como desistir agora.

Margot cantarolou e nós repetimos as palavras.

Minha pronúncia não era tão boa quanto a dos outros, e eu torcia para que a magia acontecesse independentemente disso. Torcia para não ter arruinado o feitiço.

— Às vezes, a magia precisa das palavras — disse a rainha Margot —, porque é algo que deve ser alimentado.

Para Margot, a magia era uma coisa tão viva quanto eu, ela ou o cômodo cheio de Larápios.

De vez em quando, as palavras também podiam ser um sacrifício.

♛

Uma hora depois, estávamos num barco no Rio para o palácio da duquesa Temperly.

O barco deslizou por uma passagem por baixo do palácio. As paredes eram decoradas com desenhos do Rei da Neve levando a neve eterna para Algid. Não era possível ver seu rosto, e as ilustrações davam a entender que o povo ficara grato com a neve.

Sabia que Margot acreditava que eu poderia localizar o espelho com os poderes de Princesa da Neve, mas não tinha tanta certeza.

— Como vou encontrar o espelho no quarto da duquesa? — perguntei a Jagger.

— Você vai saber. Vai sentir a presença dele quando chegar lá.

— Não haverá guardas?

— Sim, mas eles estarão um pouco ocupados. Conosco — respondeu Jagger, confiante. — A porta para a masmorra pode acabar se abrindo.

Escutei um barulho às nossas costas e tive a impressão de que alguém nos observava. Estiquei a mão na direção da adaga que Fathom me deu.

— Relaxe, princesa. É só um feitiço de invisibilidade.

— Cadence — sussurrei, em reconhecimento. Era a garota que tínhamos resgatado da boate. Ela estava agora em modo completamente Larápia, queria ajudar a resgatar as outras. — Feitiço de invisibilidade? — perguntei, redundante, conforme Cadence tornava a desaparecer.

Jagger assentiu e me pediu para fazer silêncio conforme nos aproximávamos do palácio.

*Atenção*, ouvi uma voz na minha cabeça.

*Atenção.* Houve um eco de todo o restante.

Jagger dissera que o fato de o palácio ficar na água tinha alguma coisa a ver com proteção. Estacas se projetavam da parte inferior, onde a água encontrava a construção, e o barco parou como se soubesse estar a um passo de ser empalado.

Jagger tinha usado magia para a navegação, como usava para tudo.

Um pensamento, errante e louco, rastejou para dentro da minha cabeça. *Como seria ele sem magia? Eu gostaria dele?*

— É melhor que funcione — disse Jagger. Ele girou uma das moedas douradas que eram os convites, e as estacas se afastaram. Cada uma se transformou numa pétala, e elas caíram, revelando uma porta.

Nosso barco seguiu em frente sem hesitação.

Tive a impressão de não ter respirado aquele tempo todo.

Quando parecíamos estar enfim seguros, inalei profundamente. O aroma que invadiu era o das flores que cresciam nas paredes da passagem subterrânea.

Pensei em Gerde. Será que ela já estivera lá? Então me lembrei de que ela provavelmente não era a única pessoa no mundo que podia cultivar coisas, assim como Kai não era o único que podia construí-las.

Paramos na lateral de uma entrada pouco usada para o castelo e fomos na direção do salão de baile.

Jagger me puxou para um dos cantos do palácio. Ele me afastou gentilmente, me pressionando contra uma parede, e pegou a minha mão.

— Se tudo der errado — falou ele —, beba isso e diga casa...

A mão dele se fechou ao redor da minha, depositando um frasco verde na minha palma. Por um instante, achei que ele fosse me beijar.

— Mas a minha casa fica do outro lado da Árvore — respondi, tentando disfarçar a decepção.

Ele olhou para mim, lendo a minha mente sem nem precisar de um feitiço.

— A poção não vai levar você para tão longe. Apenas de volta para o Claret. De volta para mim. Prometo que o feitiço vai te levar apenas para onde precisar ir, e só se não existir outra maneira.

Mordi o lábio, pensativa.

Aceitei o frasco.

# 36

SAIR DA PARTE INFERIOR DO PALÁCIO da duquesa para o luxo do salão principal era como sair da noite para o dia. Suportes de concreto mofado se transformaram em escadarias de mármore, tapeçarias com fios de ouro e candelabros de cristal.

Todos os convidados eram anunciados por um homem bastante alto que pegou a nossa segunda moeda do convite. Ele a analisou de ambos os lados e jogou no ar. A moeda desapareceu e um pedaço de papel flutuou no seu lugar. A magia de Fathom funcionara perfeitamente.

Pelo visto, as moedas eram parte de um intrincado sistema de segurança mágico. Elas conheciam os convidados e alertariam os guardas do palácio sobre impostores. Fathom modificara as moedas para que pudéssemos entrar.

— Anunciando lorde Rafe Mach e a condessa Darby Mach, de Glovenshire — disse ele, de forma majestosa.

— Quase sinto pena do pobre coitado — disse Jagger enquanto descíamos as escadas cobertas por veludo vermelho até o grande salão de baile.

— Desde quando você é capaz de sentir pena? — perguntei. Pelo que tinha visto, Jagger e as outras Larápias não se permitiam sentir pena. Mas entendia o que ele queria dizer, o verdadeiro Rafe Mach estava perdendo algo extraordinário.

O salão de baile estava alvoroçado com música e dança. Uma orquestra de câmara tocava num canto do cômodo. Esculturas de gelo representavam a duquesa de mãos dadas com um pretendente sem rosto, seu futuro marido. Faixas amarelas se dependuravam dos beirais. Os candelabros pareciam flutuar. Procurei por fios, mas não havia nenhum. Magia.

E, no meio de tudo aquilo, estava a minha prima, a duquesa em pessoa.

Estava sentada num trono dourado, parecendo perfeitamente segura de si. Mechas de cabelo se entrelaçavam em tranças maiores para formar uma coroa de origami de cabelo, sobre a qual repousava uma tiara de diamantes. O vestido era de um brocado detalhado em rosa-claro cintilante. Mas o que o tornava especial eram as suas alças: grinaldas de flores que seguiam caminho até o corpete. A saia também era coberta de pétalas de flores.

Sobre o seu rosto de porcelana pousava uma máscara dourada delicada feita em filigrana brilhante. A máscara cobria os olhos, indo do início do couro cabeludo e deslizando pela parte de baixo das bochechas rosadas. Não conseguia ver como estava presa. Parecia flutuar sobre a pele dela. A duquesa era maravilhosa.

Ela observava o salão, parecendo um pouco perdida. Aparentava ter a mesma idade que eu, e não estava se divertindo no próprio baile. Eu sabia que Algid era diferente da minha casa, mas a duquesa parecia jovem demais para decidir quem seria o seu amor para toda a vida, em uma noite. Meu destino, porém, também mudaria para sempre antes do fim da noite se eu tivesse sucesso em encontrar o espelho.

O plano fizera sentido para mim no Claret. Mas agora que estava aqui, sentia um aperto, e não era por causa do espartilho sob o vestido.

— Primeiro dançamos, depois nos separamos — disse Jagger.

Ele não tinha tirado os olhos de mim desde que saímos, e não pude deixar de sorrir conforme íamos até a pista de dança encerada. Eu estava com um rosto diferente, assim como ele. Mas Jagger tinha razão: se você olhasse com atenção suficiente, conseguiria ver a pessoa verdadeira por trás do rosto emprestado. E estávamos muito próximos um do outro. Eu gostava da sensação da mão de Jagger na minha cintura, tanto que senti falta dela quando a dança pedia para nos separarmos.

— Há, você não acha estranho ter trazido uma acompanhante num baile feito para a duquesa encontrar um pretendente? — falei, notando aquilo de repente.

Jagger podia ver que eu estava nervosa, mas não se importou. Mantendo a mão dele na minha, o rapaz facilmente me levou para dentro daquela discussão.

— Em Algid, todos são elegíveis a se casarem com a duquesa. Se ela gostar de mim, vai mandar executá-la.

Cerrei os olhos para ele. Jagger estava brincando, mas queria ouvir a risada dele para confirmar.

— Acho que a duquesa vai pensar que eu acreditava não ter chance alguma com ela. Vou parecer humilde — falou ele.

Gargalhei. Se a duquesa fosse minimamente tão sábia quanto os rumores diziam, ela jamais pensaria que Jagger era humilde.

A voz de Fathom interrompeu os nossos pensamentos. *Temos um problema.*

*O que foi?*, respondeu Jagger.

*Um feitiço de revelação.*

Não conseguia enxergar Fathom, mas podia sentir que ela estava na pista de dança, entre as saias rodopiantes, os smokings coloridos e as luvas brancas.

*Por que isso é um problema?*, perguntei antes de entender o significado daquilo para as companheiras Larápias.

— Ela vai tirar toda a nossa magia para poder ver quem está no baile — explicou Jagger. — É bem inteligente. Está fazendo isso por causa dos pretendentes. Mas tenho que dizer que é um pouco hipócrita, considerando que ela nunca tira a máscara. — Havia um tremor na sua voz. — Quando isso acontecer, pode me fazer um favor? Não olhe para mim, Snow. Pode fazer isso? — perguntou Jagger, sério, os olhos cheios de preocupação em vez da malícia de sempre.

Quase parei de dançar. Esqueci os passos e quase tropecei e caí em cima do seu peito musculoso. Ele me pegou e me ajudou a recuperar o equilíbrio como se eu fosse leve como uma pluma.

Jagger também nunca tirava a máscara. Estava com medo de que eu fosse ver sua identidade verdadeira? Era vaidade ou parte das Leis dos Larápios? Me lembrei da cicatriz no peito dele. Será que Lazar tinha causado algum estrago além daquele? Era isso que ele mantinha em segredo?

— Mas não preciso ver você para podermos escapar? — perguntei.

— Quando retornarmos ao barco, já terei voltado à minha aparência.

— Tá bom — respondi.

Queria dizer que eu não me importava com a aparência dele. Porque era verdade. Queria dizer que eu me importava tanto com o que havia sob a máscara dele quanto me importava com o que havia sob a máscara da duquesa. A única coisa com que eu me importava era que ele não queria me mostrar seu rosto depois de ver todos os recônditos sombrios da minha alma. Todos os meus segredos. Mas não podia ser sincera num salão cheio de gente, ainda mais com todas as Larápias me ouvindo.

Uma coisa chamou a minha atenção na entrada do salão, debaixo do candelabro flutuante. Eu sabia que todos os homens solteiros do reino tinham que estar ali — mesmo os serventes —, mas, ainda assim, fiquei surpresa ao ver um em particular. Meu coração começou a bater de forma desconfortável.

Eu reconheceria a coluna reta de Kai em qualquer lugar, mas as roupas que ele usava eram novas. Kai parecia um perfeito cavalheiro, não usava mais o tecido grosseiro de estopa que costumava vestir no cubo.

Naquele momento, Kai fez uma reverência para a duquesa e a convidou para dançar.

— Um velho amigo seu? — perguntou Jagger ao perceber que eu estava distraída. — Parece que a situação do seu arquiteto mudou.

— Como assim? — questionei, fingindo ignorância. Onde estava Gerde? E a Bruxa do Rio? Eles teriam ido até ali por minha causa?

Rodopiando para longe de Jagger por um segundo, perguntei para uma das minhas companheiras de dança, uma mulher vestindo uma monstruosidade rosa, quem era Kai.

— Ah, é o novo arquiteto do rei.

— O último foi engolido por um torneve. Uma tragédia — murmurou outra pessoa.

Kai trabalhava para o rei agora? Ou sempre trabalhara? Minha mente dava voltas acompanhando a música. Expulsei o último pensamento da cabeça. Não conseguia acreditar. A não ser... Senti um aperto repentino no peito. A não ser que meu beijo o tivesse modificado, afinal.

— Ele nunca permanece por muito tempo nessas festividades. Ou é terrivelmente tímido ou o seu coração já pertence a alguém — disse outra dançarina. — De outra forma, por que ele não se apresentaria como pretendente? Ela com certeza gosta de dançar com ele. Veja a cor nas suas bochechas!

*Mal dá para ver as bochechas da duquesa com essa máscara*, eu quase respondi.

— Snow, ainda está comigo? — indagou Jagger, me puxando de volta para ele.

— É claro — respondi, mas parte de mim ainda seguia Kai.

*O arquiteto não é importante. Não pode ser.* A voz de Howl surgiu na minha cabeça.

Tinha me esquecido do feitiço de união. Howl estava me observando. Assim como todos os outros Larápios, provavelmente. Senti as bochechas queimarem ao notar que os meus pensamentos foram ouvidos por eles, sobretudo por Jagger.

*Na próxima vez, vai aprender a se proteger*, disse alguém.

Na próxima vez, iríamos atrás de Bale.

A ideia de Kai dançando era quase tão absurda quanto a ideia de eu mesma dançando. Vê-lo abraçando a duquesa fez ressurgir o tempo que passamos juntos. Me trouxe de volta ao beijo.

— Você o beijou? — perguntou Jagger, baixinho, mas os olhos demonstravam uma intensidade que só pude entender como ciúmes.

— Ele me beijou — respondi, sentindo o rosto corar.

— Bem, não acho que seu beijo o enlouqueceu.

Dava para ver o ciúme nos olhos de Jagger. Observei os lábios dele, refletindo, considerando beijá-lo, apesar de onde estávamos. Apesar de Kai estar nos braços da duquesa. Apesar de Bale.

— Eu quase o congelei.

Se Jagger ficou surpreso, não demonstrou.

— Você não sabia controlar a sua neve, agora sabe.

Quase ri. Era mentira. Eu estava melhorando, mas beijos deveriam ser sobre renúncias; sobre abrir mão. Vira aquilo na TV e sentira com Bale, e até mesmo com Kai. Se os meus lábios um dia encostassem nos de Jagger, eu sabia que a última coisa que conseguiria controlar era a minha neve.

— Achei que era para tirarmos o arquiteto da cabeça — respondi, fingindo que ainda estávamos falando sobre Kai.

Mas nós dois sabíamos que não falávamos mais sobre o meu beijo com Kai, e sim sobre o beijo que Jagger esperava compartilhar comigo.

— Ele não está me distraindo — disse Jagger, parecendo fazer pouco caso.

No entanto, sabia que Jagger mentia.

Ele me guiou de costas pelo salão ao mesmo tempo em que me puxava mais para perto.

Quando passamos por Kai, não me atrevi a olhar para ele de novo.

— Só para você saber, uma vida sem beijos não vale a pena — declarou Jagger, afastando uma das mãos de mim e colocando no bolso. Tirou o seu relógio de lá.

Ele assentiu para mim. Não podíamos mais ficar conversando. Ou dançando. Tínhamos que agir. Havia um espelho para ser roubado. Tudo mais poderia esperar. Larguei a mão dele e fui em direção à escada, que dava uma volta em espiral até o segundo andar. Conforme subia cada degrau, olhei pela janela e vi que o gramado estava coberto de tendas até além do Rio. Todos queriam ver em primeira mão qual seria o escolhido da duquesa.

*Agora, Snow!*, disse Margot.

*Tomara que ela não estrague tudo.*

Olhei de volta para Jagger no salão de baile. Não estaria presente para vê-lo sem máscara e, apesar da minha promessa, gostaria de ter visto o seu verdadeiro rosto.

Naquele momento, todos os olhos estavam voltados para a duquesa, que falava com os seus convidados.

— Gostaria de agradecer a todos por terem vindo, é uma honra recebê-los na minha casa. Todos sabemos que a magia tem uma importância incomparável nesse reino. Porém, quando falamos de amor e do futuro de Algid, é importante ver as coisas como elas são. Preciso ver claramente a mão que vou aceitar antes de me encaminhar para o futuro. Assim, quando o relógio bater a meia-noite, todos os feitiços que foram usados serão desfeitos.

Faltavam dez minutos para o relógio bater as doze badaladas.

*Tique-taque, Snow,* ouvi a voz de Jagger na minha cabeça.

Me perguntei se eles simplesmente abandonariam a missão. Lei dos Larápios: ninguém vê o rosto verdadeiro de ninguém. Mas Jagger permaneceu no lugar, assim como todas as Larápias. O espelho era mesmo importante.

*Tique-taque, princesa,* falou a voz de Jagger enquanto ele abria caminho até a duquesa.

*Vou pegar as outras,* disse Fathom.

*A masmorra,* respondeu alguém.

Senti o coração acelerar. Estava tão preocupada com aquelas garotas quanto comigo mesma. Não era apenas o feitiço de união. Em algum momento daquela semana, eu tinha aprendido a não me importar com apenas uma ou duas pessoas, mas com um monte delas. Até Howl.

Tirei Jagger da cabeça. No entanto, quando alcancei o topo da escada, alguém pegou a minha mão e fez uma reverência profunda na minha frente.

Era Kai. Ele não ficara para mais uma dança com a duquesa, afinal. O garoto gentilmente me puxou para a sua silhueta reta e colocou a minha mão na dele. A música e a festa continuaram lá embaixo, as notas ritmadas flutuando até onde estávamos. Antes que pudesse perceber, Kai e eu dançávamos. Para a minha surpresa, ainda ficávamos bem juntos. Ele se movia com uma facilidade que eu não esperava. Enquanto isso, eu me atrapalhava, pisando nos pés dele e soltando palavrões baixinho. Quando olhei para Kai, lembrei a mim mesma que usava outro rosto. Ele achava que eu era outra pessoa, e essa outra pessoa deveria pedir desculpas.

Kai me envolveu nos seus braços. Seu corpo estava duro, mas ele conhecia os passos. Me perguntei se Gerde tinha lhe dado uma espécie de raiz dançante ou se era mais uma daquelas coisas em que Kai era insuportavelmente bom. Contudo, fiquei feliz em vê-lo. Seus olhos azuis encaravam os meus. Aquele não era o momento certo, mas a visão da sua figura alta acendeu algo em mim, algo que superou a intriga e o perigo.

— Sem ofensa, mas você não parece o tipo — falei.

— Que tipo?

— O tipo esperando-a-duquesa-eleger-você.

— Parece que os pretendentes da duquesa estão se esgotando. Fui convidado, como todos os outros, e um convite desses não pode ser ignorado.

Ele estava mentindo. Eu duvidava muito que o rei fosse mandar um convite para o zelador da Bruxa do Rio.

Parte de mim ficou ofendida. Nunca havia pensado em Kai com outra pessoa, só comigo. E ele tratava o meu disfarce, a condessa, da mesma forma que me tratava. Ou, quem sabe, pudesse sentir que era eu sob aquela concha bonita e perfeita.

— E onde os homens do rei o encontraram? — perguntei.

— Você me encontrou. Já se esqueceu?

Quase parei de imediato, mas continuei dançando. Ele estava falando da condessa ou de mim?

Kai continuou:

— Você me fez essa mesma pergunta da última vez que nos vimos. No baile da semana passada, lembra?

— Como poderia esquecer? — falei da forma mais reservada possível.

— E, ainda assim, não se lembra da nossa última dança. Aconteceu aqui, nesse lugar. Você me prometeu que me contaria mais quando nos encontrássemos de novo... mas, aparentemente, tenho um rosto fácil de ser esquecido.

Eu é que tinha um rosto que logo se esvairia.

— Não poderia esquecê-lo nunca... Apenas fiz uma longa viagem. E estou tonta com toda essa dança. Tente usar um espartilho.

— É claro, não invejo o preço que paga pela sua beleza. Mas aprecio os resultados.

Kai estava flertando?

Tive uma vontade repentina de contar tudo a ele. Mas o que diria?

Eu agora conhecia os segredos de muita gente, e a história das Larápias pertencia a elas mesmas, assim como a história de Gerde pertencia a ela e Kai.

— Não quero parecer presunçoso, mas você está com cara de quem quer me contar alguma coisa — disse Kai.

— E por que eu compartilharia algo com você?

— Porque, às vezes, é mais fácil falar com um desconhecido.

— Mas não seríamos mais desconhecidos.

— Exato. Talvez você não seja uma desconhecida, afinal. Talvez eu já a conheça e saiba o que pode fazer. O que precisa fazer.

— Com licença. Acho que preciso de um pouco de ar — falei, me afastando de Kai.

— Vamos nos encontrar de novo. Tenho certeza disso — disse Kai, de maneira misteriosa.

*Tique-taque, princesa*, repetiu Jagger.

Mas algo se sobrepôs ao monólogo dele. A multidão deu um arquejo coletivo. Pelo mais breve dos instantes, achei que tínhamos sido pegos.

*Calma*, disse a voz de Jagger.

Segui os pescoços que se contorciam e o ruído dos saltos altos entre a multidão quando a música e a dança pararam de repente. A reação dos convidados não tinha nada a ver com os Larápios.

Seis soldados, usando a farda vermelha do rei, carregavam uma caixa dourada escada abaixo.

Meu cérebro levou um segundo para processar o que eu via — quem eu via. Os soldados não carregavam uma caixa. Era uma jaula, com barras ornamentadas e curvas de bronze ao redor de um prisioneiro.

*Shhhhh...* Jagger tentou me silenciar de novo.

Kai congelou ao meu lado. E eu conseguia entender por quê. O que eles carregavam era a verdadeira razão para o rapaz estar ali.

Era Gerde na jaula dourada. Estava nua e tentava se cobrir com as mãos. Havia um olhar de pânico nos seus grandes olhos cinzentos.

Meu coração se despedaçou. Queria perguntar a Kai o que tinha acontecido. Como a pegaram? Mas então me lembrei de que não usava o meu próprio rosto.

Queria congelar o salão inteiro só para tirá-la dali.

*Sei que ela é sua amiga, mas não pode ajudá-la agora. Estamos aqui para pegar o espelho. Estamos aqui para depois salvar o seu Bale*, disse a voz de Jagger, me interrompendo de novo.

Se ele estivesse ao meu lado, acho que acabaria congelando-o também. Ele queria que eu escolhesse entre minha amiga e meu Bale.

Kai poderia salvar Gerde. Não poderia? Mas como? Ele não tinha magia, e a jaula de Gerde estava cercada por soldados.

*Vamos todos morrer se você revelar a sua identidade, Snow.*

Não conseguia ver o rosto de Margot na multidão, mas sabia que era ela que falava comigo.

*Você mesma disse que a distração é a melhor parte de um roubo*, respondi.

*Uma distração controlada. Não caos*, repreendeu Margot.

Observei Gerde na jaula. Minha amiga estava presa num salão com as pessoas mais refinadas de Algid. Margot me instruíra a tomar uma poção de etiqueta para que meus maus modos não se sobressaíssem entre eles, porém aquelas pessoas se mostravam mais bárbaras do que a Bruxa do Rio ou as Feras de Neve que viviam nas matas. Gerde era o entretenimento da noite.

— O rei está atrasado, mas lhe envia esse presente — anunciou um soldado.

A máscara da duquesa se ergueu de leve.

— Que tipo de presente é esse? É só uma menina.

Um dos soldados cutucou Gerde com a lança, a ponta afiada reluziu sob o brilho do candelabro flutuante.

*Não*, falei dentro da minha cabeça, rogando para que Gerde não mostrasse seu lado feroz.

A duquesa inspecionou Gerde através das barras.

— Não é uma garota qualquer — falou o soldado com um floreio orgulhoso na voz, cutucando Gerde outra vez.

Eu podia ver o rostinho rígido de Gerde. Ela estava resistindo — mas também estava com raiva. Ela se encolheu quando a ponta da lança machucou a pele dela, arrancando sangue.

Os convidados não reagiram.

O soldado do rei a espetou de novo. E de novo. Na terceira vez, vi que a mudança tinha começado. Quase desviei o olhar, mas vi que Gerde olhava para a multidão, procurando por Kai. Ela o encontrou, e o seu olhar fixou nele enquanto se transformava. Assim como eu a observara encontrando Kai quando estavam no cubo. O rapaz sempre conseguira acalmá-la e trazê-la de volta. Dessa vez, não havia nada que ele pudesse fazer.

Quando a transformação de Gerde estava completa, ela esticou os braços cobertos de pelos e penas pelas barras, tentando pegar o soldado. A duquesa sorriu por sobre a máscara, como se fosse justamente aquilo que ela esperava que acontecesse.

A multidão permaneceu muda e parada. Aquilo era comum em Algid? Garotas sendo dadas como presente e torturadas na frente de todos? Aquelas pessoas estavam escondendo o que pensavam sobre aquilo ou não tinham sentimento algum?

— Que descoberta maravilhosa. Agradeça a Sua Majestade por mim — disse a duquesa, por fim, batendo palmas.

Ela olhou para a multidão, e os convidados também bateram palmas. Eu não conseguia juntar as minhas mãos. Teias de neve já se formavam entre os meus dedos. Percebi que Kai também não aplaudia. Engoliu em seco, seu pomo de adão se movendo. Presumi que ele engolia as suas objeções, lembrando-se do plano que tivesse criado para tirá-la dali, qualquer que fosse.

— O rei vai gostar de saber que ficou satisfeita — falou o soldado com um sorriso lento, espetando Gerde mais uma vez para que ela se afastasse. Aparentemente, ver a fera era um deleite, mas vê-la esfolando a duquesa não seria apropriado.

O rei Lazar tinha alcançado um novo nível de bizarrice. Ele dava pessoas de presente. O baile, que, até segundos atrás, estava lindo, se transformara em um evento grotesco.

*Sinto muito, Margot*, falei na minha cabeça.

Foquei a fechadura. Com um pouco de sorte, talvez pudesse formar uma chave de gelo e passá-la para Gerde.

Porém, antes que eu pudesse fazer qualquer coisa, Kai se inclinou de repente e desceu a escada na direção da irmã.

Então as luzes se apagaram.

*Resolva a sua prioridade antes*, falou Margot.

Eu precisava terminar a missão.

*Ignore o caos*, disse a mim mesma.

*Use o caos*, respondeu a voz de Margot na minha cabeça.

Me lancei para longe do meu passado recente e fui na direção do meu futuro. Corri pelas escadas o mais rápido que consegui, tentando parecer uma garota afobada que precisava retocar a maquiagem depois da grande comoção, e não uma ladra pronta para roubar a duquesa.

— Pelo visto, de alguma forma, a magia se esgotou — disse a duquesa conforme os serventes traziam um mar de velas. Ela sorria, mas eu achava que ela sabia que a magia não desaparecia dessa forma, precisava ser tomada. — Por sorte, ainda temos uma bebida tão mágica quanto. Champanhe para todos... — falou, se certificando de que a festa continuaria.

Pude ouvir a voz de Fathom na minha cabeça, confirmando que o nosso plano ainda estava de pé.

*Finalmente, nossa gente vai voltar para casa*, disse Fathom, soando mais sentimental do que eu já presenciara.

Enquanto os servos levavam outra rodada de espumante no que pareciam ser bandejas flutuantes, e a banda voltava a tocar, olhei para onde Kai estivera e depois para Jagger. *Ele é tão bom em interpretar esse papel*, pensei, vendo-o se apresentar à duquesa, pingando de charme. O feitiço de união permitia que nos movêssemos paralelamente e compartilhássemos uma consciência, mas nem todo mundo era tão bom em esconder o que pensava quanto Jagger.

Eu esperava poder esconder os sentimentos que tinha por ele. Esconder os sentimentos dele e de todos na minha vida.

# 37

O TERCEIRO ANDAR do palácio da duquesa era ainda mais glamouroso do que os inferiores. Tive que me conter para não tocar nas pétalas douradas que cobriam as paredes. Elas me lembravam das flores do requintado vestido da anfitriã. Olhei ao redor antes de libertar a mariposa de localização que Fathom me entregara. O inseto mágico de asas prateadas alçou voo, e o segui até a porta do quarto da minha prima.

Fechei rapidamente a porta às minhas costas e analisei o cômodo. Uma cama com dossel luxuosa ocupava o centro, havia uma pintura retratando a duquesa numa das paredes, o rosto oculto sob a máscara, como sempre. Uma caixa cheia de joias ficava sobre a cômoda, o conteúdo devia valer milhões. Procurei pelo cofre.

Margot tinha dito para eu usar a magia, então chamei a minha neve.

Tiras de gelo saíram pela ponta dos meus dedos e procuraram pelo espelho. Observei enquanto o gelo abria caminho por cima e por baixo de todas as superfícies do quarto. Uma névoa se formou debaixo da cama, depois pelo armário decorado e, então, na direção das cortinas.

A névoa enfim se estabeleceu acima de um tapete cinza-claro que cobria o centro do cômodo. Puxei o tapete e não vi nada além de tábuas. A névoa se concentrou numa seção da madeira.

*A magia gosta de poesia*, dissera Margot.

— Abra para mim. Revele sua recompensa.

Toquei no chão e várias tábuas caíram silenciosamente na escuridão abaixo. Dei uma cambalhota para trás, evitando a queda por um triz.

Peguei uma vela da mesa de cabeceira da duquesa e espiei o buraco. Não havia escadas, apenas escuridão.

Com um gesto, criei uma escada em caracol, de gelo, até o chão, que eu não conseguia ver.

Desci com cuidado no escuro. Quando cheguei ao último degrau, me deparei com um longo corredor. No final, havia um portal em arco decorado com vários pingentes de gelo. Apesar de a passagem parecer aberta, eu sabia que, para atravessá-la em segurança, seria necessário mais do que simplesmente passar por baixo. Margot explicara que o arquiteto do cofre a avisara sobre esse local.

Coloquei a vela no chão e estiquei a mão. Os pingentes de gelo caíram como uma guilhotina. Pararam a um centímetro da minha pele. Eu não tinha me machucado, mas não podia passar. Ainda não.

Margot tinha dito que o cofre pedia sangue. Sangue real.

Peguei a adaga que Fathom me entregara mais cedo. A arma ardeu, e cortei rapidamente a palma da minha mão. A dor foi duplicada pela lâmina quente. Cerrei os dentes para não gritar. Abri a mão debaixo da passagem de novo. Dessa vez, quando os pingentes caíram, um fragmento mergulhou gentilmente no sangue. Então, o gelo se retraiu todo de uma vez, e segui em frente.

Esperava outra armadilha mágica, mas, em vez disso, entrei num cômodo enorme cheio de espelhos.

Havia pedaços de todos os tamanhos e formatos. Alguns estavam emoldurados. Outros, encostados nas paredes. Alguns que se empilhavam até o teto. Era realmente genial. Se qualquer pessoa que não fosse o rei ou a duquesa chegasse tão longe, como encontraria o espelho certo? Como eu mesma poderia saber?

Analisei meu reflexo num espelho após o outro — mas sem utilidade. Vi o rosto que roubei da mulher em cada um deles.

Exausta, me joguei no chão. Não tinha ido tão longe para desistir. Chamei a minha neve, mas a névoa deu voltas ao meu redor e não foi para lugar nenhum.

— Espelho, espelho meu, observe a queda da poderosa Rainha da Neve... — zombei. — Às vezes, é preciso quebrar coisas para descobrir o que é inquebrável.

Aquelas palavras não eram minhas. Elas pertenciam ao dr. Harris. Ele falara aquilo depois de Bale quebrar o meu pulso, para mostrar como eu poderia ser forte. Mas me lembro de ficar ofendida, pensando que o médico tinha chamado Bale de fraco. Assim, acabei quebrando um peso de papel feito de vidro da escrivaninha dele.

Chamei a minha neve de novo, prendi a respiração e fechei os olhos.

— Quebre — ordenei antes de ficar em posição fetal.

Houve uma longa pausa. Fazer feitiços ainda era novidade para mim.

Todos os espelhos explodiram na mesma hora. Meus ouvidos se encheram da cacofonia de vidro se quebrando. Segundos se passaram, e pude sentir o vento criado pelo movimento dos cacos ao meu redor. Não fui arranhada por nenhum pedaço.

Abri os olhos. Quando me levantei, tudo que via era um lençol de espelhos quebrados. Caminhei nos destroços, procurando pelo único que permanecera intacto.

No canto do cômodo, vi um estojo pequeno. Era dourado, com um símbolo que lembrava o de uma das marcas na Árvore. A princípio, achei que era uma flor. Mas, na verdade, era um floco de neve com um formato estranho. Prendi a respiração antes de abri-lo e soltei um suspiro de surpresa quando vi o meu reflexo. O espelho estava sem um arranhão, mas o rosto refletido nele não era o que eu pegara emprestado da condessa. Era o meu.

O espelho do rei conseguia ver através do rosto que Fathom me dera. Conseguia ver o meu verdadeiro eu. Fechei o estojo e subi a escada de gelo com cuidado. Não sei quanto tempo fiquei lá embaixo, mas não havia um segundo a perder.

No instante em que coloquei o tapete de volta sobre o piso de madeira, a porta do quarto se escancarou. A duquesa entrou furiosa, seguida por um grupo de guardas armados e de aparência perigosa, usando o mesmo azul que decorava o palácio. Escondi às pressas o espelho nos vincos do meu vestido.

— O que está fazendo no meu quarto? — perguntou a duquesa.

Hesitei, criando uma mentira e tentando não encarar a máscara brilhante que agora parecia incrustrada na pele da mulher.

— Olha, me desculpe, tá bem? Entrei no corredor errado e acabei vindo parar aqui. Não quis fazer nada de errado. Estava voltando para a festa — menti e fiz menção de passar por ela.

Com um aceno da cabeça dela, um dos guardas ficou no meu caminho.

A memória daqueles homens rindo de Gerde me invadiu. Uma parte de mim já queria congelá-los até a morte, mesmo que a duquesa não acreditasse na minha história.

O relógio bateu meia-noite.

Soltei um palavrão quando o meu rosto voltou ao normal, apesar de, naquele instante, me sentir qualquer coisa, menos normal.

A duquesa arquejou, e a cor da pele que eu podia ver por trás da máscara desapareceu das suas bochechas rosadas.

Ela se virou para os guardas e ordenou:

— Saiam!

O líder do grupo ficou em dúvida, não querendo deixar a sua senhora desprotegida.

Ele tinha me reconhecido? *Ela* tinha me reconhecido?

A duquesa o fitou com o olhar firme, então ele e os outros marcharam para fora.

Ficamos por um bom tempo encarando uma à outra em silêncio. Por fim, ela falou:

— Muito bem, Snow. Há quanto tempo.

Pude ouvir as vozes da minha equipe me abandonando, não de propósito, mas porque a magia estava em seu fim.

*Ela foi pega!*

*Já sabem que estamos aqui.*
*Onde está Snow?*, perguntou Jagger.
*Cadê ela?*, disse Fathom.
*Não saio daqui sem ela.*
*Estamos cercadas.*
*Volte para o barco, Jagger.*
*Não!*, protestou ele.
*Vai me agradecer depois*, disse a voz de Fathom.
*Fathom, você bateu nele com força demais*, comentou Howl.
*Princesa...* A voz de Jagger foi desaparecendo.
Então, silêncio.
Eles se foram.
Olhei para a minha prima, a duquesa. Eu poderia ser convidada dela, ou prisioneira dela, ou poderia começar uma tempestade e voltar para os Larápios.

— Sei que veio com Larápios e sei por que está aqui.

— Então, por que mandou os guardas embora? — perguntei. Não havia motivo para mentir.

— Porque somos parentes. Sangue do mesmo sangue. E isso tem alguma importância para mim. Temos muito a conversar. Mas, antes, precisa me devolver o espelho — disse ela, estendendo a mão.

Meu coração parou. Durante todo o tempo em que ficamos conversando, a duquesa sabia que eu tinha roubado o espelho. Meu instinto era congelá-la e congelar os guardas, que provavelmente ainda estavam esperando do outro lado da porta. Levantei a mão, sentindo o gelo preencher minhas veias. Mas algo me impediu. Aquilo era errado. Eu não poderia usar a minha neve. A duquesa não fizera nada contra mim. Eu lutava contra a minha indecisão enquanto ela batia o pé no tapete, esperando.

— Por que não fazemos assim, Snow? — falou a duquesa. — Me dê o espelho, e direi a você o que ele significa. Explicarei por que estou com ele e por que ele não pode ficar com você. Tudo em Algid depende disso.

A oportunidade para aprender mais sobre aquela maldita profecia era boa demais para ser recusada. Relutantemente, tirei o espelho dos vincos do vestido e fiz menção de entregá-lo para ela. No entanto, algo me impediu: a imagem da duquesa no salão de baile com o seu presente. Não sabia a que tipo de pessoa estava dando o espelho; não importavam as respostas prometidas.

— Lá no salão, você pareceu ter gostado muito do presente de Lazar. Como posso saber que não está falando tudo isso por ele? Que não vai deixar que ele me mate?

— Você não tem como saber. Às vezes, a confiança é uma escolha.

— Que engraçado, achei que devia ser merecida.

— Além disso, você é a Princesa da Neve, não é? Se não gostar do que ouvir, pode me congelar e sair daqui com o espelho roubado.

A lógica brutal dela fazia algum sentido.

Abri a mão. Ela agarrou o espelho e o virou com uma espécie de reverência.

Então, abriu o estojo e falou:

— Observe e aprenda.

A duquesa se inclinou e soprou no espelho. Ele se liquefez, se alongando e se afastando dela, formando um espelho da minha altura. As bordas tinham o formato de peças de quebra-cabeça. Aquele pedaço representava apenas um terço do tamanho total. A Bruxa do Rio e Jagger já tinham me contado sobre aquele detalhe do artefato mágico.

A duquesa e eu estávamos ambas refletidas no espelho.

Então foi a minha vez de perder o fôlego.

A máscara dela tinha desaparecido. No espelho, a duquesa tinha a mesma aparência que eu.

— Não entendo. É um truque — falei.

— É a verdade. O espelho mostra o que é real, entre outras qualidades — respondeu ela de forma simples, como se aquela fosse uma ocorrência cotidiana.

Com algum esforço, ela retirou a máscara. As bordas do laço eram pequenos tentáculos que pareciam querer prendê-la no lugar. A máscara era uma coisa viva, ou, ao menos, uma coisa mágica.

A duquesa tinha o meu rosto. Os mesmos olhos. O mesmo nariz. Os mesmos lábios. Não podia ser, mas era.

— Que diabo é isso? — falei em voz alta, conforme ela largava a máscara no chão.

Então, ela revelou a única explicação possível.

— Nós somos irmãs.

A duquesa era minha irmã gêmea.

# 38

— PODE ME CHAMAR DE TEMPERLY. Nunca achei que fosse aparecer no meu baile. E com um bando de Larápios, ainda por cima. Foi muito esperto da sua parte encontrar amigos que não fossem aliados do rei. Em Algid, isso não é nada fácil... e ouvi dizer que são um grupo perigoso. Eles realmente roubam rostos? — perguntou Temperly.

Acho que ela notou que eu ainda estava me recuperando do choque, ou talvez fosse apenas parte da etiqueta real preencher o silêncio. A duquesa era minha irmã. Temperly pode ter ficado surpresa com a minha companhia em Algid, mas eu não era surpresa alguma para ela. Ela me conhecia.

Sua cadência, sua maneira de falar, era diferente da minha. Mais formal. Menos provável de soltar uma série de palavrões a qualquer momento.

— Eu não esperava por isso. Sério — respondi, enfim encontrando a minha voz.

Talvez fosse um truque. Talvez fosse como os rostos que Fathom roubava. Era magia. Mas alguma coisa nas minhas entranhas me dizia que era verdade. O feitiço tinha desfeito o meu disfarce, e o espelho revelara o verdadeiro rosto dela, a única questão é que era o meu rosto também.

— Como isso é possível? — perguntei.

A expressão dela ficou triste.

— Cresci sabendo da sua existência, claro. Você era uma história de ninar, um aviso para tomar cuidado. Eu só ouvia falar de você, e você nem sabia que eu existia. A verdade, porém, é que ninguém sabia — disse ela, de forma quase amargurada.

"Havia dois bebês. Só a nossa mãe sabe sobre mim. E as bruxas, também. E você, agora. Quando nasci, ela me entregou em segredo para uma das bruxas. A bruxa pensou ter escolhido bem. Uma boa família, nos confins de Algid, me criou como se eu fosse filha deles. Nosso pai também não sabe da minha existência, não tenho um pingo da neve."

Meus olhos começaram a lacrimejar. Percebi que eu não tinha piscado desde o instante em que ela tirou a máscara.

Minha mãe salvou a nós duas, mas não levara minha irmã conosco. Será que havia considerado mais seguro? Se *eu* tinha problemas com as escolhas da minha mãe, não conseguia nem imaginar como Temperly vivera com a decisão dela durante todos aqueles anos. Eu fui aprisionada. Ela foi abandonada.

Meu coração se apertou. Outra coisa impossível se empilhava sobre o restante das coisas impossíveis que ameaçava me esmagar. Mas me concentrei e observei o rosto da minha irmã, tentando encontrar ali algo que fosse diferente do meu.

— É por isso que você esconde a sua face de todos?

— Sim. Por causa da profecia. Bastaria uma olhada para o rei saber quem sou de verdade.

— Isso é incrível — falei. — Como acabou se tornando duquesa?

— Nunca imaginei que ele se interessaria por mim. Tenho certeza de que a nossa mãe não planejou isso. A bruxa nem pestanejou ao me entregar para uma família com parentesco distante do rei, tantas pessoas são parentes distantes dele. Porém, conforme os anos se passaram, o rei se livrou de muitos de seus familiares, incluindo o duque e a duquesa que me adotaram. Numa reviravolta bizarra do destino, a duquesa que ele pensa que sou é, na verdade, a última de sua linhagem.

— E o rei... esse tempo todo, nunca viu o seu rosto?

O homem sobre quem ouvi falar tanto ficaria curioso ao menos uma vez durante todos esses anos. Fiquei chocada por ele não ter visto quem ela era.

— O rei não pensa em mim. Ele tem a Neve. Tem a lembrança da nossa mãe. Essas são as únicas coisas com as quais ele se importa, seja nesse mundo ou no vindouro.

Ela piscou para mim com os seus olhos grandes. Era menos estranho para ela, pois Temperly sempre soube da minha existência. Ela esperava por aquele dia.

— Quando eu era pequena, costumava sonhar que você viria para trocarmos de lugar...

— Para viver uma vida glamourosa além da Árvore? Você não perdeu muita coisa. Eu fiquei num instituto psiquiátrico — falei, interrompendo-a, a voz pingando de sarcasmo.

— Sonhei que eu iria para lá, e você viria para cá, que mataria o nosso pai — disse ela, sem se incomodar com a minha interrupção.

Ela não conhecia sarcasmo, mas conhecia bem a sede de sangue.

— Sabe como é ser a única pessoa na família a não ter poderes?

Aquela, porém, não era a única coisa que Temperly não tinha. Ela também não tinha amor. Eu não sabia o que a minha mãe significava para mim, não de verdade. Minha mãe manteve muitas coisas horríveis em segredo, mas, à sua própria maneira, me protegeu.

— Como pode ter certeza de que a profecia fala de mim? Por que não falaria de você? — perguntei, analisando-a.

Meu tom de voz não soou como eu queria. Eu soava quase esperançosa. Não pude deixar de imaginar como seria se tudo aquilo fosse um tipo de erro. Se o fardo daquele mundo, daquela profecia, pertencia a alguém que não eu.

Ela gesticulou e balançou as mãos, mas foi inútil. Temperly não tinha neve.

— Não é sobre mim. Sempre foi sobre você.

Ela acreditava naquela história e na profecia que fizera tudo aquilo conosco. Mas e se não fosse verdade? E se todos estivéssemos interpretando papéis numa ficção? Tantas vidas arruinadas. Talvez se não acreditássemos na história, e sim uns nos outros, as coisas seriam bem diferentes.

— Tive que passar a vida inteira dessa forma... esperando você e o Eclipse das Luzes — disse Temperly.

Pensei no Whittaker e dei uma olhada no seu belo quarto. Meus olhos focaram um doce enrolado em papel prateado sobre o seu travesseiro de seda. Ao menos, a prisão dela era luxuosa e opulenta, com todos os confortos imagináveis. Ela tinha chocolates, e eu tinha os sete anões. Podia apostar que ela também tinha um vestido para cada emoção.

— É, parece horrível. Usar vestidos de alta-costura toda noite, dançar com os solteiros mais cobiçados do reino, num conto de fadas próprio...

Me lembrei dela dançando com Kai. Corei com o ciúme repentino. Ele não era a questão no momento, disse a mim mesma.

Temperly piscou forte, talvez por não estar acostumada a alguém contrariá-la.

— Eu era drogada todo dia e trancafiada no quarto à noite — falei.

— É estranho, não? — disse Temperly, olhando para mim. — Nós duas tivemos nossas prisões.

Mas num detalhe a minha prisão era melhor do que a dela: eu tinha Bale. E, de certa forma, minha mãe. Mesmo nunca tendo dado valor de verdade até ir para Algid.

— No entanto, ninguém está dizendo quem você deveria amar — falou ela, baixinho. Aquele era o fardo de Temperly. A problemática que definia a sua existência, que transformava a sua bela vida em algo não tão bonito.

— Suas opções são muito boas. Você estava dançando com um rapaz... — falei, com uma gota de esperança. Até eu sentia uma pontada de compreensão agora. Não teria sobrevivido em Whittaker sem Bale. Como ela sobreviveu em Algid sozinha?

— Qual deles? — perguntou ela, um pouco incomodada, um pouco interessada.

Era uma boa questão. Ela também dançara com Jagger. Mas foi Kai quem surgiu na minha mente primeiro.

— Não importa — ela disse. — Não posso amar nenhum deles...
— Seus olhos encararam o tapete cinza como se, de repente, aquilo fosse a coisa mais interessante do mundo.

— Não entendo.

— Eu amo outra pessoa. Alguém que o rei e o povo jamais aprovariam.

Quase perdi o equilíbrio. A duquesa tinha camadas e segredos. Eu deixara o vestido e as suas maneiras me enganarem, ela era mais do que parecia.

— Quem? — perguntei.

— Quando eu era bem jovem, conheci alguém de outra terra. Nós nos apaixonamos na hora... mas ele foi levado pelos homens do rei.

— O Executor? — perguntei, tremendo ao pensar nele e no nosso primeiro embate.

Distraída, a duquesa se aprumou à menção daquele nome.

— O braço direito do rei? Tomara que o meu amor nunca o encontre. De acordo com a lenda, talvez ele nem seja um homem. Pode ser apenas uma das invenções do rei. Uma armadura cheia de neve animada. Ainda assim, dizem que o rei consegue ver pelos olhos do Executor, da mesma forma que consegue ver através das Conchas.

— Conchas?

— Segundo a lenda, quando Lazar fica por tempo suficiente no cérebro, ele pode apagar as memórias de quem está controlando. O resultado são as Conchas. Nunca as vi, mas dizem que ficam perambulando pela floresta.

— Você acredita mesmo nisso?

— Já o vi fazendo coisas incríveis com a neve. Coisas impossíveis... e acho que já o senti tentando bisbilhotar meus pensamentos. Mas talvez seja só coisa da minha cabeça. Quanto mais mal você vê, mais ele parece infinito. Suponho que o mesmo valha para o bem, mas não vi muito disso ainda.

Assenti.

— Você sabe... você... tem certeza... de que o seu amor... de que ele ainda...

*Está vivo*, pensei, mas não falei em voz alta. Eu tinha visto o que o Executor era capaz de fazer.

Os olhos da minha irmã se arregalaram com o pensamento de o Executor machucando — ou fazendo algo pior — ao seu amor.

— Tenho fontes no palácio do rei. Meu amado passou por maus bocados. Mas sobreviveu.

— Sinto muito, Temperly — falei, com honestidade.

De repente, tínhamos muito mais em comum do que pensei ser possível.

— Então vai continuar enrolando para dar tempo de ele encontrar uma maneira de escapar?

Ela desviou o olhar. Não sabia se era doloroso demais para Temperly conversar sobre aquele assunto ou se havia alguma coisa que não me contara.

— Não sei como tirá-lo de lá. Não há nada, exceto a esperança. O povo depende de mim para manter o sangue real. O rei e eu estamos em paz, mas as pessoas estão ficando impacientes. Elas querem um casamento e um bebê para focar as suas afeições.

— Então, por quanto tempo planeja atrasar o casamento?

— Para sempre, se necessário — respondeu a minha irmã, suspirando. O fardo que carregava pareceu ficar mais pesado conforme ela falava. Como se o ato de se abrir para mim trouxesse toda a dor para a superfície. — O povo espera que a Princesa da Neve retorne e nos salve. Agora que está aqui, talvez minhas preces tenham sido atendidas, talvez todas tenham sido atendidas.

— Não sou uma heroína.

— É o que veremos. Deve achar que sou terrível por não fazer nada para resgatar o meu amado.

— Não julgo — falei, rápido, mas parte de mim questionava quem ela era e o que estava deixando de fazer. Afinal, eu tinha atravessado a Árvore em busca do meu amor. Não podia depender da esperança. Na conjuntura dela, a esperança era eu. Ao mesmo tempo, eu ignorava a profecia que dizia que deveria salvar aquele mundo e o seu povo.

— Tem mais envolvido nessa história do que você pensa. Muito mais...

— Como o quê? — perguntei.

Ela fez uma pausa e mordeu os belos lábios. Torceu as mãos, que embora iguais às minhas, de alguma maneira, pareciam mais delicadas.

— Não acha que tenho vontade de reunir os guardas e lutar com o rei? Quero salvar o meu amor daquela prisão nas alturas e não olhar para trás. Mas, se falhar, não serei a única a sofrer. Seria a terra inteira. Muita gente depende de mim.

— Mas as pessoas já não estão sofrendo? — Eu me lembrei do garotinho na praça. A duquesa estava enganada se pensava que seu silêncio ajudava o povo.

— Você não conhece o rei como eu. Poderia ser bem pior. Em comparação, isso é misericórdia.

Assenti, aceitando a palavra dela. Contudo, algo dentro de mim se revirou. Talvez um toque da minha própria vergonha. Aquela luta deveria ser minha, e eu não a encararia.

Tentei afastar a sensação. Me concentrei na duquesa, cujo lábio inferior tremia, como se estivesse lutando para não chorar. Eu queria deter suas lágrimas.

Me lembrei de uma coisa que li na biblioteca do dr. Harris.

— De onde venho, existe uma história que fala sobre uma mulher cujo marido viaja, e todos pressupõem estar morto. Ela espera o marido voltar para casa, mas é pressionada a se casar de novo. A mulher promete que, assim que terminar a mortalha do sogro, vai escolher um novo marido. Então, todo dia, ela tecia a mortalha, e toda noite, desfazia o trabalho.

Era o mito grego de Odisseu e Penélope. Mas, para a duquesa, parecia que eu contava algo real e importante. Algo possível. A verdade, porém, era que a duquesa já tecia e desfazia seu trabalho diariamente com o pequeno drama do noivado, para as pessoas e o rei acreditarem.

— E como a história acaba? — perguntou ela, baixinho, a voz cheia de esperança. Ela torcia para a mulher da história porque torcia para si mesma.

— Leva um bom tempo. Anos. Mas ela e o amado voltam a se encontrar. Acho que Odisseu mata todos os pretendentes. Não me lembro bem.

Deixei de fora a parte em que o herói dormia com outras mulheres durante a jornada, enquanto Penélope tecia a mortalha. Não queria diminuir o romance.

— Não importa — sussurrou ela. — A questão é que amo alguém, mas amo mais o povo. Ele entende isso. O mundo é maior do que nós.

Apesar de tudo que tinha feito nos últimos dias, ainda acreditava que meu mundo era só eu e Bale. Não era?

Porém, ao olhar para o rosto idêntico da minha irmã, meu plano se desfez. Senti a emoção errada pela milionésima vez. Minha vontade não era salvar Algid, não era salvar os Larápios. Eu queria que Bale e eu ficássemos livres. Não era nobre ou magnânima.

Mas tinha uma irmã ali. Aquilo mudava tudo. Ou talvez não. Eu não a conhecia. Mesmo assim, sentia uma espécie de gravidade na sua presença, me puxando para a sua história, deixando-a entrar na minha.

— Podemos ser parecidas. Podemos compartilhar do mesmo DNA, mas não nos conhecemos e não significamos nada uma para a outra — falei, me defendendo.

— E isso nunca vai mudar, a não ser que saia daqui agora.

Ela fez um gesto com a mão e o espelho diminuiu, até voltar para o estojo. Então, ela o entregou para mim.

— Está me entregando?

— Pode pegar. Vai precisar dele para encontrar as outras bruxas e alcançar a paz.

— O que acontecerá se o rei descobrir que estou com o espelho e que você esteve envolvida?

Ela hesitou e depois respondeu:

— O que quer que aconteça, saberei que enfim fiz alguma coisa.

Temperly achou que os seus pesadelos tinham acabado. Achou que eu estava lá para corrigir tudo. Não poderia estar mais enganada. Eu não conseguiria pegar o espelho sem contar a verdade a ela.

— Não quero matar o nosso... o rei Lazar. Não que ele não mereça, mas o rei também tem uma coisa minha. Só quero encontrar meu amigo e voltar para o nosso lado da Árvore. O nome dele é Bale.

Ela balançou a cabeça, desapontada.

— Mas você pode vir conosco... se quiser — ofereci.

Não conseguia imaginar aquela garota da realeza no norte do estado de Nova York, mas também não conseguia imaginar a mim mesma de volta. Não podia retornar para o Whittaker. Não sabia como eu, ela e Bale sobreviveríamos quando voltássemos ao mundo real. Mas seria melhor do que Algid. Para cada magia que havia naquele mundo, havia dor em potencial.

— Então vai dar o espelho para os Larápios? Sabe que não deve confiar neles.

— Você acabou de dizer que encontrei amigos que são inimigos do rei. Eles têm o mesmo objetivo que você.

— Você não é como eu pensei — disse Temperly.

— Temperly...

— Pensei que fosse uma heroína.

— Eu nunca disse que era. E você? Ficou com o espelho esse tempo todo. Não precisava de mim ou do poder da neve para firmar a paz entre as bruxas.

Uma expressão de dor surgiu em seu rosto, mas, por fim, acabou virando algo como vergonha.

— Tem razão. Eu não tinha o seu poder. E a profecia diz que precisava ser você.

Senti o gelo de novo, a pressão de dentro para fora, de raiva e fúria. Ninguém ia me dizer o que fazer, para onde ir ou quem eu era.

Mas ela estava certa, eu não era nenhuma heroína. E, naquele momento, Temperly estava no caminho do que eu queria. Precisava do espelho, era a passagem para que eu e Bale saíssemos de Algid. Não ia salvar o mundo, nem os Larápios.

Um anel de gelo começou a se formar aos meus pés, girando ao nosso redor. Temperly olhou para baixo, assustada, e voltou a me encarar.

Percebi que ela sabia que eu podia simplesmente pegar o espelho se quisesse.

— Preciso que me entregue o espelho, Temperly. Desculpe. Pode vir comigo... ou pode ficar aqui. Mas não saio sem ele.

A expressão de Temperly se fechou. Não era decepção dessa vez. Era medo.

— Guardas! — gritou ela, pressionando o estojo no peito. Então os seus olhos notaram alguém atrás de mim.

Quando me virei, o rei Lazar estava de pé sob a soleira da porta. Meu pai. Ou melhor, nosso pai.

— Não! — gritou ela, a mão correndo para cobrir o rosto. O rosto igual ao meu. Minha irmã pegou a máscara no chão e logo a colocou de volta. Os laços se prenderam na pele como tentáculos.

Observei enquanto a sua linguagem corporal voltava à postura de realeza. Ela fez uma reverência profunda novamente, mas a cortesia tinha outra função: uma oportunidade de colocar o espelho no bolso de uma das saias.

Olhei para o rosto de Lazar. A expressão dele era fria feito gelo. Eu não sabia como deveria ser o rosto do mal, mas não esperava aquilo.

Nunca tinha visto o meu pai — ao menos, não me lembrava dele. Era apenas um bebê quando a minha mãe me levara embora. Mas não precisava me lembrar da aparência dele para saber que era meu pai biológico. O rosto era mais jovem e bonito do que eu esperava. Sempre achei que eu era a cara da minha mãe, mas havia algo ao redor dos olhos e nos ossos do rosto que compartilhava com ele. E o sorriso, que eu quase nunca usava, estava estampado no seu rosto, voltado para mim.

Stephen Yardley — o homem que dizia ser o meu pai e que me visitava a cada dois meses no Whittaker — e eu não tínhamos nada em comum. Ele era rechonchudo onde eu era magra. Era grande e eu era pequena. Talvez ele não tivesse ficado apenas desapontado com aquela louca mirim. Talvez ele só não quisesse que eu visse a verdade: que não tínhamos nenhum parentesco.

Olhando para Lazar, desejei estar errada sobre Stephen Yardley. Desejei um laço de sangue onde sabia que não havia nada. E desejei me livrar do sangue que compartilhava com o homem à minha frente.

A armadura do meu pai tinha os mesmos símbolos que a Árvore e a armadura do Executor, mas a dele era de um vermelho-vivo, e não preta, como a do seu lacaio.

A pele estava queimada como se ele tivesse ficado exposto muito tempo ao sol, e havia marcas no rosto e nos braços que me lembraram das marcas que vi nos braços que levaram Bale.

Ao fitar o azul gelado dos olhos do meu pai, percebi que era certo que aquele momento chegaria. Eu havia pensado mesmo que seria possível entrar e sair de Algid sem encará-lo? Podia não acreditar em destino, mas isso não significava que ele deixaria de aparecer com uma armadura completa cinco minutos depois de eu conhecer a minha irmã gêmea secreta.

— Então existem duas de vocês. Aquela Ora era mesmo esperta. Bem debaixo do meu nariz. Que reunião de família peculiar... — disse ele, por fim, a voz profunda e firme.

— Você não é minha família — respondi com um tom equilibrado. Não queria demonstrar emoção. Ele não merecia ver nenhuma, mas não pude me segurar.

O desenho gelado no chão se ergueu na forma de estacas. Rajadas de neve sopraram pelo ar. Tudo por mim.

— Sua neve discorda. Ora, vamos, isso lá é maneira de cumprimentar seu pai?

Temperly olhou de mim para o pai dela, nosso pai.

As veias debaixo da pele do rosto dele se ergueram e incharam, deixando o sangue azul evidente. Com um gesto, pedaços de gelo criaram um globo ao redor de Temperly. Ela estava presa.

Minha irmã bateu as mãos no gelo e, sem emitir som, falou uma coisa para mim.

*Mate-o.*

# 39

POR UM SEGUNDO, fiquei parada, encarando minha irmã na bolha de gelo.

*A neve dele é diferente da sua*, dissera Fathom.

Ela tinha examinado nós dois de perto. O dom dele não era igual ao meu? Ou o rei apenas tivera mais tempo de prática?

— Acho que isso vai nos dar algum tempo para conversar — zombou ele às minhas costas.

Ele me lembrava de alguém. Meu primeiro pensamento foi Storm, de *The End of Almost*, porque ele era o maior vilão que Haven havia encontrado, mas a questão é que ele não sabia que era vilão. Storm achava que todas suas maldades eram corretas. Ele tinha razões próprias, assim como, aparentemente, o rei Lazar.

Tinha quase certeza de que Temperly ainda não havia decidido se gostava de mim ou não. Eu também não sabia se gostava dela, mas, ao observá-la, pude ver que ela odiava Lazar tanto quanto eu. Talvez mais. Lancei uma estaca de gelo afiada na direção do globo, para quebrá-lo, que ricocheteou na superfície dura como pedra e caiu no tapete.

— Deixe-a sair — mandei.

— Infelizmente, não posso. — O rei ignorou a mim e Temperly, que deixara a elegância de lado. Naquele momento, ela batia o corpo contra o gelo.

Joguei uma estaca de gelo no rei, mas ele a desviou com um movimento da mão.

— Tenho planos para você, Snow — disse Lazar enquanto eu mandava outra estaca para cima dele. O rei habilmente saiu de baixo do arco.

Enquanto isso, os soldados de Temperly entraram no quarto, em resposta à comoção.

— Vossa Alteza — disse o líder do grupo, vendo a sua senhora presa num globo de gelo.

O rei o congelou primeiro. Os outros sacaram as espadas, e Lazar os congelou no momento em que estavam prontos para atacar, as bocas ainda abertas, as espadas já fora das bainhas.

Foi tudo tão rápido que nem consegui levantar as mãos para contra-atacar.

Percebi que era a minha vez de correr. Lazar ergueu a mão na minha direção. Talvez para me impedir, talvez para me machucar. Pensei em disparar pela porta, mas ver Temperly no globo me impediu. Lancei uma parede de gelo entre ele e a passagem. Não sabia quanto tempo duraria, mas pude ver o sorriso do rei através do gelo, ele estava impressionado com o meu empenho.

Tentei partir o globo com outra explosão de neve, mas a superfície permaneceu imaculada. Por trás da parede congelada, já era possível ouvir o rei destruindo o meu trabalho. No globo, Temperly balançava a cabeça, gesticulando para eu ir embora e me salvar.

Então me lembrei da adaga.

Levantei o vestido e a retirei da cinta-liga que Fathom me dera. Respirei fundo antes de envolver o cabo com a minha mão. A lâmina brilhava conforme eu acertava o gelo, que, um instante depois, se partiu. Tirei Temperly da redoma.

Ainda segurando a mão dela, saí correndo do quarto, fechando a passagem com mais gelo depois de cruzarmos a porta.

Ela olhou para mim. Seu rosto estampava uma pergunta: e agora?

— Você ficou por minha causa? — disse ela, surpresa.

Não respondi, apenas continuei puxando-a pelo corredor. Ouvi sons altos vindos do salão de baile enquanto avançávamos, correndo até o balaústre.

Por um breve momento, pensei que os convidados não estavam cientes da chegada do rei, mas era justamente o contrário. Algumas das pessoas que antes dançavam, agora corriam de forma histérica. Outras estavam completamente paralisadas. Em vez de garçons circulando pelo cômodo com bandejas de aperitivos, havia Feras de Neve servindo sua maior especialidade: medo.

A gaiola de Gerde estava vazia. Não havia sinal de Kai. Torci para que estivessem em segurança.

Notei alguém que não estava correndo ou parada, mas lutando. Era Fathom. A Larápia se viu cercada por duas Feras de Neve que decidiam se lutavam entre si por ela ou se a dividiam como refeição. Claro que a arma escolhida por Fathom foi uma poção de desaparecimento. Num segundo, ela estava de pé entre as Feras; no próximo, estava em cima de uma delas com a adaga em mãos. O animal caiu com um golpe, e ela logo voltou a desaparecer, para reaparecer sobre a outra Fera.

Pisquei. As outras Larápias também estavam lá.

Elas tinham voltado por mim e enfrentavam os animais. Entre os bichos de neve, estavam os guardas do rei. Os membros restantes da guarda de Temperly lutavam contra eles.

Aparentemente, cada Larápia tinha tomado uma poção diferente, dependendo do seu estilo de luta, ou criando uma combinação entre eles. Vi Howl passar num borrão, segurando a adaga e cortando a garganta de um soldado. Ela com certeza tomara uma poção de velocidade. Margot dançava com um soldado que, pelo visto, fora seduzido por um feitiço de valsa. A lâmina dela surgiu às costas do homem.

Virei o rosto antes de a lâmina afundar na pele. Então, procurei por uma única pessoa: Jagger. No lugar dele, encontrei o Executor, que comandava as Feras de Neve com os braços erguidos, conduzindo a sinfonia de dor.

Temperly deu um gemido baixo. Eu me perguntei se ela já tinha visto algo parecido. A batalha aumentava lá embaixo. Era cada Larápia contra as Feras de Neve e os soldados. E as Larápias estavam em minoria esmagadora.

— Esconda-se! Vou pegar as Larápias para podermos sair daqui... juntas — ordenei. Se Temperly estivesse comigo, o rei não poderia usá-la contra mim.

Ela hesitou, incerta. Na minha cabeça, um pensamento louco surgiu, e imaginei como teria sido se tivéssemos ficado do mesmo lado da Árvore desde pequenas. Se nossa mãe a tivesse levado para Nova York ou se tivéssemos conseguido nos esconder de Lazar em algum lugar de Algid.

O rosto de Temperly demonstrava impaciência, suas sobrancelhas estavam erguidas. Mas talvez ela se sentisse apenas ansiosa. Eu não conhecia suas expressões o suficiente. Esta era outra coisa que Lazar roubara de nós. Mas não havia tempo para pensar no que tínhamos perdido, pelo menos não agora.

— Espere... Me dê o espelho — pedi.

— Preciso perguntar. Quem você estava salvando no quarto: eu ou o espelho?

Na verdade, desde o momento em que Lazar deu as caras, o espelho não passara pela minha cabeça.

— Não pode ser as duas coisas? — respondi.

Não sei por que não fui mais gentil. Estávamos indo para a batalha, aquela poderia ser a última conversa que eu teria com a minha irmã, e eu continuava cruel.

Ela começou a me entregar o estojo, mas parou para dizer:

— Encontre a Bruxa da Floresta. Vou encontrar você.

— Temperly, não posso prometer isso.

— O povo de Algid conta com você... não apenas o seu amigo — falou ela, colocando o estojo na minha mão.

Assenti.

— E conta comigo também — disse Temperly. Ela foi na direção do salão de baile, em vez de se afastar. — Vou ajudá-los a escapar.

— Vai acabar morrendo. Não posso protegê-la — avisei, sem saber se conseguiria continuar de olho nela e me defender de todos os outros.

— Não preciso da sua proteção. *Eles* vão me proteger.

— Pensei que eu é quem era a louca. Quem são "eles"? — perguntei.

Temperly se debruçou no balaústre e soltou um assobio baixo. Alguns dos seus pretendentes se viraram ao mesmo tempo e olharam para a duquesa. Na mesma hora, sacaram as espadas. Um deles foi para cima de um Capa Vermelha, acertando o soldado na jugular. Outro se virou para um Lobo de Neve e o despedaçou com um gesto rápido da arma. Uma Fera de Neve se ergueu atrás dele, mas uma das Larápias lançou uma adaga brilhante na barriga exposta do animal.

Então aquele era o significado do olhar misterioso de Temperly quando falamos sobre os seus pretendentes. Ela não esperou por mim sem se movimentar; nesse ínterim, construiu um exército.

— Você tinha um plano esse tempo todo — falei.

— O rei disse que um casamento ajudaria a criar uma aliança entre as famílias. Mas pensei: "Por que não mais de uma aliança?"

— Você sabe que muitos desses homens são apaixonados por você, não é, Temperly? — perguntei, baixinho.

— Eu sei. Mas a guerra é assim mesmo. Que seus corações partidos sejam as únicas casualidades de hoje — disse ela.

No entanto, apesar de sua coragem, apesar dos pretendentes que aparentemente formavam a sua resistência, quando Temperly se virou para mim, seu rosto não estava tomado por determinação. Tinha traços de medo. Ainda era estranho ver uma face igual à minha tão assustada.

Ela não era como eu, lembrei a mim mesma, após Temperly descer as escadas correndo. O que quer que tivéssemos, ou não, em comum, éramos ambas teimosas, e eu não precisava discutir com ela. E talvez — apenas talvez — não importasse qual era a sua expressão ao entrar na batalha. O importante era lutar.

Eu a segui para o combate.

# 40

APESAR DO QUE FALEI sobre não a ajudar, abri caminho para Temperly conforme ela seguia pelas laterais do salão. Usei a minha neve para nocautear uma fera que farejava o ar na direção dela. Os guardas da duquesa fizeram a mesma coisa, apagando um Leão de Neve que avançou para cima da sua senhora e levando outro Capa Vermelha para o chão. Ela abriu uma porta no canto do cômodo e, com a ajuda dos pretendentes, começou a conduzir mulheres com vestidos elaborados para uma saída segura.

Temperly não tinha adaga ou treinamento, mas não fugiu da luta. Seus olhos encontraram os meus, e ela assentiu.

Do outro lado do salão, vi um Chacal de Neve pular para cima de Howl, a boca aberta pingando saliva gelada.

Avancei pela bagunça de animais e soldados até a Larápia. Peguei a minha adaga no instante em que Howl rolou para longe das mandíbulas do animal. A fera afundou as garras num tufo do seu cabelo. Ergui a adaga na direção dele. Quando a lâmina quente perfurou o seu crânio, o Chacal de Neve se desfez em pedacinhos. Howl foi banhada com as entranhas da fera. Mas ela sorriu, feliz em me ver.

— Voltamos para salvar você — disse ela, ainda sorrindo e de costas no chão, respirando fundo, enfim se dando conta do grande risco que correu.

— É claro — falei, estendendo a mão para ajudá-la.

— Como está a adaga?

— Queimando que nem o inferno.

— Que bom! Isso quer dizer que está funcionando. Fathom vai adorar saber.

Vi Fathom no outro canto do salão, desaparecendo e reaparecendo em volta de um soldado. Ele caiu no chão atrás dela, sem nem ter tempo de lançar-lhe um olhar de surpresa. Fathom se movia tão rápido que o oponente nem percebeu que estava morrendo.

Meu reencontro com Howl logo terminou, pois uma Abelha de Neve gigante veio para cima da gente. Howl a acertou com uma adaga, depois procurou algo nos bolsos da calça e jogou um frasco azul para mim.

— O que é?

— Vai precisar para lutar melhor. Anda.

— Tenho a minha neve — argumentei.

— Você que sabe. Mas todo mundo, incluindo Vossa Alteza, pode precisar de uma ajuda de vez em quando.

Para falar a verdade, não sabia como a poção me afetaria. Talvez ela me deixasse mais rápida, mas eu precisava de todos os meus sentidos afiados para quando o rei escapasse da armadilha de gelo que eu criara no quarto de Temperly. Como todos os vilões, ele voltaria.

Peguei o frasco e o coloquei no bolso do vestido. Senti-o encostar no estojo.

Ouvi o barulho de algo se despedaçando lá em cima. O rei tinha quebrado pelo menos a primeira das paredes de gelo. Não tínhamos muito tempo.

— Achei que poderia precisar de uma assistência, princesa — falou alguém atrás de mim. A pessoa bateu no focinho de uma Fera de Gelo que tinha acabado de me notar. O animal foi para trás, urrando, e seguiu correndo depois, mas em outra direção.

Eu sabia que a voz pertencia a Jagger antes mesmo de me virar.

— Você voltou! E disse que os Larápios nunca voltavam.

— Tomara que eu sobreviva para me arrepender. — Sua intenção foi fazer uma piada, mas ele não sorria. — Estamos cercados.

— Percebi isso logo depois de ficar sabendo que a duquesa é minha irmã gêmea secreta — sussurrei, esperando as palavras fazerem efeito.

Pela primeira vez desde que o conheci, Jagger esboçou surpresa.

— Estou com o espelho. Temos que reunir as Larápias e sair daqui.

Seus olhos brilharam, mas ele olhou ao redor.

— Não podemos deixar toda essa gente morrer.

Eu conseguia ouvir as outras Larápias à minha volta, lutando e gemendo. Não queria ouvir os convidados morrendo.

— Cuidado. Isso quase soou nobre — falei.

Jagger apertou o peito, como se "nobre" fosse o pior palavrão de Algid.

— Não temos poções de viagem suficientes para todos. Vamos fazer as Larápias chegarem até a floresta. Margot conhece uma trilha, podemos voltar para o Claret a pé — disse ele.

Antes que eu pudesse responder qualquer coisa, o ar acima do salão de baile começou a rodar. Num instante, um funil branco surgiu na minha direção.

Quando olhei para cima, vi o rei encostado no balaústre.

— Snow — chamava o rei, a voz ecoando pelo cômodo.

Jagger apertou o meu ombro e começou a lançar adagas brilhantes na direção do meu pai.

Eu mesma mandei um tornado para cima do rei, que acabou encontrando o tornado dele. Por fim, os dois se misturaram, formando um funil enorme que nenhum de nós conseguia controlar.

O tornado desceu até o meio do salão de baile, no lugar em que dancei com Jagger. Agora o tema da noite mudara de roubo para carnificina. Por incrível que pareça, o funil atingiu uma área vazia, sem convidados. Alguns poucos pretendentes se jogaram no chão para evitar serem sugados pelo vórtice gelado.

*Kai*, pensei. Corri os olhos pelo salão procurando por ele enquanto tentava lutar pelo controle daquele gigantesco tornado. Podia sentir Lazar puxando o ciclone também, mas o forcei a ir na direção do palco. Ele atravessou a parede, abrindo o salão de baile para o mundo.

Alguns dos convidados viram aquilo como uma oportunidade para fugir e correram pelo buraco na parede. Foi um erro fatal. Conforme os destroços se assentavam, pude ver o quanto a situação estava ruim.

O campo atrás do castelo estava ocupado por centenas de homens do rei e ainda mais Feras de Neve esperando por nós.

Observei, chocada, feras atacarem uma mulher usando um vestido rosa. Tentei ajudá-la com meus poderes, mas os animais já estavam em cima dela. Um dos bichos a pegou e balançou na boca como um brinquedo. Reconheci a mulher, fora quem me contou as fofocas sobre Kai na pista de dança.

A dor doentia dentro de mim se aprofundou.

As Feras de Neve ocupavam toda a área atrás do palácio — havia bichos demais para contar. E, atrás delas, havia outra horda de soldados do rei, vestindo a cor da sua armadura. Era um mar vermelho.

Eu me virei para Jagger e olhei para ele, deixando claro que talvez fosse hora de recuar.

Ele e as Larápias queriam encarar Lazar com a ajuda do espelho completo, não apenas com o pedaço que eu tinha no bolso.

— A única saída é por ali. A essa altura, os homens do rei já cercaram o fosso. O plano é chegar até a floresta. Não seja uma mártir, Snow.

As outras garotas se reuniram na minha lateral. Margot, arrumando o vestido, surgiu do outro lado.

— Diferente de nós, a situação não vai ficar nem um pouco bonita — zombou ela. Não era exatamente um discurso de preparo antes da batalha, mas presumi que aquela era outra coisa que os Larápios não faziam.

Jagger correu na direção do buraco. Ele era rápido, não tão rápido quanto Howl, mas era como se cada um de seus passos fosse mais poderoso do que o anterior. Chegou à passagem em segundos e lançou algo, que aterrissou na frente de uma das feras.

A explosão dilacerou o animal, destruindo a neve. Fragmentos de gelo e ossos voaram em todas as direções. Jagger sorriu para mim, sempre convencido, mas os pedaços começaram a se reunir às suas costas. Então, seu sorriso desapareceu, e ele passou pelo buraco erguendo a braçadeira para acertar a neve com o fogo.

Me juntei a Margot e às outras numa corrida até a passagem, mas todas estavam potencializadas pelos frascos e chegaram em segundos. Apenas Margot permaneceu do meu lado, talvez protegendo seu investimento até estar com o espelho em mãos.

— Obrigada por voltar por mim — falei.

— Quem disse que voltei por... — Margot parou no meio da frase. Um torniquete surgiu ao redor do seu pescoço fino e um soldado atrás dela, puxando a corda.

Criei um tornado de neve em miniatura na palma da mão.

— Isso deveria me assustar, princesa? — perguntou ele.

— Imagine o que vai acontecer quando ele estiver dentro de você. Deixe-a ir, ou o despedaço de dentro para fora.

Ele largou a corda e fugiu.

Margot ria.

Eu a encarei por um longo instante. Tinha acabado de salvar a sua vida, e ela ria.

— Já faz muito tempo que não temos uma boa briga — disse ela, ponderando.

Olhei pela última vez para o salão de baile, agora completamente destruído. A porta pela qual Temperly tinha desaparecido estava fechada, e não havia mais nenhum de seus guardas ou pretendentes. O rei também não estava mais no lugar que ocupara no balaústre.

Quando Margot e eu chegamos ao buraco, uma figura maior do que as feras se colocou, de forma imponente, diante de Jagger. Era o Executor. Com um gesto hábil, ele jogou Jagger no chão.

À distância, Cadence estava com problemas, enfrentando dois Lobos de Neve. Margot assentiu para mim antes de correr para o lado de Cadence com uma velocidade que eu não tinha.

— Jagger! — gritei. Não poderia criar um tornado e ir até ele sem machucar as pessoas ao redor. Teria que correr e pular através do buraco no palácio, exatamente como os outros Larápios haviam feito.

Porém, assim que pisei na área a céu aberto, um soldado me atacou — a espada dele a centímetros do meu coração enquanto ele pensava se deveria me matar ou me levar de volta ao rei.

Olhei para trás e vi que o Executor ainda estava em cima de Jagger. Os punhos o golpeavam sem dó. Jagger tinha a sua magia, lembrei a mim mesma. O Executor usava força bruta, mas Jagger era mais rápido.

Jagger desviava dos golpes do Executor, que tentava surrá-lo. E, sem aviso, ele empurrou o Executor, derrubando-o sobre o tronco de uma árvore próxima, que tremeu com o impacto.

Aparentemente, Jagger tomara uma poção de força. Aquilo explicava por que suas adagas lançadas alcançaram uma distância tão grande.

Inabalável, o Executor voltou a ficar de pé e começou outra tentativa de atacar Jagger o mais rápido que a armadura permitia. O Executor abriu a boca e parou. Chamas saíram dela, em direção a Jagger. Pensando rápido, Jagger agarrou um pedaço da parede do palácio para usar como escudo.

O Executor era o quê — parte dragão? Por que não tinha usado o fogo comigo na praça?

Mandei um pouco de neve para extinguir o fogo, mas um som sobre a minha cabeça me distraiu. Olhei para o céu. O rei tinha saído do seu lugar até o balaústre e voava acima de mim.

Às suas costas, estavam asas feitas de gelo.

Atirei flechas de neve no rei enquanto ele descia para me pegar, mas elas acertaram suas asas. Ele deu um mergulho repentino, mas não foi por causa de um dos meus ataques. Olhei para baixo, na direção em que o rei ia. No chão, vi Margot com as mãos esticadas, mandando raios de luz fortes como o sol para Lazar.

Ela lançava um feitiço, estava derretendo as asas dele.

O rei caiu no chão diante dela.

Logo vi que Margot havia cometido um erro grave. O rei estava caído de costas, mas estaria de pé em poucos segundos. Margot podia tê-lo feito cair, mas se colocara no caminho de Lazar. Ela continuou castigando o rei com os seus raios de calor, que funcionavam nas asas, mas não afetavam a armadura. Ele continuou avançando.

Convoquei o meu tornado para me aproximar do rei. Porém, quando enfim toquei o chão, Lazar já tinha lançado discos de gelo finos feito papel pelo ar. Eles cortaram Margot com precisão e velocidade inacreditáveis. Era tarde demais.

— Até a próxima, Vossa Majestade — disse ela, com uma grande reverência antes de desabar no chão. Parecia que ela e o rei tinham um passado, como sempre suspeitei.

Não foi como nos filmes. O rei a derrubou sem aviso.

Havia milhares de cortes por todo o corpo de Margot, um pedaço de gelo preso em cada um deles.

Olhei para o meu pai, que saboreava o momento, observando a minha dor com tanto interesse quanto Vern assistindo a *The End of Almost*.

Eu o ataquei com uma enorme torrente de gelo que o empurrou para um banco de neve alto. Me concentrei na neve acima dele e provoquei uma avalanche. Ele tentou um contra-ataque, mas desapareceu sob a neve e o gelo.

Eu sabia que não era o fim. Ele não morreria passivamente debaixo da avalanche, mas garanti alguns minutos de paz enquanto o rei saía daquele túmulo temporário que criei para ele.

Cadence tinha conseguido derrubar o soldado com quem estava lutando e se jogou em cima de Margot. Seus olhos estavam arregalados e desesperados.

— Podemos salvá-la? — perguntei a Fathom quando ela chegou ao meu lado. Lágrimas corriam pelo seu rosto.

O sangue já se espalhava ao redor de Margot, formando padrões semelhantes a testes de Rorschach que eu fizera muitas vezes no instituto, deixando a neve abaixo mais vermelha do que eu achava possível. Havia tanto sangue. Tanto.

Margot abriu a boca e riu com alguma dificuldade. Senti uma pontada no peito e engoli em seco.

— Minha magia... — sussurrou ela.

O rosto da rainha Margot começou a se contorcer. Em segundos, ela parecia uma pessoa normal. Não era velha, nem jovem, nem linda. O cabelo era curto, e ela usava óculos. Sardas cobriam a linda pele azeitonada. As sardas foram o meu ponto fraco. Gostei delas. Odiei o fato de Margot tê-las escondido.

Essa Margot, a Margot real, parecia comum, mas os olhos continuavam os mesmos: famintos e calculistas. Ela olhou para o próprio corpo, ciente da transformação — seu poder havia desaparecido.

Estiquei as mãos para ela. Margot precisava de ajuda. Chamei as outras para que a ajudassem. Fathom deveria ter uma poção de cura.

— Estou bem — afirmou Margot. Mas os seus olhos não pareciam capazes de focar os meus. Larápios sempre demonstravam confiança, mesmo quando não a sentiam. Leis dos Larápios.

Seu corpo sangrava da mesma forma que a Bruxa do Rio soltava água.

A batalha continuava ao nosso redor, e, de repente, Howl apareceu do meu lado, um frasco amarelo nas mãos. Havia sangue numa das bochechas e no seu lindo casaco de penas.

— Vão. Vou ajudá-la.

Howl, sempre pronta com um milhão de garrafinhas, colocou uma gota de uma poção nos lábios da rainha.

Margot começou a cantar.

*Ela traz a neve com o toque,*
*Acham que ela se foi, mas nós sabemos*
*Que ela vai voltar,*
*Que vai reinar no seu lugar,*
*E que, com o seu reinado, vai acabar.*
*Ah, venha, Snow, venha...*

Vi Margot de forma diferente naquele momento. Não só porque ela não tinha nenhuma melhoria mágica, mas porque fora reduzida a quem verdadeiramente era.

Uma parte de mim odiava Margot por ter barganhado a vida de Bale quando nos conhecemos, mas agora entendia o que ela estava tentando fazer. Ela lutava pela sua gente, pelo seu castelo. Era uma rainha — até mais do que Temperly era uma duquesa ou Lazar, um rei. Margot desistira da própria vida pelas garotas.

— Vossa Majestade, você deixou os Larápios orgulhosos — falei com uma reverência, beijando sua mão fria.

Margot sorria quando olhou para mim, mas a luz e a malícia sumiram dos seus olhos verdes comuns. A rainha Margot tinha morrido.

# 41

O CÉU ESCURO ESTAVA EM SILÊNCIO. De repente, ficou muito frio. Meu corpo não era mais afetado pelas quedas de temperatura, então sabia que aquilo não era uma simples questão climática.

— Você precisa sair daqui — falou Howl, tremendo.

Nunca tinha visto Howl chorar antes. No entanto, lágrimas congeladas decoravam os cílios alongados por magia.

— *Nós* precisamos sair daqui — insisti.

— Não vou deixar Margot para trás. Ajude os outros. E, por favor, acabe com ele! — Ela retirou a capa com penas. — Leve isso. Tem outros frascos no forro. Entregue-os para as garotas.

— Vamos ficar bem — falei. Eu não queria aceitar o agasalho. Não queria ver Howl passando frio.

Ela voltou a vestir a capa e começou a cantarolar baixinho. Colocou as mãos de forma gentil no peito de Margot. Ao nosso redor, os Larápios ouviram sobre a morte da rainha e lutaram com ainda mais vigor. Jagger jogou o Executor para o outro lado do campo usando os braceletes mágicos de fogo.

Howl tinha razão. Era hora de acabar com aquilo tudo. Fui direto para o local em que tinha enterrado o meu pai na neve.

Quando Lazar irrompeu da neve, eu estava pronta, esperando por ele. O rei respirava fundo, os membros fracos.

Meu pai piscou com força. Olhou para mim e para a neve no chão entre nós, que começou a subir e descer como um tórax humano.

Eu me concentrei na neve enquanto a dor se espalhava pelo meu corpo. Nunca tinha perdido alguém próximo antes. Mas havia outra coisa misturada na dor: culpa. Sendo honesta comigo mesma, teria que admitir que nunca gostei de Margot — mas ela morrera por mim. Deveria existir uma palavra especial para aquele tipo de luto.

Prestando atenção na montanha de neve às minhas costas, senti uma pontada repentina de dor quando pensei no que Lazar fizera comigo e com a minha mãe. No entanto, a dor não era suficiente para alimentar a minha magia. Considerei a paz que encontrei entre os Larápios. Por fim, me lembrei de Kai e de suas construções. Cada uma começava com um simples tijolo de neve. Pensei em flocos de neve. Então, imaginei-os se multiplicando. E, enquanto pensava em tudo isso, a neve começou a girar. Por último, pensei na luz sumindo dos olhos de Margot.

Minha Campeã se ergueu do gelo de uma maneira atrapalhada, como a criatura de Frankenstein. Ela parecia comigo, tinha o meu rosto.

Era maior e mais alta do que eu — talvez até mais alta do que Vern. Era uma versão mais durona e assustadora de mim, feita de gelo e neve. Movia-se com a minha raiva. Com a minha dor. Com cada partícula de luto e tristeza que eu sentia em relação a Margot. Em relação a Bale.

Minha Campeã deu alguns socos no ar, então amassou o crânio de gelo da Fera de Neve mais próxima com uma batida de palmas. Ouvi o gelo se quebrando e pude ver a cabeça do animal começando a se desfazer.

Percebi uma expressão de surpresa surgindo no rosto do rei.

Senti outra coisa crescer no meu peito. Era esperança? Orgulho? Talvez o jogo estivesse virando e eu tivesse feito alguma coisa além das capacidades dele.

Mas o rei voltou a encarar o campo com uma nova determinação.

As Feras de Neve restantes se reuniram. Suas peles começaram a se juntar. O grupo se transformava em uma fera gigante, maior do que a minha Campeã. Era um Lobo de Neve que chegava à altura de uma casa de dois andares.

Soltei um palavrão baixinho quando o enorme Lobo de Neve nocauteou a minha Campeã com um único golpe.

Meu pai riu e avançou na minha direção, acreditando que a vitória estava garantida.

Eu, no entanto, voltei a encarar o campo. Para onde quer que olhasse, via uma nova Campeã se erguendo na neve.

Havia uma coisa pequena e vermelha acima da sobrancelha do rei. Era uma mancha seca, como a tinta na sala comum do Whittaker que, às vezes, eu podia usar como prêmio por ter sido boa. Eu lembrava que a cor era vermelho-cereja. Mas não era tinta no rosto do meu pai, era o sangue de Margot. Ver aquilo me deixou com mais raiva ainda.

O rei voou na minha direção. Uma lufada de vento congelante me prendeu de costas no chão. Me esforcei para ficar de pé, estava esgotada. Meus membros pareciam pesados, como se o gelo nas veias não mais me impulsionasse, e sim me cansasse. Criei um tornado e me afastei dele para me recompor e recuperar o fôlego e a força que, de alguma forma, eu havia perdido.

Aterrissei numa ponte que cruzava o local onde o fosso se juntava ao Rio. Minhas mãos agarraram a proteção de ferro. Eu estava exausta.

Mas o rei seguiu até a ponte, a neve o carregava pelo ar mesmo sem as asas, como uma corrente de vento. Ele aterrissou gentilmente ao meu lado.

Lazar também sentiu a minha fraqueza. Pisquei o mais devagar possível, reunindo uma força que não tinha para rolar para longe dele. Mas o rei era rápido demais e logo estava em cima de mim de novo.

Eu precisava me levantar. Mas não conseguia.

Imitei o que Rebecca Gershon fez ao enfrentar Storm naquela mesma situação. Bem, não exatamente a mesma; ela tinha sido raptada, mas não pelo pai louco e assassino. Tentei falar com ele, esperando meu poder retornar.

— Por que me trouxe para Algid? Eu nunca nem teria conhecido esse lugar se não tivesse raptado Bale.

Meu pai inclinou a cabeça, pensativo.

— Você voltaria para cá de uma forma ou de outra, Snow. É o seu destino.

Ao longe, desejei que as minhas Campeãs derrotassem as feras e os soldados do rei. Minha neve tinha desaparecido por um instante, mas as Campeãs ainda seguiam as minhas vontades.

O Lobo de Neve gigante engoliu um dos solados da duquesa como prova do seu novo poder. Ouvi as Larápias cantarolarem. A princípio, achei que precisavam de mim.

Mas não era isso. Elas clamavam o nome de Margot. E, de repente, irromperam sons que pareciam fogos de artifício.

Uma dúzia de granadas explodiu no mega Lobo de Neve. As Larápias estavam se concentrando num só alvo, em vez de vários. A criatura explodiu em bilhões de pedacinhos de neve e gelo. A explosão lançou os fragmentos da criatura tão longe que, mesmo que pudesse se reconstruir, demoraria algum tempo.

Lancei um olhar gelado para o rei.

— Você nunca devia ter me encontrado. E nem sei se acredito nessa sua profecia maluca, de qualquer forma — provoquei.

— É o destino, minha querida Snow. Assim será. E você é tão magnífica quanto a profecia afirmou — disse o rei, sem uma gota de ironia.

Percebi que havia algo de errado. Meus pés escorregaram na superfície gelada da ponte. Meu corpo estava ainda mais fraco. Minhas mãos tremeram quando chamei por mais neve. Com dificuldade, peguei o frasco que Howl me dera.

O rei o arrancou da minha mão com um tapa.

Um líquido ralo se espalhou pela fina cobertura de neve sobre o gelo. Estiquei a mão e levei um bocado de neve azul aos lábios. Não senti nada de diferente.

— Não trapaceie, Snow. Também foi difícil para mim no início. Até conhecer a sua mãe, matei inúmeras pessoas por acidente — zombou o Rei da Neve.

*Agora mata de propósito*, pensei.

Eu me concentrei na pouca neve que havia sobre o gelo e criei o menor dos tornados. Aquilo o pegou de surpresa e o fez recuar até o corrimão da ponte. Ele tentou permanecer no lugar, mas os pés escorregaram para trás, e logo o rei estava esticado na lateral da ponte. Eu torcia para o corrimão quebrar, para meu pai cair na água que havia lá embaixo. Teria sido perfeito. Poético.

Mas não foi assim que aconteceu.

Minha neve parou de rodar. Levantei as mãos de novo, mas nada aconteceu. O ar e a neve ficaram parados. Meu pai se levantou.

— Você tem muita força bruta. Vejo que praticou um pouco, mas quem quer que a tenha ensinado não explicou o mais importante.

— Que é?

— Que é impossível criar vida sem sacrifício.

Então entendi o que ele queria dizer. Eu sacrificara a minha neve para trazer as Campeãs à vida.

O rei deu outro passo e pegou meus braços. Ele não deveria ter conseguido encostar em mim. Eu deveria tê-lo impedido antes de chegar tão perto.

Mas não podia. Olhei para o céu e me concentrei na formação de nuvens que estava bem abaixo das Luzes do Norte. Desejei que chegassem mais perto, para me trazer mais neve. As nuvens permaneceram paradas. As próprias Luzes do Norte eram de um tom azul-escuro triste. Pareciam melancólicas.

— Não se preocupe, filha. Seus poderes não sumiram. Só leva um tempo para você se recuperar. Infelizmente, seu tempo acabou. O trono é, e sempre será, meu.

E pela segunda vez em Algid, senti uma onda gelada passar por mim. O rei estava tentando me congelar.

Dei um chute nele com o máximo de força que consegui, mas, mesmo quando meu pai me soltou, ainda conseguia sentir o frio invadindo os cantos do meu coração.

Meus dedos estavam paralisados. Meu rosto se contorcia, mas cada músculo estava parado no lugar. Aquilo era diferente da luta com o Executor; o rei não hesitaria por motivo algum. Com certeza não por amor à filha.

Seus olhos não eram apenas frios, eram distantes. Eles me queimavam com uma vontade ardente que eu não compreendia.

Ele voltou para outro ataque. Dessa vez, fui jogada até os limites da ponte. Metade do meu corpo estava para fora dela, e eu podia ver a água abaixo.

*Não é assim que vai acabar*, falei para mim mesma.

Ataquei o rosto dele com as minhas garras e peguei a adaga do bolso do meu vestido. Consegui enfiar a arma na lateral do seu corpo, onde havia uma abertura na cota de malha grande o suficiente para a lâmina se enterrar na carne.

O rei rugiu de dor. Sabia como ele se sentia. A queimadura da lâmina, o calor impiedoso que nenhuma quantidade de frio poderia aliviar. Ele respondeu com uma cabeceada.

A dor se espalhou pelo meu corpo, e meus ouvidos zumbiram. O rei colocou as mãos ao redor da minha garganta, mas não apertou. Ele parou, dominado pela adaga que retirei com a mesma força usada para esfaqueá-lo. Senti que eu começava a escorregar para dentro do campo branco.

Pensei em Bale e em nós dois no instituto em nossos momentos mais felizes. No beijo perto da janela. Na primeira vez em que ele pegou na minha mão quando éramos mais novos. Eu nunca viveria aquilo de novo se caísse naquela brancura.

Uma nova onda de força surgiu em mim. Não era muito, mas foi o suficiente para criar flocos de neve afiados como navalhas. Me concentrei, e o rosto do rei voltou a ficar focado. Ele também estava machucado. Sua expressão era de cansaço, após o esforço de me congelar. Meus flocos de neve caíram do céu em cima do rosto dele. Eram duros feito diamantes e afiados como vidro. Cortaram a pele da face e das mãos dele, exatamente como acontecera em um dos meus sonhos. Pequenos pontos vermelhos surgiram no corpo de Lazar. Meu coração acelerou. Eu tinha arrancado sangue. Vermelho-cereja. Como o de Margot.

Agarrando o próprio rosto, o rei me soltou, e joguei a minha neve para cima dele.

Tentei congelá-lo, mas nada aconteceu. Estava sem fôlego. Estava sem neve.

Meus flocos afiados pararam de cair do céu.

— Você não me conhece — provoquei.

Eu me lembrei de *The End of Almost*. Lazar dissera que o meu tempo havia se esgotado. Mas eu conseguia criar o meu próprio tempo. Poderia atrasá-lo.

— Conheço sim, Snow. Mais do que você imagina. Às vezes, é preciso quebrar as coisas para descobrir o que é inquebrável — disse ele.

Aquelas últimas palavras não eram dele. Eram do dr. Harris. Temperly estava certa? Lazar podia mesmo entrar na cabeça de alguém? Entrara na minha?

Antes que pudesse processar minhas dúvidas, recebi uma nova resposta. Com estalos de pele e osso, o rosto de Lazar se refez em um corpo que eu conhecia muito bem: o do dr. Harris.

— Não... Como? Não entendo...

— Não, não entende — disse ele com a voz do dr. Harris.

— Você... estava lá o tempo inteiro...

— Ah, não — respondeu Lazar, se transformando de volta no rei. — Só peguei emprestados os olhos do médico quando precisava. Eu não podia cruzar a Árvore. Nem poderia matar você lá. Precisava ser feito aqui, em Algid. Mas não conseguia ficar muito tempo sem ver a minha amada. Quando o amor fecha uma porta, abre uma janela.

Seu olhar ficou mais brando quando o rei falou da minha mãe. Não era manipulação daquela vez, Lazar ainda a amava. Ou ao menos sentia alguma coisa, mesmo que deturpada, por ela.

— Então o dr. Harris era uma Concha? — perguntei.

Aquela parte da lenda era verdadeira. O rei conseguia ver através das pessoas. Talvez até controlá-las.

Minha mente se acelerou. O dr. Harris de fato parecia um pouco interessado demais na minha mãe, mas nunca achei que fosse possível. Nunca tinha imaginado aquilo.

— Que palavra feia. Eu não machuquei o dr. Harris. — Ele balançou a cabeça. — Ele está vivo e bem do outro lado da Árvore. Só descobri que, se me concentrasse o suficiente, podia visitar as mentes dos muito fracos. Como o seu médico.

— Minha mãe não sabia... — murmurei mais para mim mesma do que para ele.

Pensei nas últimas interações da minha mãe com o dr. Harris, e em como ela ficara dependente dele recentemente. Ele passou anos a enrolando, ganhando sua confiança. Ela tinha ido até o outro mundo para nos proteger, mas acabou perseguida pelo meu pai através do dr. Harris.

— Você é um monstro. Você é doente — falei.

Meus olhos ardiam enquanto eu tentava compreender a maldade do meu pai.

— Não chore, querida. Odeio quando você chora. Nunca chorou no Whittaker, nem quando Bale... Bem, você sabe o que aconteceu. Não pense que não me importava com aquele garoto... e com você. Por que outro motivo eu o traria para cá? Tenho planos para ele. Mas culpo Ora, eu não queria conhecer você. Não queria sentir nada por você. É difícil se desfazer daquilo que você conhece.

— O que quer de mim?

— O que sempre quis. Que você morra.

Ele me empurrou de novo e, dessa vez, caí da ponte. Minhas garras surgiram e seguraram a lateral dela na hora certa. Fiquei pendurada ali por um segundo, tentando subir enquanto o rei dava um passo para trás e puxava uma espada de gelo pesada, translúcida e afiada.

Com um golpe rápido, ele cortou as garras de gelo da minha mão direita. Continuei segurando com a esquerda. Abaixo, o Rio ribombava.

Talvez, se eu largasse a ponte, a Bruxa do Rio poderia me salvar de novo. Mas ela sabia onde eu estava? Chegaria a tempo?

De repente, o Rio congelou. Espetos surgiram por seu curso, como uma cama de pregos. Com certeza não haveria um resgate por parte da Bruxa do Rio ou mesmo morte por afogamento se eu caísse agora.

— A verdade é que não esperava gostar tanto de você. Ou ver tanto de mim em você — disse Lazar, me olhando com admiração, mesmo que tivesse a intenção de me matar.

— E agora, o que acontece? Você me ama, então vai me poupar? — As palavras saíram magoadas e sarcásticas. Meu braço estava cansado, mas continuei segurando.

— Infelizmente, não posso fazer isso — respondeu ele, erguendo a espada.

Fiz um último esforço para convocar a neve com a mão livre.

— Vá para o inferno — falei para o meu pai no momento em que o cabo da espada veio para baixo.

Sem aviso, meu pai foi jogado para longe de mim. Não consegui ver como nem por quê.

Jagger apareceu junto ao corrimão.

— Sentiu a minha falta? — perguntou ele, ajoelhando-se e me puxando.

Passei os braços ao redor do pescoço dele. Nunca tinha ficado tão feliz em vê-lo na vida.

— Você não faz ideia — respondi, repousando a cabeça no peito forte e largo.

— Eu nunca a deixaria para trás, princesa. Nunca — disse ele, com uma formalidade que me fez querer confiar nele... e outras coisas mais.

— É uma vergonha como o amor cria uma oportunidade para a fraqueza — disse o rei, que não estava mais na ponte.

Olhei para Jagger, que me encarava com atenção. Ele tinha voltado por minha causa. No entanto, uma pequena parte de mim ainda se perguntava se ele estava ali só pelo espelho.

Um cetro de gelo se formou na mão do rei. Ele bateu com a arma na base da ponte. Ouvi um som de trovões à distância.

— Corra — disse Jagger, pegando a minha mão e indo para o outro lado da ponte. Eu o segui sem entender, mas confiando nos passos dele como tinha confiado na pista de dança.

— O que é isso?

— Tempestade de neve. Onde há trovões, há raios...

Ouvi um estalo às nossas costas quando o raio atingiu a ponte. Ela começou a se desfazer no meio. Fomos forçados a mudar de direção, a correr em direção ao meu pai. Exatamente como ele havia planejado.

Dava para ouvir pedaços da ponte acertando o Rio congelado conforme corríamos, cada passo a um centímetro de distância da neve cadente. Quando estávamos quase do outro lado, Jagger e eu saltamos até o banco de neve. Nossos corpos se abraçaram numa dolorosa, mas bem-vinda queda.

Senti um fragmento de neve voltar para mim quando Jagger me incentivava.

— De pé, Snow.

Conforme ele me ajudava, enxerguei um novo perigo. O rei se adiantou e lançou outro bombardeio de discos de gelo, como o que matara Margot.

Respondi na mesma medida, mas apenas alguns dos meus discos acertaram os flocos dele.

O rei mandou outra leva de discos afiados na minha direção. Eles nos cortariam em pedaços se eu não conseguisse contra-atacar com a minha neve. Jagger pegou uma espada e, com a destreza ampliada por uma poção mágica, cortou cada disco que se aproximava.

O rei riu e lançou um esquadrão de pingentes de gelo.

Eu não era rápida o bastante. Consegui lançar uma única estalactite de neve, mas não havia mais nada para me proteger do próximo ataque do rei.

— Larápios não costumam mostrar tanta lealdade, garoto — disse o rei.

— Você não tem o direito de falar sobre o meu povo — respondeu Jagger.

— Deixe-o fora disso! Que inferno, me deixe fora disso. Já falei para você que não quero nada disso. Pode ficar com essa coroa idiota. Só me devolva Bale e me deixe ir embora.

— Infelizmente, não depende de você. Tenho que me certificar de que a profecia chegue ao fim. Não posso deixar nas mãos do acaso ou do Eclipse das Luzes. Você já é tão poderosa. Em poucos dias, pode ser... — Ele ergueu a mão novamente.

A mão de Jagger foi para trás e ele lançou outra adaga de fogo, que acertou a armadura do rei, mas nem deixou marca.

Joguei um pouco mais de neve e me concentrei no chão atrás de Lazar. Uma Campeã um pouco deformada se ergueu às costas do rei, na neve, pronta para empalá-lo com um espeto. Mas o rei era mais forte e mais rápido. Ele mandou uma lança de gelo direto para o meu coração.

A lança voou. Mais próxima. Mais próxima. Minha Campeã caiu no chão.

*Não!*, pensei. *Agora não. Assim não.*

No último segundo, um borrão de uma armadura escura surgiu na minha frente. A lança atravessou o corpo enquanto ele caía no chão. Jagger lançou chamas, atordoando o rei por um instante.

Era o Executor. Ele tinha me salvado e, no processo, sacrificara sua vida pela minha. Eu me abaixei para retirar o capacete dele.

Ouvi um grito distante que só depois percebi ser meu.

O Executor era Bale. Meu Bale.

## 42

BALE ESTAVA DEITADO NO CHÃO, sem se mover.

Minhas mãos tremiam sobre o buraco que atravessava a armadura.

Virei para Jagger.

— Por favor, ajude-o... é o nosso acordo. O espelho por Bale, Leis dos Larápios.

O rosto bonito de Jagger se contorceu em confusão.

— Depois de tudo isso? Você ainda o ama?

Não respondi. Não sabia o que Jagger esperava que eu dissesse.

— Mesmo que pudesse, não tenho uma poção para isso, Snow. A ferida é profunda demais.

Eu precisava que Bale acordasse para que eu pudesse começar a odiá-lo, ou que me desse uma razão para continuar a amá-lo. Nada daquilo fazia sentido. Como ele podia trabalhar para o Rei da Neve? Como podia ter machucado aquele menino na praça? Como podia ser a mesma pessoa sobre quem Gerde e Kai falaram tantas coisas horríveis? A pessoa que veio e me caçou durante o baile?

Ele ainda era o Bale que eu conhecia? Aquele com quem cresci do outro lado da Árvore? Ou aquela era a parte dele que sempre vi, mas nunca consegui alcançar — a parte que amava fogo e ver tudo queimando por onde passasse? Fora aquilo que atraíra Bale a Algid?

Estava tudo silencioso. Não havia um movimento. Bale não se mexia.

Minha neve também estava parada.

Minha respiração ficou presa. Mantive Bale nos braços, a vida se esvaindo dele, me deixando para trás.

Eu devia saber que o Executor era Bale. O calor que emanava dele na batalha e naquele momento. Ele tinha me salvado duas vezes. Fazia sentido, afinal, Bale escolheu não me matar na praça.

Ele optara por aquela vida? Ou estava sob o controle do rei?

Eu não tinha chegado tão longe para deixá-lo escapar.

Com um suspiro resignado, Jagger arrancou um pedaço da própria camisa e aplicou pressão sobre o ferimento.

— Bem, isso foi surpreendente — falou o rei de forma ameaçadora após se recuperar do ataque de Jagger. — O amor que ele sente por você é maior do que pensei.

Lazar veio para cima de mim de novo. Lançou um olhar triste para Bale, mas não era o suficiente para impedi-lo de acabar o que começou.

Levantei-me para encarar o meu pai de novo, quem sabe pela última vez. Fechei os olhos e convoquei uma espada de neve, que surgiu na minha mão. Ela estava coberta por símbolos semelhantes aos da Árvore.

O rei conjurou a própria espada, que acertou a minha. Nunca tinha lutado daquela maneira antes, mas, como a adaga de Fathom, a espada parecia saber como e quando se mover. Ou, quem sabe, fosse pura vontade minha. Fiquei em posição e forcei meu pai a recuar. Aparava cada golpe, mas, como resposta, ele avançou, me obrigando a subir num banco alto de neve. De lá, pude ver que as Larápias venciam a luta. A maré estava a nosso favor. Pensei em mandar uma onda de neve para acabar com o Lobo de Neve gigante caso ele voltasse, mas parecia arriscado demais.

Pressionei o rei, o peso e a velocidade da minha espada enfim superando a dele. Os olhos do meu pai se arregalaram quando ele perdeu o equilíbrio e caiu de costas na neve.

Instável, ergui a espada. Bastava um golpe, e ele estaria morto. Imaginava e torcia para que as feras e as Conchas caíssem no segundo em que ele morresse. Mas, como nunca tinha matado ninguém, não sabia se conseguiria, não importava o quanto ele merecesse. Eu já havia machucado pessoas antes, mas não assim.

Apertei o cabo da arma e canalizei toda a força que me restava. Não tinha escolha. Não existia uma jaula que pudesse conter um poder como aquele, e ele nunca desistiria de me perseguir, a Temperly ou os Larápios. Era o meu destino.

— Não, Snow.

Ouvi a voz que sempre me fazia parar do nada. A voz da minha mãe. Ali. Em Algid.

— Não pode fazer isso — disse ela.

— Mãe, ele é mau. Tentou *me* matar. Preciso acabar com isso — falei, me preparando para dar o golpe final.

— Você não pode matá-lo... eu o amo. Ele é o seu pai.

Olhei piscando para a minha mãe, repetindo as palavras na minha cabeça para me assegurar de que tinha ouvido tudo corretamente.

— Você o ama? — perguntei. Ela não podia saber o que estava falando, não podia estar falando sério.

Minha mãe assentiu e levantou a mão, e uma onda de fogo desceu a colina, queimando tudo no caminho. Ela agora tinha o fogo e o usava contra nós.

Minhas Campeãs de neve foram cortadas na altura do joelho, enquanto as Larápias corriam a esmo. Jagger continuava ao meu lado, sem saber o que fazer ou dizer.

— Isso não está acontecendo — falei, contraindo os lábios conforme o meu coração doía. Ao redor, a neve começou a cair pesada e furiosamente.

— Oi, Ora. Bem-vinda de volta — disse o Rei da Neve, a ponta da minha espada ainda sobre o seu coração.

Quando olhei para ele, achei ter percebido uma coisa.

— É você quem está fazendo isso. Você está dentro da cabeça dela. Quando estiver morto... — Minha voz foi sumindo enquanto a esperança crescia. Minha mãe nunca faria ou diria aquelas coisas por vontade própria.

— Seu pai nunca conseguiu entrar na minha cabeça. Não é mesmo, querido? — falou ela, de forma afetuosa.

No sorriso do meu pai havia anos de amor e saudade. Reagrupei a minha lâmina e a pressionei para baixo, querendo acabar com aquele sorriso e o que ele significava. Para sempre.

— Desculpe, Snow, mas não posso deixar você fazer isso — anunciou a minha mãe. Então, derreteu a espada com uma onda de fogo.

Eu deveria ter acabado com Lazar quando tive a chance. Agora, estava indefesa, já tinha usado a neve. E meu cérebro cambaleava com a ideia de que a minha mãe estrelava seu próprio conto de fadas deturpado: *Felizes para sempre com o inimigo*.

Ela ajudou o Rei da Neve a se levantar e falou:

— Vocês não vão tentar matar um ao outro. Pelo menos, ainda não. Não se esqueçam da segunda parte da profecia: *E, se o sacrifício acontecer exatamente quando as Luzes se apagarem, quem quer que esteja usando a coroa, governará Algid para sempre*. Prestem atenção ao tempo, meus queridos.

"Snow, você não precisa morrer. A profecia diz que pode escolher o nosso lado e nos deixar mais fortes do que nunca. Mas, se escolher o outro caminho, durante o Eclipse das Luzes, *vai* morrer."

— Deixa eu ver se entendi direito, mãe — falei. — Você me deixou trancafiada e esperou mais de dez anos para sincronizar corretamente o momento do seu sacrifício?

Senti gosto de bile subir pela garganta. A história que a Bruxa do Rio e Jagger me contaram se desfez. Minha mãe era vista como heroína quando, na verdade, tanto ela quanto o meu pai eram vilões que planejaram a minha queda.

— A paciência pode ser o feitiço mais vital de uma bruxa — respondeu a minha mãe.

A Bruxa do Rio estava certa ao afirmar que os meus pais traziam o pior de si à tona quando estavam juntos, mas não era o meu pai que levara a minha mãe para a escuridão. Os dois eram parceiros naquela dança. Eles, como aquele casal de um dos filmes antigos de Vern, eram Bonnie e Clyde do mal.

A dor no meu peito não tinha sumido, cada palavra era como outra facada, e, ainda assim, percebi que estava pedindo por mais.

— Mãe, eu não entendo — falei. — Me conte a verdade. Você me deve isso.

— Tem razão, Snow. Mas prefiro te mostrar.

Uma explosão onírica acompanhou suas palavras. De repente, pude ver a lembrança dela.

Observei o meu jovem e belo pai de pé às margens do Rio, segurando um bebê que não parava de chorar. No momento em que estava pronto para me jogar, minha mãe me pegou e pulou do despenhadeiro, em direção à água corrente lá embaixo.

Dessa vez, porém, em vez do silêncio do sonho que eu conhecia, ouvi um som. Pude ouvir o barulho do Rio, a respiração entrecortada e desesperada da minha mãe.

Pude ouvi-la sussurrando algo para o meu pai antes de pular. As palavras gelaram até os meus ossos e deram sentido a toda a minha vida.

— Ainda não, meu amor...

Toda a minha vida resumida a uma frase.

Abri os olhos, e ela repetiu as palavras para mim.

— *Ainda não, meu amor.*

O Rei da Neve acabou com o feitiço, nos trazendo de volta para o terreno do palácio.

— Sei o que a profecia diz, mas Snow não vai escolher o nosso lado.

Minha mãe ergueu uma sobrancelha.

— Porque ela é muito bondosa?

— Porque é poderosa. Demais. Não vai entregar o seu poder para a gente quando o Eclipse acontecer. Ela é forte e vai ficar ainda mais forte. É arriscado. Temos que dar um jeito nessa situação. Agora.

Ora se virou para o meu pai.

— Devemos esperar. Agora que Snow conhece essa verdade, há outra verdade, outro passado, que precisamos verificar. Nossa outra filha tem o espelho e está fugindo... uma coisa que você teria sentido se tivesse feito o que lhe pedi...

— Você sabia da minha irmã esse tempo todo? — perguntei, furiosa, para o rei.

— Ah, sim. — Ele riu. — Mas ela não tinha importância. Até agora.

— Chega! Vá, Lazar. Encontre Temperly e o espelho — comandou Ora.

Por mais poderoso que ele fosse, ficou claro que era a minha mãe quem dava as ordens no relacionamento disfuncional. Ela era o cérebro por trás do plano.

O rei suspirou, e o ar ao redor de seus pés começou a girar, formando um tornado de neve. Meu pai se ergueu no ar e desapareceu.

Ao meu lado, Jagger levantou a espada. Eu a abaixei.

— Você não entende — falei, confusa pela enésima vez. — Eu tenho o espelho. Minha mãe mentiu para me salvar, não foi, mãe? — Tirei o estojo do bolso para provar para Jagger.

— Abra — falou ele.

Levantei a tampa dourada. O espelho não estava lá.

Pensei no rosto de Temperly quando ela me passou o estojo. Minha irmã conseguira retirar o espelho dali — outra traição. Temperly fora sozinha tentar forjar uma aliança com as bruxas.

Minha irmã fugira, e nossa mãe acabara de mandar o rei atrás dela. Agora, Temperly estava em perigo. Minha mãe era a maior mentirosa de todos os tempos.

*Não!*, gritou o meu cérebro. Minha cabeça doía. Olhei para os meus braços, as veias azuis mais proeminentes do que nunca. Me perguntei se, caso ficasse com raiva suficiente, se fosse magoada o suficiente, me transformaria em outra coisa, como Gerde. Como a Bruxa do Rio. Pensei ter alcançado meu limite de dor quando vi Margot morrendo na neve. Mas, aparentemente, não havia limite. Havia apenas um abismo. Aquilo era demais. Eu queria voltar para o Whittaker. Queria voltar e me esquecer de tudo.

— Snow — sussurrou Jagger, implorando para que eu voltasse a ele.

Encarei o rapaz que salvou a minha vida muitas vezes em Algid. Ele me chamava, mas eu só tinha olhos para Bale.

Corri para o lado de Bale e arranquei a armadura horrível do seu corpo. Notei água se amontoando ao redor da sua cabeça, o cabelo ruivo de que sentia tanta falta, agora, uma bagunça. Ainda assim, o acariciei.

— Bale, não me importo com o que você fez. Só volte para mim. Volte para mim para que eu possa te odiar. Volte para mim e me convença de que está tudo errado. Só volte para mim, Bale.

Eu só queria que ele respirasse novamente. Não estava nem aí para o que tinha feito.

Um momento interminável se seguiu. Senti dor no peito.

Os olhos de Bale se abriram. Ele balançou a cabeça, uma pitada de reconhecimento misturada à confusão.

— Snow.

Ele chamou o meu nome e, por um segundo, o mundo voltou ao eixo.

— Bale. Meu Bale. — Foquei naquele instante, sabendo que a enchente de coisas ruins logo voltaria. Passei a mão no seu peito. Estava quente ao toque.

— Desculpe... — disse ele.

Mas aquela palavra só complicava ainda mais as coisas.

Eu tinha certeza de que fogo era a única coisa que Bale poderia amar ainda mais do que eu. Ele teria dado qualquer coisa, feito qualquer coisa, em troca daquele poder?

— M-me d-desculpe, Snow — disse Bale, com dificuldade.

Ele retirou um frasco feito de gelo do bolso. A estrela com pontas afiadas no seu antebraço esquerdo brilhou com uma intensidade que eu nunca tinha visto antes. Percebi que não era uma estrela — era um floco de neve. E, antes que pudesse impedi-lo, ele levou a poção aos lábios.

Bale desapareceu. Ele se fora outra vez.

Senti algo se partindo em mim. Não sabia que havia coisas em mim que ainda podiam ser quebradas.

Fechei os olhos, e minha mente trouxe uma visão do passado. Do passado de Bale. Voltei a ver a casa dele, ouvi a sua respiração irregular. Mas, dessa vez, as chamas saíam dos braços erguidos de Bale — do pequeno Bale. Não havia fósforos.

No fundo da casa, havia uma floresta de árvores roxas. A casa ficava em Algid.

Então, de repente, a visão mudou para o Bale atual, o Bale de dezesseis anos, que entrava aos tropeços na mesma casa.

Então a visão ficou toda branca.

— Snow...

Era a voz da minha mãe, me chamando de volta, me afastando dele.

Expulsei ela da minha cabeça. Precisava de mais um minuto com aquela visão para descobrir em que lugar de Algid Bale estava.

— Posso ajudá-la com ele — disse a minha mãe.

— Você e Lazar mandaram Bale atrás de mim? Para me espionar? Para me fazer amá-lo? Isso foi culpa sua também?

— E isso importa? Você o ama.

Olhei para a marca na neve deixada por Bale no lugar em que o seu corpo estava segundos atrás. Sim, eu o amava. Cruzei a Árvore por ele. E, mesmo agora, ainda o amava. Mas o *como* importava, como Kai dissera certa vez?

— Posso levar você até ele. Posso curá-lo. Venha conosco, criança. Espere pelas Luzes. Quando estiver com todos os seus poderes e passar para o nosso lado, podemos ser a família que sempre desejou. Algid é a sua casa.

Ela esticou a mão para mim.

— Não acredite nela. Ela vai te matar, Snow — falou Jagger.

Minha mãe lançou um olhar mordaz para ele.

— E ela deve acreditar em você?

Olhei de Jagger para a minha mãe, e de volta para Jagger. Eu sabia o que fazer. Peguei a mão da minha mãe.

Ela sorriu bondosamente para mim. Apertei a mão dela com mais força. Senti algo frio e imponente passando de mim para ela, seu olhar indicava que ela também sentira. Dei um passo para trás conforme a expressão da minha mãe mudava de satisfeita para confusa e, por fim, aflita. Ela tentou puxar a mão, mas não conseguiu. A cor de sua pele desapareceu num instante, e os dedos começaram a enrijecer. A pele ficou azul enquanto o frio se espalhava pelo corpo.

Quando o frio a dominou por completo, minha mãe estava congelada. Não poderia ser desfeito. Esperei o arrependimento surgir. Mas, em vez disso, só havia tristeza e mágoa. Congelá-la não fez com que a dor desaparecesse, só a deixou mais permanente. Como a cicatriz no seu rosto do dia em que caminhei pelo espelho, que estava visível mesmo através do gelo.

Larguei a mão dela. Estava feito.

# 43

BALE PERTENCIA AO REI DA NEVE. Minha mãe estava em conluio com o meu pai. E eu a congelara. Aquilo era real. Era uma realidade cruel e horrível.

Meus joelhos tremiam. Jagger me pegou nos seus braços. Era demais. Era simplesmente demais.

— Respire — disse ele, me apertando com mais força. Mas o que ele estava fazendo mesmo era me mandando viver. Sobreviver.

— Não posso — falei, soluçando.

— Acabou — disse Jagger, olhando pelo terreno do palácio. — A batalha chegou ao fim.

Howl se aproximou da gente para dar um relatório completo.

— Os soldados do rei me surpreenderam. Eles pegaram Margot, Cadence e Fathom. Não consegui impedi-los. Usei tudo que tinha para tentar salvar Margot. Fiquei sem opções.

Jagger ajeitou a coluna.

— Deveríamos reunir as garotas.

— O Rei da Neve está morto? — perguntou Howl.

— Não — respondi. — Não consegui matá-lo.

Howl fez uma pausa, pensando. Uma expressão de raiva substituiu a de tristeza. Ela olhou para Jagger e deu um soco no peito dele.

— Você devia ter ficado de olho nela. Isso tudo podia ter acabado. O rei deveria estar morto, e não Margot — disse Howl, liberando toda a raiva e mágoa em cima de Jagger.

— Snow descobriu sobre Ora — avisou ele, olhando para a minha mãe congelada.

— Como é? — perguntei.

Uma nova camada de horror se formou na minha alma, como a neve fina que cobria a ponte.

Jagger esticou a mão para mim.

— Não é o que você está pensando.

Meu peito doía e eu podia sentir os meus batimentos nos ouvidos.

— Você sabia sobre a minha mãe e o Rei da Neve?

— Suspeitava de que trabalhassem juntos.

— Então por que não me contou? Como pôde não ter me contado?

— Não achei que seria útil você saber — disse ele.

— Mentira — respondi.

— Tá bom, a verdade é que não queria atrasar a missão — falou Jagger. — Não achei que concordaria se soubesse. Achei que ia voltar para o outro lado da Árvore. Eu não queria que fosse embora.

Jagger me disse para não confiar nele praticamente no instante em que nos conhecemos, e, ainda assim, fiquei surpresa com a traição dele.

— Não é culpa de Jagger, Snow. Uma vez ladrão... — A voz de Howl foi morrendo.

Senti a raiva me cansando. Olhei para o sangue de Bale nas minhas mãos. Eu estava esgotada.

Jagger deu um passo na minha direção.

— Fique longe de mim! — gritei.

— Sei que você não está falando sério, Snow — disse ele, com cuidado.

— Não encoste em mim. Nunca mais encoste em mim.

Ele recuou. Será que pensou que eu ia congelá-lo?

Quase o fiz.

Olhei uma última vez para a minha mãe. Então, dei meia-volta e fui na direção do Rio.

# 44

EU AINDA ESTAVA com o vestido de penas mágico das Larápias. Deixei que ele me levasse até o lugar em que encontrei a Bruxa do Rio pela primeira vez.

Retirei o estojo vazio do bolso. O que eu tinha feito? O que faria a seguir?

Com uma ondulação na água, vi o reflexo da única pessoa a quem podia pedir ajuda.

— Você estava certa. Sobre tudo — falei.

— Não tema, criança — disse a Bruxa do Rio. — Está será a sua casa. Faremos de você a nossa rainha.

# AGRADECIMENTOS

Para minha editora, Cindy Loh, pela sua fé e pelo seu brilhantismo. Snow não existiria sem você. E, ainda, pelo gosto divino por comida.

Para a minha equipe da Bloomsbury, sobretudo Cristina Gilbert, Lizzy Mason e Erica Barmash. Obrigada por abraçarem e apoiarem Snow!

Para Joanna Volpe, minha agente poderosa, não há agradecimentos suficientes! Você sabe o que fez e o que precisa ser feito!

Para Pouya Shahbazian e o restante da equipe da New Leaf, agradeço por cuidarem tão bem de mim e por abrirem caminhos.

Para Ray Shappell e Erin Fitzsimmons — por fazerem capas bonitas o suficiente para compelir as pessoas a pegá-las.

Para a minha família e os meus amigos, obrigada por ficarem do meu lado e por entenderem quando eu não estava lá. Mamãe, papai, Andrea, Josh, Sienna: seu amor e apoio significam tudo para mim. Bonnie Datt, por ser um bote salva-vidas, por me fazer rir e por ser uma verdadeira amiga. Nanette Lepore para sempre! Annie, Chris, Fiona e Jackson Rolland, amo vocês para mais de cinco mil.

Lauren, Logan, Joe Dell. Laur, fico tão feliz pela nossa amizade ser eterna mesmo. Carin Greenberg, por compartilhar seu intelecto e alguns almoços comigo. Paloma Ramirez, você se mudou, mas sempre estará próxima! Daryn Strauss, por ser uma estrela e sempre me fazer me sentir como uma. Leslie Rider, por aparecer e mostrar na prática como ser corajosa.

Kami Garcia, por ser uma deusa dentro e fora das páginas. Kass Morgan, obrigada pela leitura de último minuto e pelas palavras gentis.

Jennifer Armentrout, Kiera Cass, Melissa de la Cruz, Margie Stohl, Melissa Grey, Valerie Tejada, Sasha Alsberg e Josh Sabarra e a incontáveis outros amigos escritores que ensinam, compartilham e animam.

Minha família de *Guiding Light*, Jill Lorie Hurst, Tina Sloan, Crystal Chappell, Beth Chamberlin, e todos os fãs que mantêm a luz acesa.

Lexi Dwyer, Lisa Tollin, Jeanne Marie Hudson, Megan Steintrager, Kristen Nelthorpe, Tom Nelthorpe, Ernesto Munoz, Mark Kennedy, Maggie Shi, Leslie Kendall Dye, Sandy e Don Goodman, Mike Wynne, Matt Wang, Seth Nagel, Kerstin Conrad, Chris Lowe, Steve McPherson, Lanie Davis, Harry e Sue Kojima, e todos os outros amigos de que vou me lembrar no segundo em que o livro for publicado.

Para os blogueiros e YouTubers, obrigada por darem uma nova luz ao mundo dos livros e ajudarem minhas obras a serem conhecidas.

Para os meus leitores, agradeço por cruzarem a Árvore comigo. Eu escreveria mesmo que não tivesse um público, mas vocês tornam cada passo dessa jornada bem melhor. Não há nada como saber que algo em que você colocou o seu coração foi parar nas mãos de um leitor, e que essa pessoa nutrirá sentimentos por esse livro. É a coisa mais perto de magia que já vi.

Impressão e Acabamento:
BMF GRÁFICA E EDITORA